주머니 속의 죽음

A Pocket Full of Rye

AGATHA CHRISTIE MYSTERY AGATHA CHRISTIE MYSTERY AGATHA CHRISTIE MYSTERY AGATHA CHRISTIE MYSTERY AGATHA CHRISTIE MYSTERY AGATHA CHRISTIE MYSTERY AGATHA CHRISTIE MYSTERY AGATHA CHRISTIE MYSTERY

애거서 크리스티 추리 문학 12

주머니 속의 죽음

유명우 옮김

해문

■ 옮긴이 유명우

호남대학 영문과 교수, 한국추리작가 협회 총무 이사
《오리엔트 특급살인》, 《죽음과의 약속》, 《ABC 살인사건》,
《애크로이드 살인사건》 외 다수

주머니 속의 죽음

초판 발행일	1985년 11월 10일
중판 발행일	2010년 11월 10일
지은이	애거서 크리스티
옮긴이	유 명 우
펴낸이	이 경 선
펴낸곳	해문출판사
주 소	서울시 서초구 서초동 1328-11 도씨에빛 2차 1420호
TEL/FAX	325-4721 / 325-4725
출판등록	1978년 1월 28일 (제3-82호)
가격	6,000원
ISBN	978-89-382-0212-3 04800
	978-89-382-0200-0(세트)

※ 잘못된 책은 바꾸어 드립니다.

•등 장 인 물•

렉스 포트스큐— 사무실에서 일하는 중 갑자기 독극물 중독으로 죽는다.

퍼시벌 포트스큐— 렉스 포트스큐의 첫째 아들로, 아버지의 착한 아들.

란스 포트스큐— 렉스의 둘째 아들로, 의절 상태.

아델 포트스큐— 렉스의 두 번째 아내. 친구라는 두보이스와 묘한 관계.

제니퍼 포트스큐— 퍼시벌의 아내로 간호사 출신.

패트리셔 포트스큐— 란스의 아내로, 두 번의 불행한 결혼을 한 경험이 있다.

엘라인 포트스큐— 렉스의 외동딸.

램스버텀 양— 렉스의 첫 번째 부인의 언니로 2층 자기 방에서 거의 나오지 않는다.

비비언 두보이스— 아델의 친구.

제럴드 라이트— 엘라인과 결혼을 약속했지만, 돈 때문이라는 의심을 받는다.

메리 도브— 주목나무 오두막집의 가정부로 서른 살 정도의 여인.

글레이디스 마틴— 주목나무 오두막집의 하녀.

닐 경위— 과묵한 성격의 생각이 많은 경찰.

마플 양— 글레이디스에게 하녀 교육을 시킨 인연으로 주목나무 오두막집을 찾아온다.

차 례

9 ● 제1장

14 ● 제2장

26 ● 제3장

32 ● 제4장

46 ● 제5장

50 ● 제6장

55 ● 제7장

61 ● 제8장

70 ● 제9장

77 ● 제10장

83 ● 제11장

94 ● 제12장

105 ● 제13장

119 ● 제14장

130 ● 제15장

차 례

제16장 ● 137

제17장 ● 147

제18장 ● 156

제19장 ● 164

제20장 ● 172

제21장 ● 180

제22장 ● 190

제23장 ● 196

제24장 ● 211

제25장 ● 221

제26장 ● 226

제27장 ● 232

제28장 ● 242

작품 해설 ● 248

제1장

소머즈 양이 차를 끓일 차례였다. 소머즈 양은 타이피스트들 중 가장 최근에 들어와 모든 면에서 조금씩 서툴렀다. 그녀는 젊지는 않았으나 양처럼 온순하고도 근심 많은 얼굴의 소유자였다. 그녀는 물이 아직 팔팔 끓지도 않았는데 차에 물을 따랐다.

한심한 소머즈 양은 주전자의 물이 언제쯤 끓는지조차 알지 못했다. 그것은 그녀를 평생 괴롭혀온 수많은 걱정거리 중 하나였다. 그녀는 차를 다 따른 다음, 접시마다 찻잔 둘레에 부드럽고 달콤한 비스킷을 두 개씩 놓았다.

유능한 수석 타이피스트로, 연합투자 신탁에서 16년간이나 일해 오며 머리가 희끗희끗해진 몹시 까다로운 성격의 그리피스 양이 날카롭게 말했다.

"물이 또 끓지 않았잖아, 소머즈!"

그러자 소머즈 양의 걱정 많고 온순한 얼굴이 붉어지며 말했다.

"오, 맙소사! 이번에는 정말 끓었다고 생각했어요."

그리피스 양은 속으로 중얼거렸다.

'저 여자는 아마 한 달은 더 버티고 있겠지. 하필이면 이렇게 바쁠 때……. 정말이지, 바보 천치 같은 여자야. 동부개발에 보낼 편지를 그렇게 엉터리로 만들어 놓다니! 어쩌면 그렇게 간단한 일을 가지고 게다가 차 끓이는 솜씨까지 한심하기 짝이 없어. 똑똑한 타이피스트를 구하는 일이 이렇게 어렵다니. 참, 지난번에는 비스킷 깡통 뚜껑이 꽉 닫혀 있지 않았어. 정말이지……'

그리피스 양은 생각하는 중에도 화가 나서 채 문장을 끝맺지도 못했다.

그때 그로스브너 양이 포트스큐 씨에게 따로 차를 끓여주려고 천천히 안으로 들어왔다. 포트스큐 씨는 다른 차에, 다른 찻잔에, 특별한 비스킷만 먹었다. 단지 주전자와 휴게실 수도에서 받아내는 물만 똑같을 뿐이었다. 또 포트스큐 씨의 차를 끓이는 물은 반드시 한 번 끓인 물이라는 점이 달랐다. 그로스브너 양은 그 점에 특히 주의를 기울였다.

그로스브너 양은 굉장히 매혹적인 금발의 여성이었다. 그녀는 무척 비싼 검정 옷을 입고 있었으며, 날씬한 다리는 암시장에서나 파는 아주 멋있고 대단히 비싼 나일론 스타킹이 감싸고 있었다.

그녀는 말 한마디 건네거나 주위를 둘러보지도 않고 타이피스트들의 방을 지나 천천히 걸어갔다. 마치 타이피스트들이 온 세상에 수없이 많이 널려 있는 바퀴벌레와 같은 존재라도 되는 듯이! 그로스브너 양은 포트스큐 씨를 위해 특별히 채용된 개인비서로서 단지 비서만은 아닐 것이라는 고약한 소문이 떠돌아다녔지만, 그것은 사실이 아니다. 포트스큐 씨는 최근에 두 번째 부인과 결혼했는데, 매력적이고 사치스러운 새 부인은 가히 그의 온 신경을 빨아들일 만했다. 그로스브너 양은 포트스큐 씨의 지나치게 화려하고 사치스러운 사무실 실내 장식에 꼭 필요한 일부분에 지나지 않았다.

그로스브너 양은 그녀 앞에 의식적인 공물처럼 내밀어 진 쟁반을 들고 천천히 걸어갔다. 사무실과 중요한 고객들을 위한 응접실을 지나, 그녀 자신의 작은 방을 거쳐 마침내 성역 중의 성역인 포트스큐 씨의 방문 앞에 이르러 문을 가볍게 두드린 다음 안으로 들어갔다.

그 방은 반짝반짝 윤이 나는 널따란 모자이크 바닥에, 사치스러운 동양 융단이 군데군데 깔려 있었다. 벽은 세로로 자른 울타리 나무로 장식되어 있었으며, 엷은 노란색 가죽을 씌운 커다란 안락의자가 몇 개 놓여 있었다. 포트스큐 씨는 방 한가운데 놓인 단풍나무로 만든 거대한 책상 뒤에 앉아 있었다.

포트스큐 씨는 그 방에 걸맞을 만큼 인상적이지는 못했지만, 나름대로 최선을 다해 일하고 있었다. 머리는 벗겨져 반짝였으며, 커다란 몸집은 무기력하게 늘어져 있었다. 시내에 있는 사무실에서 헐렁한 시골풍 트위드 옷을 입은 것이 그 나름의 자랑거리였다.

그로스브너 양이 백조 같은 태도로 미끄러지듯 다가가 보니, 그는 책상 위에 어떤 서류들을 펼쳐놓고 잔뜩 찡그린 얼굴로 앉아 있었다. 그녀는 그의 팔꿈치 가까이에 쟁반을 내려놓으며 낮고 평범한 목소리로 "차 드세요, 포트스큐 씨." 하고 조그맣게 말하고는 물러갔다.

그녀의 말에 대한 포트스큐 씨의 표현은 단지 불평하는 것뿐이었다.

그로스브너 양은 자기 책상에 앉아 하던 일을 계속했다. 두 군데 전화를 걸고, 포트스큐 씨의 결재를 받아야 하는 편지 몇 통을 수정한 다음, 걸려온 전화를 받았다.

"지금 당장은 불가능할 것 같은데요. 포트스큐 씨는 회의 중이시거든요."

그녀는 도도한 목소리로 말했다.

그녀는 수화기를 내려놓으며 시계를 흘끗 보았다. 11시 10분이었다.

거의 완벽에 가깝게 방음장치가 된 포트스큐 씨의 방문을 통해 어떤 이상한 소리가 새나온 것은 바로 그때였다. 잘 들리지는 않았지만 분명히 질식으로 고통스러워하는 비명이었다.

그와 동시에 그로스브너 양의 책상 위에 달린 벨이 시끄럽게 울렸다.

그로스브너 양은 깜짝 놀라 숨도 제대로 쉬지 못한 채 비틀거리며 일어났다. 너무나도 뜻밖의 일이라서 몸이 후들후들 떨렸다. 그러나 곧 평상시 차분한 태도로 가다듬고 포트스큐 씨의 방 앞으로 가서 문을 두드리고 들어갔다.

그녀는 안으로 들어가자마자 또 한 번 몸을 비틀거렸다. 그녀의 사장이 책상 뒤에서 고통스럽게 몸을 뒤틀고 있었다. 그의 발작은 보기에도 오싹한 것이었다.

"오, 맙소사! 포트스큐 씨, 어디 편찮으세요?"

그로스브너 양은 이내 그 질문이 얼마나 어리석은지 깨달았다. 포트스큐 씨가 몹시 고통스러워한다는 사실은 물어볼 필요도 없었다. 그녀가 그에게 다가가자 그의 몸은 고통으로 더욱 심한 경련을 일으켰다.

그는 급하게 숨을 몰아쉬며 말을 더듬었다.

"차가……, 빌어먹을! 네가 차에다 집어넣었지? 도와줘! 빨리 의사를……."

그로스브너 양은 도망치듯이 방을 빠져나왔다. 그녀는 더 이상 금발의 거만한 비서가 아니었다. 그녀는 잔뜩 겁을 집어먹고 온몸을 비틀거렸다. 그녀는 소리를 지르며 타이피스트들의 방으로 뛰어들어 갔다.

"포트스큐 씨가 발작을 일으키고 있어요. 죽어가고 있다고요. 의사를 불러야 해요. 큰일 났어요! 분명히 죽어가는 거예요!"

갖가지 반응이 잇따라 나타났다.

가장 나이 어린 타이피스트인 벨 양이 말했다.

"혹시 간질병이라면 입에 코르크를 넣으면 돼요, 코르크 가진 사람 있나요?"

아무도 코르크를 가지고 있지 않았다.

소머즈 양이 말했다.

"포트스큐 씨의 나이로 봐선 아마 뇌졸중일 거예요."

"의사를 불러야만 해, 당장!" 그리피스 양이 말했다.

그러나 지난 16년간 일해 오면서 사무실에 한 번도 의사를 부를 필요가 없었던 까닭에 그토록 유능하던 그녀도 어찌할 바를 몰랐다. 그녀가 자주 찾던 의사가 있긴 하지만 그는 스트레트램 힐에 있었다.

"이 근처 어디에 의사가 있지?"

한 사람도 몰랐다. 벨 양이 전화번호부를 들고 'D'에서 'doctors' 항목을 찾기 시작했다. 그러나 그것은 분류된 전화번호부가 아니어서, 의사는 택시처럼 자동으로 나와 있지 않았다. 그때 누군가가 병원에 알아보라고 했다. 그렇지만 어느 병원을?

"알맞은 병원이어야 해요." 소머즈 양이 말했다.

"그렇지 않으면 안 올 거예요. 국립 보건소 때문이죠. 그 지역에 속한 병원이라야 해요."

누군가가 999를 돌려보자고 했으나, 그리피스 양이 깜짝 놀라며 그곳은 경찰서니 아무 소용이 없을 거라고 했다. 모두 의료시설의 혜택을 잘 누리는 나라의 시민으로서, 상당한 지성을 갖추었다고 자부하는 여성들이 모여 있었지만 올바른 의료 절차에 대해서는 믿을 수 없을 정도로 무지함을 드러냈다. 벨 양이 A자 가운데서 '구급차(ambulances)'를 찾기 시작했다.

그리피스 양이 말했다.

"포트스큐 씨의 담당의사가 있을 텐데……, 틀림없이 그분의 주치의가 따로 있을 거야."

누군가가 개인 주소록을 찾으러 달려갔다. 그리피스 양은 사환에게 밖으로 나가서 어디서든 의사를 찾아보라고 지시했다. 그리피스 양은 개인 주소록에서 할리가(街)에 주소를 가진 에드윈 샌드먼 경을 발견했다.

그로스브너 양은 의자에 쓰러지면서 평소 빼기던 태도로는 도저히 상상할 수 없는 말투로 울부짖었다.

"나는 평소와 똑같이 차를 끓였어요. 정말이에요. 그 안에 잘못된 것이 들어갈 수는 없어요."

"그 안에 잘못된 것이라고?"

그리피스 양은 전화기 다이얼에 손가락을 건 채 말했다.

"왜 그런 말을 하는 거지?"

"그분이 그렇게 말했어요……. 포트스큐 씨가……, 차 때문이었다고요."

그리피스 양의 손은 웰벡과 999 사이를 우유부단하게 헤매고 있었다.

젊고 똑똑한 벨 양이 말했다.

"그렇다면 포트스큐 씨에게 겨자와 물을 먹여야 해요, 빨리! 사무실에 겨자 좀 없어요?"

사무실에는 겨자가 없었다.

잠시 뒤, 두 대의 구급차가 건물 앞에 나타나자마자 베드날 그린에서 온 아이작스 박사와 에드윈 샌드먼 경이 엘리베이터 앞에서 마주쳤다.

전화와 사환이 동시에 일을 진행한 것이다.

제2장

닐 경위는 포트스큐 씨의 사무실에 있는 거대한 단풍나무 책상 뒤에 앉아 있었다. 그의 부하가 노트를 들고 문에서 가까운 벽에 조용히 앉아 대기하고 있었다.

닐 경위는 약간 좁은 이마에, 곱슬곱슬한 갈색 머리를 뒤로 빗어 넘긴, 믿음직한 군인 같은 외모를 지니고 있었다. 그가 '단지 일상적인 문제'라고 말했을 때는, '그런데 그 일상적인 문제라는 것이 당신들도 얼마든지 할 수 있는 일'이라는 냉소적인 의미가 포함되어 있었다. 아무튼 그 사람들은 일을 대단히 잘못 처리했다. 상상력이 없어 보이는 외모 뒤에 감추어진 닐 경위는 실은 대단한 상상력을 지닌 사색가였다. 한 예로 그의 조사 방법을 들여다보면, 당시 그가 취조하고 있던 사람들에게 적용할 만한 기상천외한 죄에 대해 마음속으로 이미 정해 놓고 있었다.

그는 자기를 이곳에 오게 한 이번 사건에 대해 가장 간단하게 설명할 수 있는 사람으로 대번에 그리피스 양을 실수없이 집어냈다. 그리피스 양은 오전에 발생한 일에 대해 혀를 내두를 만큼 간단하게 말하고는 얼른 그 방을 나가 버렸다. 닐 경위는 타이피스트실의 노련한 선임자가 자기 사장이 오전에 늘 마시곤 하는 찻잔에 독약을 넣었을 만한 이유로 극히 과장된 세 가지 가설을 세워봤으나, 하나도 그럴듯하지 않아서 이내 그만두었다.

그는 그리피스 양을 (a) 독살자형이 아니며, (b) 고용주와 사랑에 빠지지 않았으며, (c) 정신적으로 불안정하지 않다고 확실히 이야기할 수 있으며, (d) 원한을 품을 만한 여자가 아닌 것으로 판단했다. 그리피스 양이 정확한 정보의 출처라는 것을 제외하고는 그녀에 대해서는 대강 마무리된 셈이었다.

닐 경위는 전화를 흘끔 쳐다보았다. 그는 지금 세인트 주드 병원에서 전화가 걸려오기를 기다리고 있었다.

물론 포트스큐 씨의 갑작스런 발병은 자연적인 원인에서 기인한 것인지도 모르지만, 베드날 그린의 아이작스 박사는 그렇게 생각하지 않았으며, 할리가의 에드윈 샌드먼 경 역시 그렇게 생각하지 않았다.

닐 경위는 그의 왼손 가까이에 편리하게 설치된 벨을 누르고 포트스큐 씨의 개인비서를 들여보내라고 말했다.

그로스브너 양은 안정을 조금 되찾기는 했지만 그다지 많이 회복한 상태는 아니었다. 백조 같던 유연함은 온데간데없이 사라지고 잔뜩 겁에 질린 채 들어와서는 주눅이 들어 대뜸 이렇게 말했다.

"저는 그러지 않았어요!"

닐 경위는 스스럼없이 중얼거리듯 이렇게 말했다.

"그러지 않았다고?"

그는 그로스브너 양이 포트스큐 씨의 편지를 받아적으러 들어올 때면 늘 앉곤 하는 의자를 손으로 가리켰다. 그녀는 마지못해 앉아서 닐 경위를 불안한 눈빛으로 쳐다보았다.

닐 경위는 마음속으로 유혹, 공갈, 법정에 선 엷은 금발미녀 등 온갖 상상을 다 하고 있었는데, 그 모습은 마치 어딘지 조금 얼이 빠진 사람 같아 보여 그로스브너 양에게는 퍽 위안이 되었다.

"차에는 이상한 게 아무것도 들어가지 않았어요."

그로스브너 양이 말했다.

"그럴 리 없어요."

"알겠소. 이름과 주소는?" 닐 경위가 말했다.

"그로스브너, 아이렌 그로스브너."

"철자가 어떻게 되죠?"

"오, 광장 이름하고 똑같아요."

"그럼, 주소는?"

"무셀 힐 러시무어 거리 14번지."

닐 경위는 만족스러운 태도로 고개를 끄덕였다.

'유혹한 건 아니겠군.' 그는 마음속으로 중얼거렸다.

'사랑의 보금자리는 아니야. 부모가 어엿하게 있는 점잖은 가정이로군. 거짓말은 아닐 테지.'

여러 가지 그럴듯한 추리들이 떠올랐다가는 밀려나갔다.

"하지만 차를 끓인 사람은 아가씨가 아니었소?" 그가 부드럽게 물었다.

"물론 그래요. 그렇지만 그게 제 일인걸요. 다시 말하면, 그건 제가 항상 하는 일이라는 말이에요."

닐 경위는 그녀에게 아침에 포트스큐 씨의 차를 끓였던 일에 대해 처음부터 끝까지 꼬치꼬치 캐물었다. 그 찻잔과 접시, 찻주전자는 이미 분석하려고 해당 부서로 급히 전달됐다. 이제 닐 경위는 아이렌 그로스브너만이, 오직 그녀만이 찻잔 도구를 만졌다는 사실을 알았다. 주전자는 사무실의 차를 끓이는 데도 사용되었으며, 그로스브너 양이 휴게실의 수도에서 물을 받아 다시 채워 두었다는 사실도 알아냈다.

"그럼, 그 차는 어땠소?"

"그것은 포트스큐 씨만을 위해 특별히 마련한 중국차였어요. 옆방인 제 방 선반 위에 보관되어 있어요."

닐 경위는 머리를 끄덕였다. 그는 설탕에 대해서도 물어봤는데, 포트스큐 씨는 설탕을 넣지 않았다고 했다. 그때 전화가 울렸다.

닐 경위가 수화기를 집어들었다. 그의 안색이 약간 변했다.

"세인트 주드라고요?"

그는 그로스브너 양에게 나가보라고 고갯짓을 했다.

"지금은 이 정도로 해둡시다. 고맙소, 그로스브너 양."

그로스브너 양은 도망치듯 얼른 방을 빠져나갔다.

닐 경위는 세인트 주드 병원에서 걸려온 가느다랗고 냉정한 목소리에 바싹 주의를 기울였다. 그는 그 목소리를 들으면서 앞에 놓인 사고 기록부 한쪽 귀퉁이에 연필로 남들이 알아볼 수 없는 글씨체로 몇 자 끼적거렸다.

"아니, 그럼 5분 전에 죽었다는 말이오?"

그의 눈은 손목시계로 향했다. 그러고는 기록부 한쪽에 12시 43분이라고 적어 넣었다. 전화의 감정 없는 목소리는 번스도르프 박사가 직접 닐 경위와 통화하고 싶어 한다고 말했다.

"좋소. 그분과 연결해 주시오"

닐 경위는 평소 어조대로 말했지만 전화를 받는 상대방은 어쩐지 불쾌함을 느꼈다. 곧이어 여러 가지 짤까닥하는 소리, 신호음, 멀리서 희미하게 중얼거리는 듯한 소리가 들려왔다.

닐 경위는 끈기 있게 기다리며 앉아 있었다. 그러다가 아무런 예고도 없이 낮고 거친 목소리가 울려 퍼지자 그는 얼른 수화기를 귀에서 조금 떼어냈다.

"이것 보게, 닐. 이 욕심쟁이 같은 사람아. 자네 군단이 또 움직이기 시작했나?"

닐 경위와 세인트 주드의 번스도르프 교수는 꼭 1년 전에 있었던 어떤 독살 사건에 함께 손을 댄 뒤로 지금까지 줄곧 친구 사이로 지내오고 있었다.

"우리 남자가 죽었다고 들었는데, 의사 선생?"

"그렇다네. 그가 도착했을 땐, 이미 손을 쓸 수가 없는 상태였어."

"죽은 원인은 뭔가?"

"글쎄, 시체를 해부해봐야 알겠지만 아주 흥미로운 사건인 것 같더군. 정말 흥미 있는 사건이야. 이 사건에 손을 대게 되어 기쁘다네."

번스도르프의 굵은 음성에 드러난 직업상의 흥분으로 봐서 닐 경위는 적어도 한 가지 사실은 알 수 있었다.

"자네는 자연사라고는 생각하지 않는 모양이군." 그는 냉정하게 말했다.

"그럴 가능성은 전혀 없어." 번스도르프 박사는 장담하며 말했다.

"물론 지금은 비공식적으로 하는 이야기일세만……."

그는 뒤늦게나마 신중을 기했다.

"암, 물론이지. 그렇고말고 이미 나도 알고 있다네. 하여튼 독살된 건가?"

"그렇다니까. 그리고 게다가 이것은 정말 비공식적인 이야기인데. 자네와 나 사이니까 하는 말이지만, 나는 그 독약이 뭔지 알 것 같네."

"정말인가?"

"탁신(taxine)이야. 이봐. 탁신이라고!"

"탁신? 한 번도 못 들어봤는데?"

"알아. 아주 유별난 거지. 아주아주 유별난 거라네! 나도 불과 3~4주 전에 한 사건을 맡지 않았더라면 알아낼 수 없었을 걸세. 어린애들 두 명이 인형들의 다과회를 연답시고 주목나무에서 열매를 따서 그것으로 차를 만들었는데 말이야……."

"그것이 뭐라고? 주목나무 열매?"

"열매가 아니면 잎일 거야. 굉장히 독성이 강한 것이지. 탁신은 물론 알칼로이드(질소를 함유한 식물 염기의 총칭으로, 일반적으로 유독함)의 일종이라네. 나도 그것을 사용한 살인사건은 한 번도 들어본 적이 없어. 정말, 아주 흥미롭고도 특이하네…… 자네는 모를 거야. 닐, 그 필수적인 제초제를 구하려면 얼마나 힘이 드는 줄 아나? 탁신은 정말 뜻밖의 일일세. 물론, 내가 틀릴지도 몰라. 제발 내 말을 다른 데서는 하지 말게. 물론 그러지는 않겠지만. 자네도 역시 흥미를 느낄 걸세. 판에 박힌 일상생활에 변화가 올 거야!"

"누구나 즐거운 시간을 가질 수 있는 권리가 있다는 뜻인가, 응? 희생자만 빼놓고 말이야."

번스도르프는 별로 내키지 않은 투로 말했다.

"그래그래. 불쌍한 사람이지. 꽤나 운이 없는 사람이야."

"죽기 전에 무슨 말이라도 했나?"

"그건 자네 동료가 수첩을 들고 그 옆에 앉아 있었으니까 자세하고 정확하게 알려줄 걸세. 그는 차에 대해 뭐라고 중얼거렸는데……, 사무실에서 먹은 차에 무언가가 들어 있었다고 하더군. 하지만 그건 말이 안 돼."

"말이 안 된다니?"

매혹적인 그로스브너 양이 차를 끓이면서 주목나무 열매를 넣는 모습을 상상해 보다가, 그런 일은 있을 법하지도 않다고 느낀 닐 경위가 날카롭게 물었다.

"그것은 그렇게 빨리 작용하지 않는다네. 차를 마신 뒤 바로 증상이 나타났다면서?"

"사람들 말로는 그렇다네."

"청산가리를 빼놓는다면 그렇게 빨리 작용하는 독약은 거의 없다네. 아마 순수한 니코틴도 그렇지만……."

"그럼, 그것이 확실히 청산가리나 니코틴은 아니었단 말이지?"

"여보게, 그는 구급차가 도착하기 전에 이미 죽어 있었을 거야. 오, 아니지, 그런 일에 대해서는 거의 의문의 여지가 없네. 처음에는 스트리크닌인 줄 알았지만, 경련의 유형이 전혀 다르더군. 물론 비공식적인 말이네만, 나는 탁신이라는 데 내 이름이라도 걸 수 있네."

"탁신이 퍼지는 데는 시간이 얼마나 걸리나?"

"형편 나름이지. 한 시간도 될 수 있고, 두 시간, 세 시간도 될 수 있지. 죽은 사람은 식욕이 왕성한 사람 같더군. 아침식사를 많이 했다면 그만큼 더디게 작용했을 테지."

"아침식사……." 닐 경위는 생각에 잠긴 채 말했다.

"그래, 아침식사였던 것 같군."

"보르기어스와 함께 아침식사를." 번스도르프 박사는 쾌활하게 웃었다.

"자, 말해 보게나, 경위."

"고맙네. 끊기 전에 우리 경사하고 통화하고 싶은데."

다시 딸그락거리는 소리와 신호음, 멀리서 희미하게 들리는 목소리가 흘러나왔다. 그러다가 거친 숨소리가 들리며 영락없는 헤이 경사의 목소리가 터져나왔다.

"경위님! 경위님!"

"나, 닐이네. 죽은 사람이 내가 알아야 할 만한 이야기를 했나?"

"차 때문이라고 말했습니다. 사무실에서 마신 차라고요. 하지만 의사 말로는……."

"아, 알고 있네. 그밖에 다른 말은 없었나?"

"없었습니다, 경위님. 그런데 이상한 일이 하나 있습니다. 그가 입고 있던 양복 말인데요. 호주머니에 들어 있던 내용물을 조사해 보았습니다. 손수건, 열쇠, 수표, 지갑 같은 평범한 물건들이 들어 있었는데, 딱 한 가지 아주 이상한 것이 있었습니다. 양복 윗도리 오른쪽 주머니에 곡물이 들어 있었습니다."

"곡물?"

"예, 경위님."

"무슨 곡물을 말하는 건가? 아침식사로 먹는 음식 말인가? 아니면 밀이나 보리 같은 것이든지……."

"맞습니다, 경위님. 곡식의 낱알이었습니다. 제게는 호밀처럼 보이더군요. 굉장히 많은 양이었습니다."

"알았네. 그것참 이상하군……. 하지만 사업거래와 관련된 샘플이었을지도 모르지."

"그럴 수도 있겠네요, 경위님. 하지만 저는 일단은 말씀드리는 게 좋겠다고 생각했습니다."

"잘했네, 헤이."

닐 경위는 수화기를 내려놓은 뒤 잠깐 동안 앞을 뚫어지게 바라보며 앉아 있었다. 그는 차분하게 가라앉은 마음으로 수사의 1단계에서 2단계로, 즉 독살에 대한 의심에서 독살의 확신으로 넘어가고 있었다. 번스도르프 교수의 말이 비공식적이라고는 하지만 그는 이 방면에서 실수를 범할 사람이 아니었다. 렉스 포트스큐는 독살된 것이며, 독약은 첫 번째 증상이 나타나기 한 시간 내지 세 시간 전에 투약 되었다. 그러므로 사무실 직원들에게는 결백하다는 증명서를 내줘도 괜찮을 것 같았다.

닐은 일어나 사무실로 들어갔다. 타이피스트들이 부산을 떨며 일하는 것 같기는 했으나 그리 열심히 하는 것 같지는 않았다.

"그리피스 양, 나와 몇 마디 더 나눌 수 있겠소?"

"물론이죠, 닐 씨. 그런데 우리 직원 몇몇이 점심을 먹으러 나가도 될까요? 평소보다 시간이 많이 지났어요. 그렇지 않으면 여기서 시켜먹는 것이 더 좋을까요?"

"아니오. 나가도 됩니다. 하지만 꼭 들어와야 하오."

"물론이죠."

그리피스 양은 닐의 뒤를 따라 포트스큐 씨의 사무실로 들어갔다. 그녀는 선임 직원답게 침착한 태도로 앉았다.

닐 경위가 곧장 본론으로 들어갔다.

"방금 세인트 주드 병원에서 연락이 왔습니다. 포트스큐 씨가 12시 43분에 돌아가셨다고 합니다."

그리피스 양은 단지 머리만 흔들 뿐, 별로 놀란 표정없이 그 소식을 듣고 있었다.

"그분은 무척 고통스러운 것 같았어요."

닐은 그녀가 전혀 슬퍼하지 않는다는 사실을 알아차렸다.

"그의 집과 가족에 대해 상세히 말해 주겠소?"

"그러죠. 저는 아까부터 포트스큐 부인에게 전화해 봤지만, 부인은 골프를 치러 나간 모양이에요. 점심때도 집에 돌아오지 않을 것 같답니다. 그녀가 어느 코스에서 치고 있는지도 잘 모르겠대요."

그녀는 설명하는 투로 덧붙였다.

"그 부부는 베이든 헤스에서 살고 있어요. 아시다시피 그곳은 유명한 세 골프 코스의 중심지이죠."

닐 경위는 머리를 끄덕였다. 베이든 헤스에는 매우 부유한 사람들만이 살고 있었다. 호화판 기차가 왕복하고 있었고, 런던에서도 20마일(약 32km) 정도밖에 떨어져 있지 않아서 아침저녁 교통이 혼잡한 시간에도 비교적 쉽게 자동차로 도착할 수 있었다.

"정확한 주소와 전화번호는?"

"베이든 헤스 3400번이에요. 집 이름은 '주목나무 오두막집'입니다."

"뭐라고요?" 닐이 참지 못하고 성급하게 물었다.

"주목나무 오두막집이라고 말했소?"

"예."

그리피스 양이 어렴풋이 호기심을 느끼는 것 같았으나, 닐 경위가 얼른 침착함을 되찾았다.

"그의 가족에 대해서도 상세히 말해줄 수 있소?"

"포트스큐 부인은 그분의 두 번째 부인이에요. 그분보다는 훨씬 젊죠. 그들은 약 2년 전에 결혼했답니다. 포트스큐 씨의 첫 번째 부인은 오래전에 죽었어요. 첫 번째 결혼에서 낳은 아들이 둘, 딸이 한 명 있어요. 딸은 집에서 같이 살고, 우리 회사에 근무하는 큰아들도 그렇죠. 불행히도 그는 업무차 영국 북부에 나가 있습니다. 내일 돌아오기로 되어 있어요."

"그는 언제 떠났습니까?"

"그저께였어요."

"그에게도 연락해 보았소?"

"예, 포트스큐 씨를 병원으로 옮긴 직후에 그가 머물고 있을 거라고 짐작되는 맨체스터의 미들랜드 호텔에 전화를 걸어봤는데, 오늘 아침 일찍 떠났더군요. 그는 셰필드와 레스터로 갈 것 같긴 하지만 확실한 건 모르겠어요. 그곳에서 그가 방문할 회사 이름은 알려 드릴 수 있습니다."

경위는 확실히 유능한 여자라고 생각했으며, 만일 이 여자가 살인을 했다면 아주 능숙하게 저질렀을 거라고 생각했다. 그러나 그는 이런 생각들은 접어두고 포트스큐 씨의 집안문제로 다시 주의를 기울였다.

"둘째 아들도 있다고 했지요?"

"예, 하지만 포트스큐 씨와는 사이가 좋지 않아 외국에 나가 살고 있어요."

"두 아들 다 결혼했습니까?"

"예, 퍼시벌 씨는 결혼한 지 3년 되었어요. 그들 부부는 주목나무 오두막집 안에 따로 떨어져 있는 주택에서 살지만 얼마 안 있다가 베이든 헤스에 있는 그들의 집으로 이사 갈 예정이에요."

"아까 전화했을 때 퍼시벌 포트스큐의 부인과도 연락이 안 닿았소?"

"그녀는 마침 런던에 갔다고 하더군요." 그리피스 양은 계속해서 말했다.

"그리고 란셀로트 씨가 결혼한 건 채 1년도 되지 않았어요. 프레데릭 앤스티스 경의 미망인이에요. 그녀의 사진을 보신 적이 있을 거예요. '테이틀러' 지(誌)에 말과 함께 나왔죠. 잘 아시겠지만, 아마 자유코스(경마 용어 중 하나)의 크로스컨트리에서였을 거예요."

그리피스 양은 약간 숨이 찬 것 같았으며, 볼이 조금 붉어졌다.

사람들의 그런 분위기를 감지하는데 빠른 닐은 이 결혼이 그리피스 양의 속물근성과 낭만적인 기질을 충동질했다는 것을 깨달았다. 귀족은 그리피스 양에게는 말 그대로 언제까지나 귀족이었고, 도박계에서 고(古) 프레데릭 앤스티스 경에 대한 다소 불미스러운 소문이 돌았다는 사실을 그녀는 거의 모르는 것 같았다. 앤스티스 경은 경마협회의 간사들이 그의 말 중 하나가 경주하는 것을 조사하기 바로 직전에 자기 머리를 쏘아 자살했다. 닐은 그 사람의 부인에 대한 이야기가 희미하게 기억났다. 그녀는 아일랜드의 어떤 귀족의 딸이었으며, 영국 전투에서 전사한 비행사와 결혼한 적이 있었다. 그런 여자가 지금은 포트스큐 집안의 말썽꾸러기와 결혼한 모양이었다.

닐은 그리피스 양이 자세하게 이야기해준 포트스큐 부자의 불화라는 것이 젊은 란셀로트 포트스큐의 생활에 어떤 불명예스러운 사건이 얽혀 있다는 걸 의미한다고 생각했다.

'란셀로트 포트스큐라니! 무슨 이름이 그렇담! 게다가 큰아들의 이름은 뭐였지? 퍼시벌?'

그는 포트스큐 씨의 첫 번째 부인이 어떤 사람이었을지 궁금했다.

'그녀는 특이한 세례명만 지어 주는 괴팍한 취미를 가졌군……'

그는 전화를 끌어당겨 다이얼을 돌렸다. 그리고 베이든 헤스 3400번을 대달라고 했다.

잠시 뒤 어떤 남자의 목소리가 들렸다.

"베이든 헤스 3400번입니다."

"포트스큐 부인이나 포트스큐 양을 부탁합니다."

"죄송합니다만, 그분들은 안 계신데요, 두 분 다요."

그 목소리를 듣고 닐 경위는 상대방이 알코올 중독자가 아닌가 하는 생각이 들었다.

"당신은 집사요?"

"그렇습니다만……."

"포트스큐 씨가 굉장히 위독합니다."

"알고 있습니다. 이미 전화로 연락받았습니다. 그렇지만 저로서는 어떻게 할 수가 없습니다. 벌 씨는 북부에 나가 계시고, 포트스큐 부인은 골프장에 가셨습니다. 벌 부인은 런던에 가셔서 저녁때가 되어야 돌아오실 거고, 엘라인 아가씨는 소녀단 일로 나가셨습니다."

"그럼, 그 집에 포트스큐 씨의 병환에 대해 이야기할 수 있는 사람이 아무도 없소? 중요한 일인데."

"글쎄……, 잘 모르겠는데요." 그 남자는 어딘지 미덥지 못했다.

"램스버텀 양이 있긴 한데, 그녀는 전화를 받을 수조차 없고……. 그렇지 않으면 도브 양이 있습니다만, 가정부쯤 되는 여자죠."

"그럼, 도브 양과 이야기하겠소."

"가서 불러오도록 하죠."

그의 발걸음 소리가 수화기를 통해 들려왔다. 닐 경위는 다가오는 발걸음 소리를 듣지 못했지만 1~2분 있다가 어떤 여자의 목소리가 들려왔다.

"도브인데요?"

목소리가 낮고 안정되어 있었으며 발음이 명확했다. 닐 경위는 도브 양에게서 좋은 느낌을 받았다.

"이런 말을 전하게 되어 유감스럽습니다만, 도브 양. 포트스큐 씨가 조금 전세인트 주드 병원에서 돌아가셨습니다. 사무실에서 갑자기 쓰러졌다고 하더군요. 그분의 가족에게 연락하고 싶은데……."

"물론 그래야죠. 그런 줄은 정말 몰랐군요……."

그녀는 말을 끊었다. 당황한 목소리는 아니지만 충격을 받은 것 같았다.

"정말 불행한 일이군요. 당신이 정말로 연락해야 할 사람은 퍼시벌 포트스큐 씨인 것 같은데요. 그분이 모든 일을 처리하실 거예요. 맨체스터의 미들랜드 호텔이나 레스터의 그랜드 호텔에 연락해 보면 그분이 계실지 모르겠군요. 아니면 레스터의 시러 사(社)나 본즈 사(社)에 있을지도 모릅니다. 전화번호는 모르겠습니다만, 그곳이 그분이 방문하기로 약속한 회사니까, 거기에 전화해 보면 그분이 오늘 어디에 있는지 알려줄지도 몰라요. 포트스큐 부인은 저녁식사 때까지는 돌아오시겠지만, 그전에 차를 마시러 들를지도 모르겠어요. 마님은 큰 충격을 받으실 거예요. 분명히 갑자기 일어난 일이란 말이죠? 포트스큐 씨는 오늘 아침 집을 나설 때만 해도 아주 건강하셨거든요."

"포트스큐 씨를 아침에 보았습니까?"

"그럼요. 그런데 무슨 병으로 그랬나요? 혹시 심장병인가요?"

"그가 심장병을 앓고 있었나요?"

"아니, 아니에요. 그렇지 않아요. 하지만 너무 갑작스러운 일이라서……."

그녀가 말을 끊었다.

"세인트 주드 병원에서 전화하시는 당신은 의사인가요?"

"아닙니다, 도브 양. 나는 의사가 아닙니다. 지금 포트스큐 씨 사무실에서 전화를 걸고 있습니다. 나는 런던경시청 수사과 형사인 닐 경위인데, 가능한 한 빨리 당신을 만나러 가겠소."

"형사……, 경위님이라고요? 그럼, 당신 말씀은……, 무슨 뜻이죠?"

"그것은 갑작스런 죽음이었습니다, 도브 양. 갑작스러운 죽음이 발생해서 우리가 그 현장으로 달려갔다가, 특히 사망자가 최근 들어 의사를 찾은 일이 없을 때는, 그때는 우리가 어떻게 생각할 것 같소?"

아주 단순한 질문이었지만 젊은 여자는 즉각 반응을 나타냈다.

"알고 있어요. 퍼시벌 씨가 두 번씩이나 의사하고 약속을 잡았지만, 포트스큐 씨는 가지 않았답니다. 그분은 정말 이해할 수가 없었어요. 모두 걱정했는데……."

그녀는 말을 멈춘 다음 조금 전과 같은 확실한 태도로 말했다.

"당신이 도착하기 전에 포트스큐 부인이 집에 돌아오시면 뭐라고 말씀드리면 좋을까요?"

닐 경위는 실질적인 질문이라고 생각했다.

그는 큰 소리로 이렇게 말했다.

"그녀에게는 갑작스런 죽음이 발생한 경우에 우리는 몇 가지 조사를 해야 한다고만 말해두시오. 평범한 조사라고 말이오."

그는 전화를 끊었다.

제3장

닐은 전화를 밀어낸 다음 그리피스 양을 날카롭게 쳐다보며 말했다.

"흠, 식구들이 최근에 포트스큐 씨에 대해 걱정을 많이 했다고 하는군요. 그리고 그가 의사에게 가기로 했다고도 하는데, 당신은 내게 그런 말은 안 했잖소?"

"저는 그런 생각을 해보지 않았어요."

그리피스 양이 이렇게 말하고는 다시 덧붙였다.

"제가 보기에는 그분은 조금도 아픈 것 같지 않았으니까요."

"아프지 않았다면, 그럼 무엇 때문에?"

"글쎄요, 하지만 어딘지 좀 이상하긴 했어요. 평소하고는 좀 달랐거든요. 태도가 좀 이상했어요."

"걱정이 있는 것 같던가요?"

"오, 아니에요. 걱정하던 쪽은 우리였어요."

닐 경위는 참을성 있게 기다렸다.

"말씀드리기 곤란하군요, 정말." 그리피스 양이 말했다.

"그분은 변덕이 심했답니다. 어떤 때는 무척 난폭해졌죠. 한 번인가 두 번인가, 솔직히 말해 저는 그분이 술에 취했다고 생각했습니다. 그분은 허풍을 떨며 도저히 사실이라고 믿을 수 없는 아주 괴상한 이야기를 하더군요. 제가 여기 근무하는 동안 포트스큐 씨는 자기 소지품에 대해 항상 아주 검소하셨죠. 어떤 것이든 함부로 버리는 법이 없었어요. 그런데 최근에는 아주 달라졌어요. 거리낌 없이 몹시……, 음, 돈을 마구 뿌리고 다니는 거였어요. 보통 때하고는 너무 달랐다니까요. 사환 아이가 그의 할머니 장례식에 갈 때만 하더라도 포트스큐 씨는 그 애를 불러 5파운드짜리 지폐를 주면서 그것을 두 번째 인기

말(馬)에 걸라고 말하고는 한바탕 웃음을 터뜨렸답니다. 분명히 평소의 그분이 아니었어요. 이것이 제가 말씀드릴 수 있는 전부입니다."

"아마, 걱정거리가 있었나 보죠?"

"그렇다기보다는 마치 어떤 즐겁고……, 흥미로운 뭔가를 기다리는 것 같았어요."

"그가 기다리고 있었던 것은 커다란 협상 같은 겁니까?"

그리피스 양은 좀더 확실하게 반응을 나타냈다.

"그래요. 네, 제 말보다도 훨씬 더 큰 의미예요. 마치 매일매일의 일들은 조금도 문제 삼을 것이 없다는 듯 들떠 있었어요. 그리고 아주 이상하게 보이는 사람들이 업무상으로 그분을 만나러 왔어요. 전에는 한 번도 온 적이 없는 사람들이 말이에요. 그것 때문에 퍼시벌 씨는 걱정이 이만저만이 아니었습니다."

"오, 그것 때문에 걱정했다고요?"

"예, 퍼시벌 씨는 항상 아버지의 신임을 무척 많이 받아왔죠. 그분은 아들에게 의지하고 있었어요. 하지만 최근에는……"

"최근에는 그들 사이가 그다지 좋지 않았던 모양이죠?"

"그것은……, 포트스큐 씨가 퍼시벌 씨 생각으로는 현명하지 못하다고 판단되는 일을 많이 했기 때문이죠. 퍼시벌 씨는 항상 주의 깊고 신중한 편이에요. 그런데 갑자기 아버지가 자기 말을 듣지 않자 퍼시벌 씨로서는 무척 당황할 수밖에요."

"그래서 그들은 그 때문에 말다툼이라도 벌였습니까?"

닐 경위는 꼬치꼬치 캐물었다.

"말다툼은 모르겠지만……. 물론, 이제야 포트스큐 씨가 왜 그렇게 달라 보였는지 알겠군요. 그렇게 소리를 치시다니!"

"소리를 쳤다고요, 그가? 뭐라고 했습니까?"

"그분은 타이피스트들의 방으로 와서는……."

"그럼, 다 들었겠군요?"

"말하자면……, 그런 셈이죠."

"퍼시벌이라는 이름을 들먹이며 그를 욕하고 저주를 퍼부었군요? 그는 퍼시벌이 무슨 짓을 했다고 말했습니까?"

"그보다는 그가 어떤 일을 하지 않았다는 말을 더 많이 했어요. 그를 보고 야비한 협잡꾼에다 보잘것없는 사무실쟁이라고 했어요. 그분은 아들이 원대한 포부도 없고 대범하게 사업을 해나갈 야심도 없다고 하더군요. 그러고는 이렇게 말했어요. '나는 다시 란스를 집으로 불러들이겠어. 그 애가 너보다 열 배는 낫겠다. 게다가 그 애는 결혼도 잘했으니까. 란스는 비록 한때 무모하게 죄를 저지르기는 했지만 그래도 배짱이 있는 놈이야.' 오, 맙소사. 제가 이런 말을 하지 말았어야 하는 건데!"

다른 사람들이 그랬던 것처럼 닐 경위의 노련한 유도 심문에 넋을 잃고 있던 그리피스 양이 갑자기 당황하며 제정신을 찾았다.

"걱정하지 마십시오." 닐 경위는 달래며 말했다.

"지나간 것은 다 과거지사니까요."

"예, 맞아요. 아주 오래전 일이었어요. 란스 씨는 정말 어렸고 철모를 때여서 자신이 뭘 하는지조차 깨닫지 못했던 거예요."

닐 경위는 그전에도 그러한 말을 들은 적이 있지만 인정하지 않았다. 그는 새로운 문제로 넘어갔다.

"여기 있는 직원에 대해 조금만 더 말해 주겠습니까?"

그리피스 양은 자신의 경솔한 행동에서 서둘러 벗어나 회사에 있는 각양각색의 사람들에 대한 정보를 거침없이 이야기했다. 닐 경위는 그녀에게 감사하다는 말을 하고 그로스브너 양을 다시 한 번 만나고 싶다고 말했다.

웨이트 형사는 연필을 뾰족하게 깎고 있었다. 그는 부럽다는 듯이 사무실이 너무 호화롭다고 말했다. 그의 시선은 커다란 의자들이며, 거대한 책상, 그리고 간접 조명기구들을 이리저리 둘러보고 있었다.

"여기 있는 사람들도 하나같이 사치스런 이름을 가진 것 같습니다. 그로스브너는……, 공작과 관련이 있는 것 같고, 포트스큐도 역시 멋진 이름이잖습니까?"

닐 경위는 미소를 지었다.

"그 사람 아버지 이름은 포트스큐가 아니었다네. 폰트스큐였지. 그는 아마

중앙 유럽 어딘가에서 온 사람일 거야. 그 사람은 포트스큐가 좀더 그럴듯하게 들린다고 생각했겠지."

웨이트 형사가 놀랍다는 듯이 그의 상관을 바라보았다.

"그럼, 경위님은 그 사람에 대해 죄다 알고 계시는군요?"

"전화를 받고 오기 전에 몇 가지 알아본 것뿐이야."

"전과는 없었나요?"

"없었네. 포트스큐 씨는 전과가 있기에는 너무 영리했단 말이야. 그는 암시장과 분명히 관계를 맺고 있으면서 아무리 봐도 수상한 데가 있는 한두 가지 거래를 했는데, 문제는 그들이 항상 법의 한도 내에 있었다는 점이야."

"알 만합니다." 웨이트가 말했다.

"좋은 사람은 아니었군요."

닐이 말했다.

"교활한 사람이었지. 하지만 단서가 없으니....... 국세청에서도 오랫동안 그를 추적해왔지만 그들에 비해 그는 너무 머리가 좋았어. 죽은 포트스큐는 정말 경제에는 천재적이었으니까."

"그런 사람이라면......." 웨이트 형사가 말했다.

"원한 관계가 있을지도 모르겠군요?"

그는 막연한 희망을 품고 말했다.

"맞았어. 확실히 원한 관계가 있을 거야. 하지만 그는 집에서 독약을 먹고 나왔다는 사실을 기억해두게. 아니, 그런 것처럼 보여. 자네도 알겠지만, 웨이트, 비슷한 수법이 또 나타나는 것 같군. 옛날부터 흔히 나타나는 방식이지. 착한 아들 퍼시벌, 못된 아들 란스―여자들에게 매력적인 형이지. 게다가 남편보다 훨씬 어린 아내가 누구와 어느 코스로 골프를 치러 다니는지 아무도 모르고 있단 말이야. 정말 아주 비슷해. 그렇지만 한 가지 크게 다른 점이 있지."

"그게 무엇입니까?" 웨이트 형사가 물었다.

그때 마침 문이 열리며 어느 틈엔가 아리따운 그로스브너 양이 들어와서 도도한 자세로 말했다.

"저를 만나자고 하셨나요?"

"당신의 사장에 대해……, 아니, 당신의 전 사장이라고 해야겠지. 몇 가지 질문을 하고 싶소"

"가엾은 분이세요."

그로스브너 양이 별 의미 없는 어조로 말했다.

"혹시 최근에 그에게서 어떤 이상한 점이라도 발견했는지 알고 싶소"

"예, 그래요. 사실 그런 점이 있긴 했어요."

"어떤 점이?"

"정말 말도 할 수 없을 정도였어요……. 그분은 말도 안 되는 소리를 굉장히 많이 했어요. 저는 그분이 하는 말의 반도 믿을 수가 없었어요. 그리고 화도 아주 잘 냈고요. 특히 퍼시벌 씨에게는 더욱 심했어요. 저한테는 안 그랬지만. 하기야, 물론 저는 결코 그분과 다투지 않았기 때문이죠. 그분이 아무리 이상한 말을 해도 저는 그저 '예, 포트스큐 씨.'라고만 말하죠. 아니, 말했죠."

"혹시 포트스큐 씨가 아가씨한테 집적거린 적은 없었나요?"

그로스브너 양은 다소 불만스럽게 대답했다.

"글쎄요, 아니에요. 정확하게 말해서 그랬다고는 할 수 없어요."

"그럼, 마지막으로 한 가지만 더 묻겠소. 포트스큐 씨는 주머니에 곡식알을 넣어서 다니는 습관이 있었습니까?"

그로스브너 양은 무척이나 놀라는 표정이었다.

"곡식알? 호주머니에요? 비둘기한테 주는 먹이 같은 것 말인가요?"

"그렇게 쓰일 수도 있겠죠."

"오, 그런 습관이 있었다고는 믿기지 않아요. 포트스큐 씨가요? 비둘기에게 먹이를 준다고요? 오, 아니에요!"

"그럼, 오늘 호주머니에 보리(혹은 호밀)를 넣어 가지고 있을 만한 어떤 특별한 이유라도 있었습니까? 혹시 샘플로라도? 곡물 거래 같은 일로 말이오"

"오, 아니에요. 그분은 오늘 오후에 아시아틱 석유회사 사람들을 만나기로 되어 있었어요. 그리고 애티커스 빌딩 협회 회장님하고도……, 그밖에는 아무도 없는데요."

"흠, 그렇다면……."

닐은 이야기를 대강 끝내고 손짓으로 그로스브너 양을 나가게 했다.

"다리 한번 멋있군요." 웨이트 형사가 한숨을 내쉬며 말했다.

"고급 스타킹에다……."

"다리 같은 건 나한테 아무런 도움도 안 돼."

닐 경위가 말했다.

"모든 문제가 그냥 고스란히 남아 있군. 호주머니에 가득한 호밀이라……,
아무런 단서도 못 얻어내다니……."

제4장

메리 도브는 아래층으로 내려가다 말고 층계에 있는 커다란 창문을 통해 바깥을 내다보았다. 마침 차 한 대가 멈추더니 두 남자가 내리고 있었다. 둘 중 키가 큰 사람은 집 쪽으로 등을 돌리고 잠깐 주위를 살피고 있었다.

메리 도브는 그 두 남자에 대해 어림짐작해 보았다.

'아마 닐 경위와 그의 부하일 거야.'

그녀는 창문을 지나 층계참 벽에 걸린 전신 거울에 자기 모습을 비춰 보았다. 티 하나 없는 하얀 깃과 커프스를 댄 베이지 빛이 섞인 회색 드레스 속의 작고 새침한 몸매, 윤이 나는 검은 머리칼은 두 갈래로 나눠 목 뒤로 동그랗게 틀어 올렸고 립스틱의 색깔은 엷은 장밋빛이었다.

메리 도브는 대체로 자신의 외모에 만족했다. 그녀는 입술에 아주 희미한 웃음을 띠고 층계를 내려갔다.

닐 경위는 집을 관찰하며 혼자 속으로 중얼거렸다.

'이것을 오두막집이라고 부르다니, 정말! 주목나무 오두막집이라니! 다 부유한 사람들의 사치야!'

그 집은 닐 경위로서는 대저택이라고 부를 만한 수준이었다. 오두막집이 어떤 것인지 잘 아는 그였다. 그 자신이 바로 오두막집에서 자랐기 때문이다! 하링턴 공원 정문 옆에 있던 오두막집이었는데, 공원 안에 있는 팔라디오(이탈리아의 건축가, 1518~1580)풍의 저택은 침실만 해도 29개나 되는, 주체할 수 없을 정도로 거대한 집이라 지금은 내셔널 트러스트(영국의 자연미나 사적(史蹟)의 보호를 위한 조직체)에서 관리하고 있었다.

그의 오두막집은 겉에서 보기에는 아담하고 매력적으로 보였으나 내부는 습기가 차고 불편한 데다 가장 원시적인 형태의 위생시설을 제외하고는 제대로 갖춰진 것이 하나도 없었다. 다행히도 닐 경위의 부모님은 이러한 사실들을 지극히 당연하고 자기들 분수에 알맞다고 생각했다. 그들에게는 집세 부담도 없었고, 미리 정해진 시간에 정문을 여닫는 일만 제외하고는 아무런 할 일도 없었을 뿐만 아니라, 살아가는 데 보탬이 되는 토끼와 꿩 같은 것들이 가끔 눈에 띄었다.

닐 부인은 전기다리미라든가 천천히 타는 난로, 공기가 나오는 벽장, 온수와 냉수가 나오는 수도꼭지, 그리고 손가락 하나만 가볍게 딱 쳐서 불을 켜는 그런 종류의 즐거움은 결코 맛보지 못한 분이었다. 그의 가족은 겨울이면 기름등잔을 사용했으며, 여름에는 어두워지면 잠자리에 들어야 했다. 그들은 모두 지독하게도 시대에 뒤떨어져 있었지만 건강하고 화목한 가정을 이루었다.

그래서 오두막집이라는 말을 들었을 때 닐 경위의 머릿속에는 어린 시절의 추억이 떠올랐다. 하지만 주목나무 오두막집이라는 어처구니없는 이름이 붙여진 이곳은 그저 부유한 사람들이 그들 스스로 '시골 속의 작은 보금자리'라고 부르는 그런 종류의 대저택일 뿐이었다.

닐 경위가 생각하는 시골 개념에 따르면, 사실 이곳은 시골도 아니었다. 집은 견고한 붉은 벽돌로 된 커다란 저택이었는데, 위로 향하기보다는 옆으로 길게 뻗어 있고, 박공(마루머리나 합각머리에 '∧'자 꼴로 붙인 두꺼운 널)은 너무 많다고 생각될 정도였으며, 납으로 조각조각 이어 맞춘 창문들이 수없이 많이 달려 있었다. 정원 또한 지극히 인공적이어서 온통 장미 화단과 퍼골라(덩굴을 지붕처럼 올린 작은 길)와 작은 연못으로 꾸며져 있었으며, 그 집의 이름을 과시라도 하듯이 울타리는 주목나무를 잘라 쭉 이어놓았다.

탁신의 원료를 손에 넣고자 했던 사람에게 바로 여기에 있는 수많은 주목나무들이 이용되었을 것이다. 오른편 저쪽, 장미 퍼골라 뒤쪽에만 진짜 자연 그대로의 모습(마치 묘지를 연상시키는 거대한 주목나무에 말뚝을 박아 가지를 지탱시켜 놓은 모습)이 약간 남아 있었다. 마치 숲 속의 모세라 할만 했다. 그 나무는 새로 지은 붉은 벽돌집들이 시골의 여기저기에 마구 늘어나기 훨씬 전부터 거기에 있었을 것이라고 경위는 생각했다. 또한 골프 코스가 생기고 유행을 따르는 건축가들이 여러 가지 장소의 장점을 지적하며 그들의 부유한 고객들과 함께 걸어다니기 훨씬 전부터 서 있었을 것이다. 게다가 오랜 연륜으로 봐서 그 나무는 그대로 보존되어 새로운 건축물과 함께 어울리게 되었을 뿐만 아니라, 이상적인 거주지에 이름까지 제공했을 것이다. 주목나무 오두막집, 그리고 어쩌면 바로 그 나무에서 열매를……

닐 경위는 그런 알량한 생각들을 그만두었다. 일을 해야만 한다. 그는 초인종을 눌렀다.

닐 경위가 전화 통화로 마음속에 생각해두었던 모습과 정확하게 들어맞는 중년 남자가 재빨리 문을 열어주었다. 겉보기에는 그럴 듯했지만, 어쩐지 미덥지 못한 눈에 다소 불안정한 손을 지닌 남자였다.

닐 경위는 자신과 부하의 신분을 알리고는 곧바로 집사의 눈에 놀라는 표정이 나타나는 것을 보고 즐거움을 느꼈다. 하지만 닐은 그런 것에는 그다지 신경 쓰지 않았다. 아무래도 렉스 포트스큐의 죽음과는 아무 상관이 없을 것 같았다. 그것은 단순한 무의식적인 반응일 가능성이 컸다.

"포트스큐 부인은 아직 안 돌아오셨소?"

"예, 선생님."

"퍼시벌 포트스큐 씨나 포트스큐 양도?"

"예, 선생님."

"그럼, 도브 양을 좀 만나고 싶은데."

남자는 머리를 약간 돌렸다.

"도브 양이라면 마침……, 아래층으로 내려오는 중입니다."

닐 경위는 도브 양이 널찍한 계단을 침착하게 내려오는 동안 그녀를 유심히 살펴보았다. 이번에는 생각했던 모습과 실제가 맞지 않았다. 가정부라고 하면 막연히 검은색 드레스에 짤랑거리는 열쇠 꾸러미가 감춰져 있을 법한, 키가 크고 품위 있는 부인일 것 같았다.

경위는 그를 향해 내려오는 작고 말쑥한 모습에 상당히 당황했다. 부드러운 비둘기색 드레스, 하얀 깃과 커프스, 단정하게 빗어 올린 머리, 거기에 은은한 모나리자 미소…… 그 모든 것이 어딘지 좀 비현실적인 것 같았다.

서른 살이 안 된 젊은 여자가 마치 다른 역할을, 가정부 역할이 아니라, 메리 도브 자신의 역할을 맡은 것처럼 느껴졌다. 그녀의 외모는 도브(비둘기)라는 이름에 걸맞았다.

그녀는 그를 침착하게 맞았다.

"닐 경위님이세요?"

"그렇습니다. 이쪽은 헤이 경사입니다. 전화로 알려 드렸다시피, 포트스큐 씨는 12시 43분 세인트 주드 병원에서 돌아가셨습니다. 그의 사인은 오늘 아침에 먹은 음식물과 관련된 것 같습니다. 그래서 아침 식탁에 나왔던 음식물을 조사해 보도록 헤이 경사를 주방으로 안내해줄 수 있는지요?"

그녀는 잠깐 생각에 잠긴 채 그를 보더니 고개를 끄덕였다.

"물론이죠."

그녀는 거북해하며 망설이는 집사에게 말했다.

"크럼프, 헤이 경사님을 모시고 가서 보고 싶어 하시는 것을 보여 드리세요."

두 사람이 함께 나갔다.

메리 도브는 닐에게 말했다.

"이리로 들어오시겠어요?"

그녀는 어떤 방문을 열고 먼저 안으로 들어갔다. 그곳은 '끽연실'이라는 이름이 붙은 특징 없는 방으로, 벽난로가 장식되어 있고 화려한 가구와 크고 푹신한 의자, 벽에는 재미있는 판화가 몇 점 걸려 있었다.

"앉으세요."

그가 앉자 메리 도브는 그의 맞은편에 앉았다. 그녀는 햇빛을 정면으로 받는 쪽을 택했다. 여자치고는 특이한 성격이었다. 감춰야 할 일이 있는 여자라면 더 이상한 노릇이었다.

'아마 메리 도브는 아무것도 숨길 것이 없는 모양이지……'

"정말 불행한 일이에요." 그녀가 말했다.

"가족 중 아무도 없다는 것 말이에요. 포트스큐 부인은 지금이라도 올지 모르겠어요. 어쩌면 벌 부인도요. 퍼시벌 포트스큐 씨에게는 여러 곳에 전보를 쳐놓았어요."

"고맙소, 도브 양."

"포트스큐 씨의 죽음이 아침식사 때 먹은 것 때문이었다고 하셨죠? 그럼, 식중독이라는 말씀인가요?"

"그런 것 같습니다." 그는 그녀를 쳐다보았다.

그녀는 침착하게 말했다.

"하지만 그럴 것 같지는 않아요. 오늘 아침에는 베이컨과 스크램블 에그(우유, 버터를 넣고 풀어 볶은 달걀), 커피, 그리고 마멀레이드를 바른 토스트가 나왔어요. 그리고 찬장에 냉동햄이 있긴 했지만, 어제 잘라놓은 것이어서. 다른 사람들은 아무 이상이 없었는데요, 생선 종류도 없었고, 소시지도 없었고……, 식중독을 일으킬 만한 건 아무것도 없었어요."

"아침식사 메뉴를 정확하게 알고 있군요."

"당연하죠. 식사는 제가 지시하니까요. 어제 저녁식사로는……."

닐 경위가 그녀의 말을 막았다.

"아닙니다. 어제 저녁식사는 문제될 것이 없습니다."

"식중독은 24시간 뒤에도 증세가 나타날 수 있다고 아는데요."

"이번 경우는 아닙니다. 오늘 아침 포트스큐 씨가 집을 떠나기 전에 먹었거나 마신 것이 있다면 정확하게 말해 주겠습니까?"

"그분은 8시에 자기 방으로 차를 가져오라고 했어요. 아침식사는 9시 15분에 있었죠. 포트스큐 씨는……, 이미 말씀드린 대로 스크램블 에그, 베이컨, 커피, 마멀레이드를 바른 토스트를 드셨어요."

"곡물 종류는요?"

"없었어요. 그분은 곡물을 좋아하지 않으셨답니다."

"커피에 넣은 설탕은, 각설탕이었습니까, 아니면 굵은 설탕이었습니까?"

"각설탕이었어요. 하지만 포트스큐 씨는 커피에 설탕을 넣지 않으셨어요."

"그는 아침에 약을 먹는 습관이 있었습니까? 소금이나 강장제, 아니면 소화제라도?"

"아니요. 아무것도 안 드셨어요."

"당신도 그와 함께 아침식사를 했습니까?"

"아니요, 저는 가족들과 함께 식사하지 않아요."

"아침식사 때 누가 있었습니까?"

"포트스큐 부인, 포트스큐 양, 벌 포트스큐 부인. 퍼시벌 포트스큐 씨는 물론 출장 중이시고."

"그리고 포트스큐 부인과 포트스큐 양도 아침식사로 같은 음식을 들었습니까?"

"포트스큐 부인은 커피와 오렌지 주스, 그리고 토스트만 드시지만 벌 부인과 포트스큐 양은 아침식사를 항상 많이 드시는 편이에요. 그분들은 스크램블에그와 냉동햄 외에 아마 곡물도 드셨을 거예요. 벌 부인은 커피 대신 차를 마셨고요."

닐 경위는 잠깐 생각에 잠겼다. 범위가 점점 좁혀지는 것 같았다.

세 사람, 그래, 세 사람만이 사망자와 함께 아침식사를 했다. 그의 아내, 딸, 그리고 며느리, 그들 중 누군가 그의 커피잔에 탁신을 넣었을지도 모른다. 커피의 쓴맛이 탁신의 씁쓸한 맛을 못 느끼게 했을 것이다. 물론 아침 일찍 차도 마셨다고 했지만, 번스도르프의 말로는 보통 차와 같은 맛을 느낄 수 있다고 했다.

그러나 혹시 아침에 일어나자마자 첫 번째로 마신 것이라면 감각이 살아나기 전이니까……

그가 고개를 들어 올려다보자 메리 도브가 그를 지켜보고 있었다.

"강장제와 의약품에 대한 질문은 좀 이상한 것 같은데요, 경위님? 그것은 마치 약 속에 뭔가가 잘못된 게 들어 있었다거나, 혹은 무엇인가 약 속에 첨가되어 있었다는 말씀인 것 같은데요. 그런 것은 식중독이라고 말할 수 없잖아요?"

닐은 그녀를 뚫어지게 바라보았다.

"나는……, 분명히 포트스큐 씨가 식중독으로 죽었다고는 말하지 않았습니다. 하지만 독물 중독의 일종이라고 할 수 있습니다. 맞습니다, 바로 독물 중독으로 죽은 겁니다."

그녀는 아주 조심스럽게 반복해서 말했다.

"독물 중독이라……."

그녀는 놀라지도 당황하지도 않은 것 같았으며, 단지 흥미를 느끼는 것 같았다. 그녀의 태도는 새로운 경험을 음미라도 하는 듯했다.

그녀가 잠깐 생각에 잠겼다가 이렇게 말한 속뜻을 말했다.

"저는 여태껏 독살 사건에 관련되어 본 적이 한 번도 없었어요."

닐은 냉정하게 말했다.

"별로 유쾌한 일은 못되죠."

"아니에요. 그럴 것 같지 않은데요……."

그녀는 자기 말에 대해 잠깐 생각해 보더니 갑자기 웃음을 지으며 그를 올려다보았다.

"저는 그러지 않았어요. 하지만 모든 사람들이 다 그렇게 말하겠죠!"

"누가 그랬을지 짐작이 갑니까, 도브 양?"

그녀는 어깨를 으쓱했다.

"솔직히 말해서, 그분은 밉살스러운 사람이었어요. 어떤 사람이라도 그분을 살인했을 가능성이 충분히 있어요."

"하지만 사람들은 단순히 '밉살스럽다는' 것 때문에 독살하지는 않습니다, 도브 양. 대개는 확고한 동기가 있는 법이지요."

"예, 물론 그렇죠."

그녀는 생각에 빠졌다.

"이 집안사람들에 대해 설명해줄 수 있습니까?"

그녀는 그를 올려다보았다.

닐 경위는 도브 양의 눈이 태연하고 즐거운 듯한 것에 조금 놀랐다.

"정확하게 말해서, 저에게 진술을 요구하고 계신 건 아니죠? 아니, 그럴 수가 없겠군요. 경사님은 하인들을 당황하게 하느라 바쁘니까, 저는 제 말이 법정에서 공개적으로 거론되지 않기를 바라요. 그렇지만 말씀드리겠어요, 비공식적으로. 그러니까, 기록은 안 하시는 거죠?"

"그럼, 어서 말해 보시오, 도브 양. 보시다시피 입회인은 아무도 없소."

그녀는 뒤로 기대어 가냘프게 생긴 발 하나를 흔들며 눈을 가늘게 떴다.

"우선 저는 제 고용주에 대해 충성심 같은 건 없다는 것부터 말씀드리죠. 저는 이 직업이 보수가 좋다는 것 때문에 일하고 있어요. 저는 늘 보수가 좋아야 한다고 생각했거든요."

"사실 당신이 이런 종류의 일을 한다는 것에 조금 놀랐소. 내 생각으로는 당신의 지식과 교육 정도라면……."

"사무실에 갇혀 있어야 한다는 말인가요? 아니면 관공서에서 서류나 수집하라고요? 이것 보세요, 닐 경우님. 이 일도 더할 나위 없이 좋은 직업이에요. 집안일에 대한 걱정거리만 던다면 사람들은 무엇이든지(무엇이든지 말이에요), 그 대가를 치르죠. 하인 한 사람을 찾아내서 고용한다는 것이 얼마나 지겨운 일인지 몰라요. 직접 안내소에 편지를 쓰고, 광고를 내고, 사람들을 만나보고, 면담을 하기 위해 계획을 세워야 하고, 그런 다음 모든 일을 순조롭게 유지해 나가야 해요. 그것은 이런 직업을 가진 대부분의 사람들이 지니지 못한 특별한 능력을 요하는 일이랍니다."

"그런데 당신이 고른 사람들이 당신을 지지하지 않는다면? 그런 일도 있다고 들었는데……."

메리는 미소를 지었다.

"필요하다면 저도 침대를 정리하고, 방을 쓸고, 음식을 조리하고, 아무도 그 차이를 눈치채지 못하도록 식탁을 차릴 수도 있어요. 물론 그 사실을 알리고 다니지는 않지요. 그 사실을 말한다면 뭔가 다르다고 생각할 테니까요. 하지만 저는 아무리 작은 의견 차이라도 극복할 수 있다고 확신하고 있어요. 그러나 그런 의견 차이는 그리 자주 있는 일이 아니랍니다. 저는 단지 편안함을 위해서라면 무슨 대가라도 지급하는 부자들을 위해 일하고 있을 뿐이에요. 그에 따라 저도 최고 수준으로 일하고 그에 따른 보수를 받는 거죠."

"집사는 어떻습니까?"

그녀는 상대방을 음미하며 재미있다는 시선을 던졌다.

"집사 부부에게는 항상 문젯거리가 있답니다. 크럼프는 자기 부인 때문에 이곳에 머물러 있는 셈인데, 그녀는 제가 여태껏 만나봤던 가장 훌륭한 요리사 중 한 사람이랍니다. 놓치기 아까운 여자죠. 그녀를 데리고 있으려면 웬만한 것쯤은 참아야 할 거예요. 포트스큐 씨는 그녀의 음식을 좋아하죠. 아니, 좋아하셨죠. 이 집안에서는 아무도 망설이는 일이 없어요. 그들은 돈이 많으니까요. 버터, 달걀, 크림 등 크럼프 부인은 얼마든지 원하는 대로 주문할 수 있어요. 크럼프도 그런 대로 괜찮은 수준이에요. 은식기도 잘 다루고, 식탁에서 시중드는 것도 그다지 서툴지 않죠. 저는 포도주 저장실의 열쇠를 가지고 다니며 위스키와 진을 늘 조사하고 그가 하는 일들을 감독하고 있어요."

닐 경위는 눈썹을 치켜세웠다.

"존경할 만하군요!"

"사람은 무엇이든지 할 줄 알아야 한다고 생각해요. 그런 다음에는……, 그것을 결코 할 필요가 없죠. 그런데 경위님은 이 집안사람들에 대한 제 생각을 알고 싶다고 하셨죠?"

"당신만 괜찮다면요."

"그들은 모두 하나같이 정말 밉살스러워요. 돌아가신 포트스큐 씨는 항상 자기 안전을 지키기에 여념이 없는 사기꾼 같은 사람이었죠. 약삭빠르게 장사를 해놓고는 얼마나 떠벌리며 자랑했는지 몰라요. 무례하고 거만한 태도로 약한 사람들을 못살게 굴었죠. 포트스큐 부인인 아델은 그분의 두 번째 부인인데, 그분보다 서른 살이나 젊어요. 브리튼에서 우연히 그녀를 만났다고 하더군요. 그녀는 돈에 혈안이 된 미조사(美爪師)였대요. 외모야 아주 아름답죠. 제 말의 뜻을 아실지 모르겠지만, 정말 성적인 매력이 있는 여자예요."

닐 경위는 조금 충격을 받았지만, 밖으로 드러내지 않느라고 진땀을 뺐다. 그는 메리 도브 같은 아가씨는 그런 말을 입에 담지 말아야 한다고 생각했던 것이다.

젊은 여자는 태연하게 계속했다.

"아델이 그분과 결혼한 건 돈 때문이죠. 물론 그분의 아들 퍼시벌과 딸인 엘라인은 그 때문에 굉장히 화를 냈어요. 그들은 그녀에게 노골적으로 불쾌감을 드러냈지만, 아주 현명하게 그녀는 그런 것에는 신경 쓰지 않아요. 아니면 아직도 눈치채지 못했던가요. 그녀는 자기가 원하는 곳에서 노인을 만나게 되었다는 사실을 알고 있어요. 오, 맙소사; 또 제가 현재형을 썼군요. 그분이 죽었다는 것이 아직 정말 실감이 안 나요……."

"아들에 대해서도 좀 들어봅시다."

"퍼시벌 씨요? 그의 아내가 부르는 대로 하자면 벌이죠. 퍼시벌은 말솜씨만 좋은 위선자예요. 위엄있는 척하지만, 비열하고 교활해요. 아버지 앞에서는 꼼짝도 못하고 벌벌 떨지만, 요리조리 자기 하고 싶은 대로 다 하죠. 포트스큐 씨와는 달리 돈에 대해 아주 인색하답니다. 절약은 그가 가장 열심히 외치는 구호 중 하나예요. 오랫동안 자기 집을 장만하지 않은 것도 다 그런 이유 때문이죠. 여기서 살면 자기 호주머니가 절약되니까요."

"그럼, 그의 아내는?"

"제니퍼는 너무 온순하고 좀 모자란 것 같아요. 그렇지만 잘은 모르겠어요. 결혼하기 전에는 병원 간호사였다는데 퍼시벌의 폐렴을 간호해 주다가 사랑으로 결말이 난 거죠. 포트스큐 씨는 그들의 결혼에 실망했답니다. 그 사람은 신사인 체하는 속물이라서 퍼시벌에게 소위 '훌륭한 결혼'이라는 걸 시키고 싶었던 거예요. 그분은 가련한 벌 부인을 경멸하고 냉대했답니다. 그녀도 그분을 싫어해요. 아니, 굉장히 싫어했죠. 그녀의 가장 큰 관심거리는 쇼핑과 영화이고, 가장 큰 슬픔은 남편이 그녀에게 돈을 충분히 주지 않는다는 사실이랍니다."

"딸은 어떻습니까?"

"엘라인 말이죠? 엘라인에 대해서는 좀 딱한 생각이 들어요. 나쁜 애는 아니에요. 결코 어른이 되지 않는 위대한 여학생이라고 할 수 있죠. 그녀는 게임도 잘하고, 소녀단 같은 일에 참가하고 있지요. 얼마 전에 불만에 가득 찬 듯한 어떤 젊은 남자와 사랑에 빠진 일이 있었는데, 포트스큐 씨가 그 청년이 공산주의 사상을 가졌다는 것을 알고는 노발대발했답니다."

"아버지에게 맞설 용기가 없었나 보죠?"

"그녀야 가지고 있었죠. 하지만 그 청년의 마음이 변한 거예요. 그 사람도 역시 돈 때문이었던 것 같아요. 엘라인은 그다지 매력적이지 않거든요."

"그리고 다른 아들 하나는?"

"저는 그를 한 번도 못 봤어요. 누구 말을 들어봐도 다 매력적으로 생겼다고 하지만, 아주 나쁜 사람인 모양이에요. 과거에 위조 수표와 관련된 사건을 일으킨 적이 있다죠? 지금은 동부 아프리카에서 살고 있어요.”

“그런데 아버지와 사이가 틀어졌다면서요?”

“예, 포트스큐 씨는 그를 이미 회사의 두 번째 동업자로 정해 놓았기 때문에 유산 몇 푼으로 그를 폐적(廢嫡)해버릴 수는 없었지만, 몇 년 동안 연락을 끊은 상태였어요. 어쩌다가 란스 이야기가 나오기라도 하면 그분은 ‘나에게 그 놈 이야기는 하지 마라. 나는 그런 아들 둔 적이 없다.’라고 말하곤 했죠. 그래서…….”

“그래서요, 도브 양?”

메리는 천천히 말했다.

“그래서 저는 돌아가신 포트스큐 씨가 그를 다시 여기로 돌아오게 할 생각이 없었다고 해도 놀라지 않았을 거예요.”

“무엇 때문에 그런 생각이 들었죠?”

“한 달 전쯤 돌아가신 포트스큐 씨가 퍼시벌과 굉장히 다투었거든요. 그분은 퍼시벌이 몰래 무슨 일인가를 꾸미고 있다는 것을 알아냈어요. 무슨 일이 있었는지 잘 모르겠지만 이만저만 화를 낸 게 아니었답니다. 그리고 나서는 퍼시벌은 마음에 쏙 드는 아들 노릇을 갑자기 그만두었어요. 그 사람도 최근에는 아주 달라졌답니다.”

“포트스큐 씨가 달라졌다고요?”

“아니요, 퍼시벌 씨 말이에요. 죽을까 봐 걱정하는 눈치였어요.”

“그럼, 하인들은 어떻습니까? 크럼프 부부에 대해서는 이미 설명했고, 그밖에 누가 또 있습니까?”

“글레이디스 마틴이라는 잔심부름하는 처녀애가 있는데, 요즘 그 애들 말로는 웨이트리스라는 이름을 더 좋아하는 것 같더군요. 그녀는 아래층 방을 청소하고, 식사 준비를 하고, 치우고, 식탁에서 크럼프가 시중드는 것을 도와주고 있어요. 아주 예의 바른 처녀이지만, 정말 거의 얼뜨기랍니다. 선(腺)증식 비대증이죠.”

닐은 고개를 끄덕였다.

"하녀로는 엘렌 커티스가 있어요. 나이도 많고 심술궂은데다 까다롭기까지 하지만, 일은 잘해요. 1등급 하녀감이죠. 나머지는 바깥에서 일하는 일군들인데, 좀 이상한 여자들이에요."

"그 사람들이 여기 사는 사람들 모두입니까?"

"늙은 램스버텀 양이 있어요."

"그녀는 누구입니까?"

"포트스큐 씨의 처형이에요. 첫 번째 부인의 언니랍니다. 그분의 첫 번째 부인은 포트스큐 씨보다 상당히 나이가 많았는데, 그녀의 언니니까 포트스큐 씨보다 훨씬 더 나이가 많겠죠. 칠십 살은 족히 넘었을 거예요. 2층에 그녀 방이 있는데, 요리도 직접 하고, 청소만 하녀 한 사람이 들어가서 해주고 있답니다. 그녀는 좀 괴상한 데가 있어요. 자기 동생의 남편을 조금도 좋아하지 않았는데도 동생이 살아 있을 때 여기 와서, 동생이 죽은 다음에도 계속 머물러 있답니다. 포트스큐 씨는 그녀를 그다지 귀찮게 생각하지 않았어요. 그녀는 아주 괴짜예요. 하긴 에피 아주머니라고 부르니까."

"그럼, 이들이 전부인가요?"

"예, 그래요."

"그럼, 이제 당신 차례로군요, 도브 양."

"상세한 것을 원하세요? 저는 고아예요. 세인트 앨프리드 비서학교에서 비서과정을 밟았죠. 처음에 속기사로 일하다가 그만두고, 다른 일을 좀 하다가 직업을 잘못 선택했다는 것을 깨닫고는 현재의 직업을 시작했답니다. 그동안 세 명의 고용주를 거쳤어요. 1년이나 1년 반 정도만 지나면 그만 싫증이 나서 다른 곳으로 옮기곤 했죠. 이 주목나무 오두막집에서 일한 지는 이제 막 1년이 넘었어요. 제가 거쳤던 여러 주인들의 이름과 주소를 타이핑해서 신원증명서 한 통과 함께 그 경사……, 헤이라고 했죠? 그분에게 드리지요. 이만하면 만족하시겠어요?"

"완벽합니다, 도브 양."

닐은 잠깐 침묵에 잠겨 포트스큐 씨의 아침식사에 장난하는 도브 양의 모습을 상상해 보았다. 그의 마음은 이제 훨씬 더 먼 곳으로 가서 그녀가 조그만 바구니에 주목나무 열매들을 재빨리 담는 모습을 상상했다.

그러나 그는 한숨을 쉬며 곧 현실로 돌아왔다.

"자, 그럼 글레이디스라는 처녀를 우선 만나보고, 그다음에 엘렌이라는 하녀를 만나보고 싶소."

그는 일어서며 덧붙였다.

"그런데, 도브 양. 포트스큐 씨가 왜 곡식 낱알을 호주머니에 가득 넣고 다니는지 혹시 알고 있습니까?"

"곡식이라니요?"

그녀는 정말 뜻밖이라는 듯 그를 뚫어지게 바라보았다.

"그래요, 곡식입니다. 뭔가 생각나는 일이라도 있습니까, 도브 양?"

"전혀 없어요."

"그의 옷은 누가 손질하죠?"

"크럼프요."

"알았습니다. 포트스큐 씨와 부인은 같은 침실을 씁니까?"

"예, 그분은 화장실 겸 욕실을 가지고 있어요. 물론 그녀도 그래요……."

메리는 자기 손목시계를 내려다보았다.

"그녀가 빨리 돌아와야 할 텐데……."

경위는 자리에서 일어나며 쾌활한 목소리로 이렇게 말했다.

"이 사실을 알고 있는지 모르겠군요, 도브 양? 바로 근처에 골프 코스가 세 군데 있다고는 하지만, 아직 그중 어느 한 군데에서도 포트스큐 부인을 찾지 못했다는 것은 좀 이상하지 않소?"

"그렇게 이상할 건 없어요, 경위님. 만일 그녀가 혹시라도 골프를 치고 있지 않다고 한다면요."

메리의 목소리는 냉정했다.

경위는 날카롭게 말했다.

"나는 분명히 그녀가 골프를 치러 갔다고 들었는데요."

"골프 클럽을 가지고 나가면서 그러겠다고 말했으니까요. 물론 차는 직접 몰고 나갔죠."

그는 그 말에 함축된 의미를 찾아내려고 애쓰며 그녀를 찬찬히 바라보았다.

"그녀가 누구와 골프를 치는지 알고 있습니까?"

"비비언 두보이스 씨일 가능성이 커요."

"알았습니다." 닐은 이렇게 말하며 만족해했다.

"글레이디스를 당신에게 들여보내겠어요. 그녀는 사람이 죽었다는 이야기를 하면 아마 겁에 질릴 거예요."

메리는 문 옆에 잠깐 멈춰 서서 이렇게 말했다.

"제가 말씀드린 이야기로 너무 넘겨짚지 않는 것이 좋을 것 같아요. 저는 사악한 존재거든요."

그녀가 나갔다. 닐 경위는 닫힌 문을 멍하니 바라보았다.

악의로 한 말이든 아니든 그녀가 그에게 들려준 말은 다분히 암시적이었다. 만일 렉스 포트스큐가 독살된 것이라면, 물론 그게 거의 그런 것이 확실하겠지만, 주목나무 오두막집에서 음모가 진행됐을 가능성이 매우 클 것 같았다.

동기가 땅 위에 짙게 깔린 듯했다.

제5장

　내키지 않다는 표정을 역력하게 드러내며 방에 들어온 처녀는 겁을 잔뜩 집어먹은 얼굴에 도무지 매력이라고는 없어 보였다. 큰 키에 자줏빛 제복을 단정하게 차려입고 있었는데도 어딘지 모르게 방탕해 보였다.

　그녀는 애원하는 듯한 시선을 그에게 보내더니 대뜸 이렇게 말했다.

　"저는 안 그랬어요. 정말이에요. 저는 아무것도 몰라요."

　"모두 맞는 말이오."

　닐은 진심으로 이렇게 말해 주었다. 그의 목소리도 약간 변해 있었다. 말투도 훨씬 쾌활하고 평범한 것이었다. 놀란 한 마리 토끼 같은 글레이디스가 마음을 편히 갖기를 바랐던 것이다.

　"이리 와서 앉아요."

　그가 계속해서 말했다.

　"나는 단지 오늘 아침식사를 알고 싶은 것뿐이니까."

　"저는 정말 안 그랬어요."

　"자, 아가씨가 아침식사를 차렸죠?"

　"예, 제가 차렸어요."

　그것을 시인하는 것조차 꺼려지는 모양이었다. 그녀는 죄를 지은 듯 겁을 냈지만, 닐 경위는 그와 같은 증인들을 자주 봐왔다.

　그는 그녀를 진정시키려고 애쓰며 쾌활한 말투로 계속 질문을 던졌다.

　"누가 제일 먼저 내려왔지? 그다음에는 누가?"

　엘라인 포트스큐가 아침식사를 하러 내려온 첫 번째 사람이었다. 그녀는 크럼프가 커피 주전자를 가지고 들어갔을 때 내려왔다고 했다. 포트스큐 부인이 그다음에 왔고, 그다음은 벌 부인, 마지막으로 이 집 주인이 들어왔다. 그들은 각자 알아서 먹었다. 차와 커피, 그리고 뜨거운 요리가 찬장 안의 접시에 마련되어 있었다.

닐은 그녀에게서 별다른 중요한 정보를 얻지 못했다. 음식과 음료수는 메리 도브가 이미 말해준 대로였다. 주인과 포트스큐 부인과 엘라인 양은 커피를 마셨고, 벌 부인은 차를 마셨다. 모든 것이 평상시와 똑같았다.

닐이 그녀 자신에 대해 질문하자, 이번에는 퍽 신속하게 대답해 주었다. 그녀는 처음에는 어떤 집에서 하녀로 있다가 그 뒤 다방을 전전했다. 그런데 나중에 또 하녀가 더 낫겠다고 생각해서 지난 9월 주목나무 오두막집에 오게 되었다고 했다. 그러니까 두 달이 지난 셈이었다.

"일은 마음에 드나요?"

"글쎄요, 괜찮은 것 같아요." 그러고는 이렇게 덧붙였다.

"경제적으로는 그렇게 나쁘지 않아요. 하지만 그다지 자유롭지 못하다는 것이 좀……"

"포트스큐 씨의 옷, 그러니까 양복에 대해 좀 말해 주겠소? 누가 그것을 손질합니까? 솔질 같은 것 말이오."

글레이디스는 약간 화가 난 것 같았다.

"크럼프 씨가 하기로 되어 있어요. 하지만 대개 반 정도는 저보고 하라고 해요."

"오늘 포트스큐 씨가 입은 양복은 누가 솔질하고 다림질한 겁니까?"

"그분이 무슨 옷을 입었는지 모르겠군요. 양복이 하도 많아서요."

"그의 양복 주머니에 혹시 곡물이 들어 있는 것을 본 적이 있소?"

"곡물?"

그녀는 어리둥절한 것 같았다.

"호밀이오, 정확히 말해서."

"호밀? 그건 빵 아닌가요? 검은 빵 말이에요. 불쾌한 냄새를 항상 풍기는 거 있잖아요."

"그것은 호밀로 만든 빵을 말하는 것이고, 나는 호밀이라는 곡식 자체를 말하는 거요. 아가씨 주인의 윗도리 주머니에서 발견되었소."

"그분의 윗도리 주머니에서요?"

"그래요. 어떻게 해서 그것이 거기에 들어 있는지 알고 있소?"

"정말 모를 일이에요. 저는 한 번도 본 적이 없는걸요."

그는 그녀에게서 더 이상 얻을 게 없었다. 그는 잠깐 그녀가 혹시 지금 말하는 것보다 그 문제에 대해 더 많이 아는 건 아닐까 하는 의구심이 들었다.

그녀는 확실히 당황하는 것 같았고, 어딘지 경계하는 것 같기도 했다. 그러나 그것은 대체로 경찰 앞에서 자연히 갖게 되는 두려움이라고 생각하고 접어 두었다.

마침내 그녀에게 나가라고 했을 때, 그녀는 이렇게 물었다.

"그것이 정말 사실인가요, 그분이 돌아가셨다는 거 말이에요."

"예, 그는 죽었소."

"아주 갑작스러운 것이었나 보지요? 사무실에서 걸려온 전화를 받아보니 그분은 발작 같은 증세를 보였다고 하던데……."

"그렇소, 일종의 발작이었죠."

글레이디스가 말했다.

"제가 옛날에 알았던 친구 한 명도 발작 증세가 있었어요. 아무 때나 발작을 일으켜서 무척 겁나게 했는데……."

이렇게 회상하는 모습을 보니 그녀에 대한 의심은 사라지는 듯했다.

닐 경위는 주방으로 들어갔다. 그가 등장하자마자 주방에서는 놀라운 반응이 나타났다. 거대한 몸집의 얼굴이 붉은 여자가 밀방망이를 치켜들고 덤빌 듯한 태도로 그를 향해 버티고 섰다.

"경찰, 흥!" 그녀가 말했다.

"여기 와서 그따위 말이나 지껄이다니! 당신에게 들려줄 말은 아무것도 없어요. 내가 식당에 들여보내는 건 뭐든 넣을 만한 것만 알아서 넣고 있는데, 여기 와서 내가 주인어른을 독살했다고 말하다니! 당신이 경찰이건 아니건 고소하겠어. 나는 이 집에서는 단 한 번이라도 나쁜 음식을 올린 적이 없단 말이에요!"

닐 경위가 화가 난 일류 요리사를 진정시키는 데는 상당한 시간이 걸렸다.

헤이 경사가 식료품 저장실에서 씩 웃으며 얼굴을 내미는 것을 보니, 그도 이미 크럼프 부인에게 호되게 당한 모양이었다.

그 장면은 전화벨이 울림으로써 막이 내렸다. 닐이 홀에 나와 보니 메리 도브가 전화를 받고 있었다. 그녀는 종이에 어떤 용건을 받아 적고 있었다.

그녀는 어깨너머로 고개를 돌리며 이렇게 말했다.

"전보예요."

전화가 끝나자, 그녀는 수화기를 내려놓으며 자기가 받아적은 종이를 경위에게 넘겨주었다. 발신처는 파리였고 내용은 다음과 같았다.

> 서리 군 베이든 헤스 주목나무 오두막집 포트스큐.
> 유감스럽게도 아버지의 편지가 늦게 도착. 내일 차 마실 시간쯤 도착 예정 저녁식사로 구운 송아지 고기 기대.
>
> 란스

닐 경위는 눈썹을 치켜세웠다.

"그럼, 그 방탕한 아들을 이미 집으로 불렀었군그래."

제6장

렉스 포트스큐가 최후의 차를 마시던 바로 그 순간, 란스 포트스큐와 그의 아내는 샹젤리제 거리의 가로수 아래 앉아서 행인들을 지켜보고 있었다.

"아버지를 설명한다는 건 아주 좋은 일이지, 패트. 하지만 나는 설명하는 데는 영 소질이 없어. 무엇을 알고 싶어서 그래? 어떤 면에서는 안됐다는 느낌이 드는 노인네야. 그렇지만 그런 것에는 신경 쓰지 않겠지? 당신도 어느 정도는 알고 있을 거야."

"오, 알았어요." 패트가 말했다.

"그래요, 당신 말대로 저도 알고 있어요."

그녀는 가능한 한 비관적인 목소리를 내지 않으려고 애썼다. 어쩌면 그녀의 입장에서 보면 온 세상이 모두 왜곡된 것만 같았다―그녀 혼자만 불행하다는 것은 부당한 일일 테니까.

키가 크고 다리가 긴 그녀는 아름답지는 않았지만, 생기발랄함과 따스한 인간성으로 나름대로 매력을 지니고 있었다. 그녀는 감동을 잘하는 성격에 아름다운 밤갈색 머리카락을 지녔다. 어려서부터 말과 친숙하게 지낸 탓인지 기품 있는 망아지의 표정을 닮은 듯했다.

경마 세계에서의 부정에 대해서는 이미 아는 터이지만, 그녀는 이제 금융계의 부정에도 부딪쳐야 하는 것 같았다. 하지만 아직 만나보지 못한 그녀의 시아버지는 법에 관한 한 기가 막히게 잘도 빠져나가는 사람인 모양이었다. '약삭빠른 일'을 자랑하고 다니는 사람들은 하나같이 똑같았다―그런 사람들은 항상 법의 테두리 안을 요령껏 맴돌고 있었다.

그러나 그녀가 사랑하며, 또한 예전에는 틀림없이 그 소리 나는 울타리 밖에서 방황한 적이 있었던 그녀의 란스는 완벽한 방법으로 부정을 저지르는 사람들에게는 없는 강직함을 지닌 것 같았다.

"내 말은……." 란스가 말했다.

"우리 아버지가 사기꾼이라는 뜻은 아니야. 그런 분은 아니지. 그렇지만 아버지는 손쉽게 돈을 버는 방법을 알고 있어."

"가끔……, 저는 손쉽게 돈을 버는 사람들에게 증오심을 느껴요."

패트가 그렇게 말하고는 덧붙였다.

"당신은 아버님을 좋아하는군요?"

그것은 질문이 아닌 하나의 주장이었다.

란스는 잠깐 생각에 잠겼다가 놀란 목소리로 말했다.

"이미 알고 있겠지만, 여보, 그 말이 맞아."

패트가 웃었다. 란스는 머리를 돌려 그녀를 바라보았다. 그는 눈을 가늘게 떴다. 사랑스러운 패트!

그는 패트를 사랑했다. 모든 일은 그녀를 위해서만 가치가 있었다.

"어떤 면으로는, 당신도 알겠지만. 집에 돌아간다는 건 끔찍한 일이야. 도시 생활은 정말이지 지겨워. 5시 18분에 퇴근한다. 그런 건 내 생활방식이 아니야. 나는 지금 같은 생활 속에서 훨씬 더 편안함을 느끼지. 하지만 사람은 언젠가 정착해야 하잖아? 게다가 당신만 있어 준다면 모든 게 재미있을지도 몰라. 그리고 노인네가 생각을 바꾸었을 때 기회를 잡아야 해. 아버지의 편지를 받고 나는 깜짝 놀랐어. 다른 사람보다 특히 퍼시벌이 경솔한 짓을 한 거야. 퍼시벌은 착한 아들이지. 하지만 늘 교활했어. 그래, 그는 늘 교활했지."

패트리셔 포트스큐가 말했다.

"저는, 당신의 형 퍼시벌을 좋아하게 될 것 같지 않아요."

"나 때문에 그를 미워하지는 마. 퍼시와 나는 결코 사이가 좋지 않았어. 마치 운명적으로 그렇게 된 것처럼 말이야. 나는 돈을 낭비했지만, 형은 저축을 했지. 나는 남들에게 인상은 나빴지만 재미있는 친구를 사귀었고, 퍼시는 소위 '교제할 만한 가치가 있는' 사람들만 골라 사귀었지. 형과 나는 완전히 정반대였어. 나는 형을 항상 불쌍한 인간이라고 생각했는데, 형은……, 간혹 나를 무지 증오하는 것 같았어. 그 이유가 정확히 무엇인지는 모르겠지만……."

"저는 그 이유를 알 것 같은데요."

"그래? 당신은 머리가 너무 좋아. 내가 잘 모르는 것을 당신은 항상 알고 있거든. 이상한 말처럼 들릴지 모르지만, 하지만……."

"하지만! 말해 보세요."

"그 수표 사건 배후에 있었던 사람이 퍼시벌이 아니었는지 무척 궁금하단 말이야. 노인네가 나를 쫓아냈을 때 말이야. 회사 주식을 내 앞으로 해놓았으니 나를 폐적시킬 수도 없고, 그로서는 정말 미칠 노릇 아니겠어! 하지만 나는 절대로 수표를 위조하지 않았단 말이야. 물론 그 뒤에 내가 금고에서 돈을 훔쳐 말 한 마리에 몽땅 걸었다는 사실을 아는 사람은 아무도 없겠지만, 나는 그 돈을 다시 제자리에 돌려놓을 수 있다고 확신했거든. 그리고 그 돈은 어떤 의미로는 내 돈이었어. 하지만 수표 건만큼은……. 아니지, 퍼시벌이 왜 그런 짓을 했다는 우스꽝스런 생각이 드는지 모르겠단 말이야. 이상하게도 꼭 그런 느낌이 들어……."

"하지만 그것이 그에게 이익이 된 것은 아니잖아요? 결국은 당신에게 이익이 되었으니까."

"알아, 그런데 바로 그것이 말이 안 된단 말이야."

패트는 그를 향해 몸을 확 돌렸다.

"당신 말은, 그가 당신을 회사에서 내쫓으려고 그랬다는 건가요?"

"아니, 단지 의심이 간다는 것뿐이야. 오, 하지만……, 말하기조차 불쾌해. 잊어버려야지. 이 방탕아가 돌아가는 것을 보면 퍼시가 뭐라고 할지 궁금하군. 그 가늘고 깐깐한 구스베리 같은 두 눈이 앞으로 툭 튀어나올 거야!"

"당신이 간다는 것을 그도 알고 있나요?"

"형이 이 놀랄 만한 일을 몰랐다고 해도 나는 조금도 놀라지 않을 거야! 아버지는 좀 엉뚱한 데가 있거든."

"그런데 당신 형이 무슨 일을 저질렀기에 아버님이 그렇게 화가 났을까요?"

"그건 나도 알고 싶은 일이야. 어떻든 간에 아버지를 격노하게 만든 게 틀림없어. 나한테 그런 식으로 편지를 쓴 걸로 봐서는 말이야."

"아버님의 편지를 처음 보았을 때가 언제였죠?"

"넉 달……, 아니, 다섯 달 전이었을 거야. 조심스럽게 쓰긴 했지만 화해하자고 한 게 분명했어. '너의 형은 여러 면에서 만족스럽지 못하다.', '너는 그동안 방탕한 생활을 해온 것 같으니 이제 정착하도록 해라.', '경제적으로 너를 만족스럽게 해줄 것을 약속하마.', '너와 네 아내를 환영해 주겠다.' 여보, 당신과의 결혼이 상당히 관련된 것 같아. 아버지는 내가 높은 신분의 여자와 결혼했다는 것에 감격한 모양이야."

패트는 웃음을 터뜨렸다.

"뭐라고요? 가난뱅이 귀족한테요?"

그는 싱긋 웃었다.

"맞았어. 하지만 가난뱅이는 등록되지 않고 귀족이라는 것만 알려진 거지. 당신은 퍼시벌의 아내를 만나게 될 거야. 그녀는 '그 과일 잼 좀 집어주세요.'라고 말하며 우표에 대해 떠들어대는 여자야."

패트는 웃지 않았다. 그녀는 자기가 결혼한 집안의 여자들에 대해 골똘히 생각하고 있었다. 란스가 생각지 못한 패트의 일면이었다.

"그럼, 당신 동생은요?" 그녀가 물었다.

"엘라인? 오, 그 애는 괜찮아. 내가 집을 떠났을 때는 아주 어렸지. 순진한 애야. 하지만 이제는 많이 컸겠군. 아주 진지한 편이야."

그 말은 별로 미덥게 들리지 않았다.

"그녀는 당신에게 단 한 번도 편지를 쓴 적이 없잖아요. 당신이 떠난 뒤로 말이에요."

"내가 주소를 남겨놓지 않았어. 그래서 몰랐을 거야. 우리는 애정이 깊은 가족은 아니야."

"맞아요."

그는 그녀를 얼른 바라보았다.

"실망했어? 우리 가족한테? 그럴 필요는 없어. 그들과 함께 사는 일은 없을 테니까. 우리만의 작은 보금자리가 마련될 거야. 말, 개, 당신이 좋아하는 것이면 무엇이든지."

"하지만 5시 18분이라는 것이 여전히 있잖아요?"

"나는 그렇지. 도시로 왔다 갔다 하며, 옷을 차려입고 그렇지만 걱정하지 마, 여보. 런던 근처에도 전원은 조금 있으니까. 최근 들어 나는 경영상의 문제가 일어나는 것을 느꼈어. 결국, 그것도 내 핏줄이니까. 양쪽 집안에서 물려받은 것이지만……."

"어머니에 대해서는 거의 기억을 못 하세요?"

"어머니는 항상 믿을 수 없을 만큼 나이가 많은 것 같았어. 실제로 어머니는 나이가 많긴 했지. 엘라인이 태어났을 때 거의 쉰 살이셨으니까. 어머니는 짤랑거리는 물건들을 주렁주렁 달고 소파에 누워 나에게 기사와 귀부인에 대한 이야기를 지겹도록 읽어주곤 했어. 테니슨(영국의 계관 시인, 1809~1892)의 '왕의 목가'였든가, 나는 어머니를 좋아했던 것 같아. 하지만 어머니는 전혀, 특색이 없었지. 이제야 그걸 알겠군, 돌이켜 생각해 보니……."

패트가 불만스러운 듯이 말했다.

"당신은 어떤 사람도 특별히 좋아하는 것 같지 않아요."

란스는 그녀의 팔을 잡고 꼭 껴안으며 말했다.

"나는 당신을 좋아해."

제7장

닐 경위가 전보를 손에 쥐고 있을 때, 차 한 대가 현관에 도착해서는 조심성 없이 브레이크를 요란하게 밟으며 멈춰 섰다.

메리 도브가 말했다.

"포트스큐 부인이 이제야 오시나 보군요."

닐 경위는 현관 쪽으로 갔다. 그의 시선 끝으로 메리 도브가 뒤로 가만히 물러서며 사라지는 것이 보였다. 앞으로 일어날 장면에서 빠지려고 생각한 모양이었다. 놀랄 정도로 약삭빠른 여자다. 아니면 호기심이 좀 없다고나 할까. 다른 여자들이라면 대개(닐 경위가 판단하기로는) 남아 있었을 텐데…….

그가 현관으로 나가자 크럼프 집사가 홀 뒤쪽에서 나오고 있었다. 그도 자동차 소리를 들은 모양이었다.

차는 롤스 벤틀리 스포츠형 2인승이었다. 두 사람이 차에서 내려 집 쪽으로 오고 있었다. 그들이 문에 닿을 때쯤 해서 문이 열렸다. 아델 포트스큐가 깜짝 놀란 듯이 닐 경위를 빤히 쳐다보았다.

그는 첫눈에 그녀가 아주 아름다운 여자라고 느꼈으며, 아까 그에게 그토록 충격을 주었던 메리 도브의 평을 똑똑히 실감했다. 아델 포트스큐는 그야말로 성적 매력이 가득한 여자였다. 체구로 보나 생김새로 보나 그녀는 금발의 그로스브너 양을 닮았지만, 그로스브너 양에게서는 황홀하게 만드는 매력보다는 우아함을 느낄 수 있었던 반면, 아델 포트스큐는 사람의 마음을 온통 사로잡았다. 그녀의 매력은 은은하기보다는 자극적이었다. 그것은 모든 남자를 향해 '여기 내가 있어요. 나는 여자랍니다.'라고 말하는 것 같았다. 말하는 것도, 움직이는 것도, 숨 쉬는 것도, 온통 관능적이었다.

그러나 그러면서도 그녀의 눈은 예민한 감상력을 지니고 있었다. 아델 포트스큐는 남자들을 좋아했지만 그보다는 돈을 훨씬 더 좋아하는 것 같았다.

그의 눈은 아델 뒤에서 그녀의 골프 클럽을 들고 서 있는 사람에게로 옮겨갔다. 그는 그런 유형을 아주 잘 알고 있었다. 그는 돈 많고 나이 많은 남자들의 젊은 아내에 대해 환한 사람이었다.

비비언 두보이스, 그는 상당히 강한 남성미를 지니고 있었다. 그는 여자들을 '이해하는' 유형의 남자였다.

"포트스큐 부인입니까?"

"예." 그녀의 안색이 창백해지며 눈이 휘둥그레졌다.

"그런데 나는 잘 모르는……."

"나는 닐 경위라고 합니다. 부인에게 나쁜 소식을 전하게 되어 유감이군요."

"그럼, 도둑이라도, 들었다는 말이에요?"

"아닙니다. 그런 일이 아니고, 부인의 남편에 대한 이야기입니다. 남편께서 오늘 오전에 몹시 편찮으셨습니다."

"렉스가요? 아팠다고요?"

"오전 11시 반부터 부인에게 연락하려고 애를 썼습니다."

"그는 어디 있나요? 여기에? 아니면, 병원에?"

"그분은 세인트 주드 병원으로 옮겨졌습니다. 놀라지 마십시오."

"혹시 그가……, 죽었다는 뜻은 아니겠죠?"

그녀는 약간 앞으로 비틀거리며 그의 팔을 붙잡았다. 무대에서 연기하는 배우처럼 침울한 표정으로 경위는 그녀를 홀까지 부축해갔다.

크럼프는 쭈뼛거리며 따라와서는 말했다.

"브랜디를 마셔야겠군요."

두보이스가 낮고 굵은 목소리로 말했다.

"그래요, 크럼프 브랜디를 가져와요." 그러고는 경위에게 말했다.

"이리로 가시지요."

그가 왼쪽에 있는 문 하나를 열었고, 줄줄이 안으로 들어갔다. 경위와 아델 포트스큐, 비비언 두보이스, 그리고 유리병과 유리잔 두 개를 든 크럼프

아델 포트스큐는 손으로 눈을 가리며 안락의자에 풀썩 주저앉았다. 그녀는

닐 경위가 내미는 유리잔을 받아 조금 마시고는 옆으로 밀어놓았다.

"마시고 싶지 않아요." 그녀가 말했다.

"나는 괜찮아요. 말해 주세요, 무슨 일이었어요? 발작 같은 것이었나요? 불쌍한 렉스"

"발작이 아니었습니다, 포트스큐 부인."

두보이스가 물었다.

"당신은 경위라고 했습니까?"

닐은 그에게 몸을 돌렸다.

"그렇소." 그는 쾌활하게 말했다.

"런던경시청 수사과의 닐 경위입니다."

그는 검은 눈동자에서 놀라는 빛을 보았다. 두보이스는 수사과 경위라는 자의 생김새가 마음에 들지 않았다. 그는 그런 생김새를 전혀 좋아하지 않았다.

"무슨 일입니까? 잘못된 거라도 있습니까?"

그는 무의식적으로 문쪽으로 뒷걸음쳤다. 닐 경위는 그 모습을 조심스럽게 지켜보았다.

"부인, 죄송합니다만……." 그는 포트스큐 부인에게 말했다.

"조사를 해봐야겠습니다."

"조사라니요? 당신 말씀은……, 도대체 무슨 뜻인가요?"

"당신에게는 무척 불쾌한 일일 거라고 생각합니다, 포트스큐 부인."

그의 말은 부드러웠다.

"오늘 아침 포트스큐 씨가 사무실로 떠나기 전에 먹었거나 마신 것이 무엇인지 가능한 한 빨리 찾아내는 것이 현명한 일입니다."

"그럼, 음식에 독이라도 들어 있었다는 말씀이세요?"

"글쎄요, 아마도 그런 것 같습니다."

"믿을 수 없어요. 오, 식중독 말씀이시군요?"

그녀의 목소리는 마지막 말에서 반 옥타브쯤 떨어졌다.

얼굴은 굳어 있었지만 부드러운 목소리로 닐 경위가 말했다.

"부인, 내 말이 무슨 뜻이었다고 생각합니까?"

그녀는 그 질문을 무시한 채 허둥거리며 말했다.

"하지만 우리는 모두 아무렇지도 않은데요. 우리는 모두……."

"가족 모두에 대해 그렇게 말할 수 있습니까?"

"글쎄, 아니요, 물론 그렇게는 말할 수 없겠죠."

두보이스가 자기 시계를 들여다보며 말했다.

"이만 가봐야겠군요, 아델. 정말 유감스러운 일입니다. 괜찮겠습니까, 부인? 하녀들도 있고 도브와 또……."

"오, 비비언, 안 돼요. 가지 마세요!"

그것은 거의 울부짖음에 가까웠다.

그러나 두보이스는 더욱 태도를 굳혔다. 그는 더 빨리 사라지고 싶어 했다.

"정말 미안하지만, 부인, 중요한 약속이 있어서요. 나는 도미 하우스에 묵고 있습니다, 경위님. 만일, 흠, 나를 만나고 싶다면……."

닐 경위는 고개를 끄덕였다. 그는 두보이스를 붙잡아 두고 싶지 않았다. 그러나 두보이스가 무엇 때문에 떠나려는지 알 만했다. 그는 골치 아픈 일에서 얼른 도망치고 싶은 것이다.

아델 포트스큐는 그 상황을 떨쳐버리려는 생각에서 이렇게 말했다.

"집에 돌아와 경찰이 있는 것을 보고는 정말 깜짝 놀랐어요."

"그랬으리라 믿습니다. 그러나 우리가 필요한 음식물이나 커피, 차 등의 샘플을 얻으려면 신속하게 행동하는 것이 중요하다는 것을 아실 겁니다."

"차와 커피라고요? 하지만 그것은 유독성 물질이 아니잖아요? 내 생각에는 우리가 간혹 먹는 베이컨 같은데요? 그것은 정말 먹을 것이 못 되죠."

"우리가 찾아낼 겁니다, 포트스큐 부인. 걱정하지 마십시오. 이런 일이 일어나서 무척 놀라셨을 겁니다. 언젠가 디기탈리스 제재(강심제) 중독 사건이 있었죠. 그것은 양고추냉이인 줄 알고 잘못 뽑은 디기탈리스 잎 때문으로 밝혀졌습니다."

"이번에도 그와 같은 일이 일어날 수 있다고 생각하세요?"

"시체를 해부해 보면 더 잘 알 수 있을 겁니다, 포트스큐 부인."

"시체 해부……? 오, 알겠어요."

그녀는 두려움에 몸을 떨었다.

경위는 계속해서 말했다.

"집 주위에 주목나무가 상당히 많더군요, 부인. 그럴 리야 없겠지만, 혹시 그 열매나 잎사귀가……, 음식에 섞여 들어간 것은 아닐까요?"

그는 그녀를 자세히 관찰했다.

그녀는 그를 빤히 쳐다보았다.

"주목나무 열매? 거기에도 독이 들어 있나요?"

그녀의 눈은 지나칠 정도로 커졌으며, 마치 머리가 텅 빈 여자처럼 보였다.

"어린애들이 가끔 그것을 먹고 불행한 결과를 가져온 적이 있죠."

아델은 손으로 머리를 꽉 쥐었다.

"그런 이야기는 더 이상 들을 수가 없어요! 꼭 들어야만 하나요? 나는 그만 가서 눕고 싶어요. 더는 참을 수가 없어요. 이 모든 일을 퍼시벌 포트스큐가 해결해줄 거예요. 나는 못해요. 할 수 없어요. 나한테 물어봐야 소용없어요."

"우리도 퍼시벌 포트스큐 씨와 가능한 한 빨리 연락을 취하려고 노력 중입니다. 하지만 불행하게도 그는 영국 북부로 출장을 갔더군요."

"오, 맞아요. 깜빡 잊었군요."

"한 가지만 더 묻겠습니다, 포트스큐 부인. 남편의 호주머니에 곡물이 조금 들어 있던데요? 그것에 대해 설명해줄 수 있습니까?"

그녀는 머리를 세게 흔들었다. 그녀는 몹시 당황한 것처럼 보였다.

경위가 물었다.

"누가 장난치느라고 넣어둔 건 아닐까요?"

"그것이 어째서 장난이 될 수 있는지 이해할 수 없군요."

닐 경위 또한 이해할 수 없었다.

"그럼, 더 이상 괴롭히지 않겠습니다, 포트스큐 부인. 하녀를 들여보낼까요, 아니면 도브 양이라도?"

"뭐라고 하셨어요?"

멍한 말투였다. 그는 그녀가 무엇을 그렇게 골똘히 생각하는지 궁금했다.

그녀는 가방을 더듬어 손수건을 꺼냈다.

"너무 끔찍한 일이에요." 그녀의 목소리는 불안한 듯 떨렸다.

"이제야 무슨 뜻인지 알겠어요. 지금까지는 정말 신경이 마비되어 있었나 봐요. 불쌍한 렉스, 불쌍한 양반······."

그녀의 흐느낌은 충분히 이해가 갔다.

닐 경위는 잠시 그녀를 물끄러미 바라보며 말했다.

"정말 갑작스러운 일인 줄 알고 있습니다. 누구든 들여보내지요"

그는 문을 열고 나가면서 잠깐 멈춰 서서 방을 돌아보았다.

아델 포트스큐는 여전히 손수건을 눈에 대고 있었다. 그 한쪽 가장자리가 늘어뜨려져 있기는 했지만, 그녀의 입을 완전히 가리지는 못했다.

그녀의 입술에는 아주 희미하게 미소가 흐르고 있었다.

제8장

1

"가져올 수 있는 것은 다 가져왔습니다, 경위님." 헤이 경사가 보고했다.

"마멀레이드, 햄 약간, 차, 커피, 그리고 설탕 샘플도요. 쓸모가 있는지 모르겠습니다만. 실제로 차를 끓인 것은, 지금쯤 물론 다 버렸겠지만. 그런데 한 가지 중요한 사실이 있습니다. 커피는 상당히 많은 양이 남아 있었다는 것입니다. 오전 11시경 간식 시간에 하인들이 홀에서 그것을 마셨다고 하는군요. 매우 중요한 일인 것 같습니다."

"그래, 중요한 일이야. 만일 범인이 그것을 그의 커피 속에 넣었다면 틀림없이 잔 속에 남아 있을 테니까."

"지금 남아 있는 것 중 하나가 틀림없어요. 그 주목나무의, 열매나 잎 같은 것이 있나 조심스럽게 찾아보았지만, 어디서도 보이지 않았습니다. 또 그의 호주머니에 들어 있던 곡물에 대해서는 아무도 아는 바가 없는 것 같았습니다. 그들에게는 꼭 미친 사람처럼 보이는 모양입니다. 제게도 미친 일처럼 보입니다. 그는 호기심에서라도 요리하지 않은 음식을 먹을 위인은 아니었던 것 같습니다. 제 동생의 남편은 그런 호기심이 많은 사람이죠. 생당근, 생완두콩, 생순무. 하지만 그도 날곡식은 먹지 않아요. 그것을 먹으면 속에서 끔찍한 것이 부글부글 끓어오를 겁니다."

전화벨이 울리자 경위가 고개를 끄덕이고, 동시에 헤이 경사가 얼른 달려가서 전화를 받았다. 닐은 그를 따라가 경찰에서 온 전화라는 것을 알았다. 내용인즉, 퍼시벌 포트스큐와 연락이 닿아 그가 런던으로 돌아오는 중이라고 했다.

경위가 전화기를 내려놓았을 때 차 한 대가 현관에 멈추었다. 크럼프가 문을 열어주었다. 어떤 여자가 팔에 짐 꾸러미를 잔뜩 들고 서 있었다.

크럼프가 받아 들었다.

"고마워요, 크럼프 택시 요금을 내주겠어요? 그리고 차 한 잔도 줘요. 포트스큐 부인이나 엘라인 양은 들어왔어요?"

집사는 어깨너머로 뒤쪽을 쳐다보며 어쩔 줄 모르고 있었다.

"나쁜 소식이 있습니다, 부인. 주인님에 대해서……."

"아버님에 대해서?"

닐이 앞으로 나왔다.

크럼프가 말했다.

"이분이 퍼시벌 부인입니다, 선생님."

"무슨 일이에요? 무슨 일이 일어났나요? 사고라도 났어요?"

경위는 대답하며 그녀를 뜯어보았다. 퍼시벌 포트스큐 부인은 불만스러운 입을 가진 뚱뚱한 여인이었다. 그녀의 나이는 그가 판단하건대 대략 서른 살쯤 되는 것 같았다. 그녀의 질문은 꽤 진지했다. 그녀는 틀림없이 아주 따분한 생활에 젖어 있을 거라는 생각이 언뜻 스쳐 지나갔다.

"이런 말씀드리게 되어 유감스럽지만, 포트스큐 씨는 오늘 오전에 심한 발작을 일으켜 세인트 주드 병원으로 옮겼지만 곧바로 돌아가셨습니다."

"돌아가셨다고요? 아버님이 돌아가셨다는 말이에요?"

그 소식은 그녀가 기대했던 것보다 훨씬 더 놀라운 것이 분명했다.

"세상에! 그럴 수가! 제 남편은 지금 출장 중인데요. 남편에게 연락해야 해요. 북부 지방 어딘가에 있을 거예요. 사무실에서는 분명히 알고 있을 텐데. 남편이 모든 일을 다 처리할 거예요. 일이 하필이면 꼭 이렇게 곤란한 때에 생기는군요."

그녀는 잠깐 멈추어 이것저것 생각해 보더니 말했다.

"장례식은 어디서 치러야 하나……, 아마 여기에서 하게 되겠죠. 아니면 런던에서 할 건가요?"

"그것은 가족들이 알아서 할 일입니다."

"그야 물론이죠. 단지 궁금했을 뿐이에요."

그녀는 자기에게 말하는 남자를 그제야 알아보았다.

"사무실에서 온 분이세요? 의사는 아니시죠?"

"나는 경찰관입니다. 포트스큐 씨의 죽음은 아주 갑작스러운 것이었고, 또……."

그녀가 그의 말을 막았다.

"그분이 살해되었다는 말씀이세요?"

그 단어가 나온 것은 처음이었다. 닐은 그녀의 진지한 얼굴을 주의 깊게 관찰했다.

"왜 그렇게 생각하시죠, 부인?"

"글쎄요. 간혹 그런 일이 있으니까요. 당신이 갑작스러웠다고 말했잖아요. 그리고 당신은 경찰이고. 그녀에게 그 사실을 알렸나요? 무슨 말을 하던가요?"

"누구를 말하는 건지 모르겠군요."

"아델 말이에요. 벌에게도 늘 말했지만, 제 시아버님은 미쳤어요. 자기보다 훨씬 어린 여자와 결혼하다니! 노인들은 고집이 참 세요. 그 지독한 여자에게 푹 빠졌다니까요. 그런데 결과가 어떻게 되었는지 보세요. 이제 우리 모두 야단났군요. 신문에 사진이 나고 기자들이 돌아다니겠죠."

그녀는 말을 멈추더니, 틀림없이 앞으로 일어날 떠들썩하고 어수선한 장면들을 머릿속으로 그려보는 것 같았다.

그녀는 그에게로 몸을 돌렸다.

"무엇으로 그랬나요? 비소였나요?"

닐 경위는 위엄 있는 목소리로 대답했다.

"사인은 아직 확실히 밝혀지지 않았습니다. 부검이 있을 겁니다."

"그래도 당신은 이미 알고 있지 않나요? 그렇지 않다면 여기 오지도 않았을 거예요."

살이 쪄서 다소 어리석어 보이는 그녀의 얼굴에 갑자기 교활한 표정이 어렸다.

"당신은 아버님이 먹고 마신 음식들을 조사하는 것 같은데요? 어제저녁, 오늘 아침, 그리고 음료수도 물론이겠죠."

그는 그녀의 마음속에 모든 가능성이 재빨리 펼쳐지는 것을 알 수 있었다.

닐 경위가 조심스럽게 말했다.

"포트스큐 씨가 죽은 원인은 아침에 먹은 음식물 때문이었던 것 같습니다."

"아침에요?" 그녀는 놀라는 듯했다.

"그럴 리가 없을 텐데. 어떻게, 그렇게……?"

그녀는 말을 잇지 못하고 고개를 저었다.

"그렇다면 그녀가 어떻게 그렇게 할 수 있었는지 모르겠군요. 만일 커피에 뭔가를 살짝 집어넣은 것이 아니라면, 엘라인과 제가 안 볼 때……."

조용한 목소리가 부드럽게 들려왔다.

"서재에 차를 준비해놓았어요, 벌 부인."

벌 부인이 벌떡 일어났다.

"오, 고마워요, 도브 양. 정말 무척 얼떨떨하군요. 한 잔 드시겠어요, 저……, 경위님?"

"감사합니다만, 지금은 사양하겠습니다."

뚱뚱한 부인이 잠시 망설이다가 느릿느릿 가버렸다.

그녀가 문을 통해 사라지자 메리 도브가 부드럽게 속삭였다.

"저 여자는 한 번이라도 날씬하다는 말을 들어본 적이 있는지 모르겠어요."

닐 경위는 아무 대답도 하지 않았다.

메리 도브가 계속해서 말했다.

"제가 도와드릴 일이라도?"

"엘렌이라는 하녀는 어디에 가면 찾을 수 있나요?"

"제가 모셔다 드리죠. 방금 2층으로 올라갔거든요."

2

엘렌은 무서워하긴 했지만 불안에 떨지는 않았다. 그녀의 심술궂고 늙은 얼굴은 경위 앞에서도 변하지 않았다.

"정말 끔찍한 일이네요, 선생님. 제가 사는 집에서 그런 일이 일어나리라고는 한 번도 생각하지 못했어요. 하지만 어떤 면으로는 그다지 놀랐다고 할 수 없군요. 오래전에 이미 경고해두었어야 하는 건데. 그건 사실이에요. 저는 이 집에서 사용하는 언어도 마음에 안 들고, 마시는 음료수의 양도 마음에 안 들어요. 또, 그 행위도 참을 수가 없어요. 크럼프 부인에 대해서는 뭐라 할 말이 없지만, 크럼프 그 사람이나 글레이디스라는 처녀애는 올바른 시중이 어떤 것인지도 모르고 있다고요. 하지만 가장 신경 쓰이는 일은 바로 그 행위예요."

"정확히 무슨 일을 두고 하는 말입니까?"

"아직 못 들으셨다면 곧 듣게 될 거예요. 사방에 떠돌아다니는 이야기가 되어버렸으니까요. 그들은 여기저기 눈에 안 띄는 곳이 없어요. 골프인가 테니스인가를 치러 다니는 척하면서. 하지만 저는 다 봤어요. 제 눈으로 똑똑히, 바로 이 집 안에서 말이에요. 서재 문이 열려 있기에 들여다봤더니 그들이 껴안고 키스를 하고 있었다고요."

노처녀의 독설은 대단했다. 닐은 '누구를 말하는 건지?' 하고 묻는 일이 정말 불필요하다는 것을 알았지만 그래도 그렇게 물었다.

"누구긴 누구겠어요? 마님과 그 남자죠. 그들은 아무런 수치심도 가지고 있지 않아요. 분명히 말씀드리지만, 주인님께서 그것을 알았어야 했어요. 사람을 시켜서라도 그들을 감시해야 했는데. 벌써 이혼했어야만 해요. 결국에는 이런 일이 일어나고 말다니."

"이런 일이라니, 무슨 뜻인지……."

"선생님이 지금 조사하는 일이 주인님이 무엇을 잡수시고 드셨는지, 누가 그것을 그분에게 주었는가 하는 점 아닌가요? 그들이 함께한 짓이에요. 제 생각으로는, 그 사람이 어디에선가 그 물질을 구해 내서 마님이 주인님에게 주었겠죠. 분명히 그렇게 했을 거예요."

"혹시 집 안에나, 아니면 어딘가에 버려진 주목나무 열매를 못 보았소?"

그녀의 작은 눈은 호기심으로 반짝였다.

"주목나무요? 그건 독성이 강한 물질인데……, 그 열매에 절대 손대지 말라고 어렸을 때 제 어머니가 말씀하셨지요. 그것이 사용된 건가요, 선생님?"

"아직 무엇이 사용되었는지는 모릅니다."

"마님이 주목나무를 만지는 것은 한 번도 본 적이 없었는데……."

엘렌은 실망한 것처럼 보였다.

"그래요, 그런 건 한 번도 못 봤어요."

닐은 포트스큐의 호주머니에서 발견된 곡식에 대해서도 물어보았지만 역시 소득이 없었다.

"아니요, 선생님. 거기에 대해서는 아무것도 몰라요."

그는 몇 가지 질문을 더 해보았지만 아무 소득이 없었다. 그는 램스버텀 양을 만날 수 있는지 물어보았다.

엘렌은 확신을 못하는 것 같았다.

"그분께 말은 해보겠지만 아무나 만나지는 않을 거예요. 굉장히 늙은 부인이라서요. 게다가 좀 이상한 데가 있거든요."

경위가 다시 한 번 요청하자 엘렌은 선뜻 마음이 내키지 않는다는 표정을 지으며 복도를 지나, 아마 보조 거실로 연결된 것이 분명한 짧은 계단으로 그를 안내했다. 그녀 뒤를 따라가며 복도에 난 창문으로 밖을 내다보았더니, 헤이 경사가 주목나무 옆에 서서 정원사 같은 어떤 남자와 이야기를 나누고 있었다.

엘렌은 문을 두드린 다음, 안에서 대답이 들리자 문을 열고 이렇게 말했다.

"여기 경찰관이 잠깐 뵙고 싶다는데요."

그녀가 다시 나와 닐에게 들어가 보라는 몸짓을 한 것을 보면 대단히 긍정적이었던 모양이다.

안으로 들어가 보니 그 방은 이상한 기분이 들 정도로 가구가 너무 많이 들어앉아 있었다. 경위는 마치 빅토리아 시대로 되돌아간 느낌이 들었다. 가스난로 앞에 놓인 탁자에 한 노부인이 카드 점을 치며 앉아 있었다. 그녀는 고동색 드레스를 입고 있었으며, 숱이 적은 회색 머리카락이 얼굴 양쪽으로 말쑥하게 내려뜨려져 있었다.

그녀는 들어온 사람을 쳐다본다거나 자기가 하던 게임을 그만두지 않은 채 빠른 어조로 말했다.

"어서 들어와요, 들어와. 앉고 싶으면 앉아요."

의자마다 종교에 관련된 소책자나 간행물들이 잔뜩 쌓여 있는 것 같아서 그 권유를 받아들이기가 쉽지 않았다.

그가 그것을 소파 옆으로 치우자 램스버텀 양이 날카롭게 물었다.

"선교 사업에 흥미 있나요?"

"글쎄요, 그다지 많지는 않습니다, 부인."

"그건 잘못이야. 흥미를 느껴야만 해. 요즘 기독교 영혼이 없는 곳이라고는 가장 미개한 아프리카뿐이거든. 지난주에 어떤 젊은 목사가 여기 왔었지. 당신처럼 검은 모자를 썼지만 절실한 기독교인이더군요."

닐 경위는 무슨 말을 해야 할지 좀 막막했다. 노부인이 대뜸, "나는 무선전화는 가지고 있지 않아요."라고 말하는 바람에 그는 더욱더 당황했다.

"다시 한 번 말씀해 주시겠습니까?"

"오, 나는 당신이 무선전화 면허 때문에 온 줄 알았다우. 그렇지 않으면 그 바보 같은 형식 중 하나이거나. 그런데 대체 무슨 일이우?"

"이런 말씀을 드리게 되어 유감입니다만, 램스버텀 양. 부인의 동생 남편이었던 포트스큐 씨가 오늘 오전에 갑자기 위독해졌다가 돌아가셨습니다."

램스버텀 양은 조금도 동요하는 기색 없이 조용히 이렇게 말했다.

"그렇게 건방지게 자만에 사로잡혀 있더니만 결국 죽고 말았군. 결국 올 게 오고 만 거야."

"부인에게 충격을 주지 않기를 바랍니다만……."

그거야말로 할 필요도 없었겠지만 경위는 그녀가 뭐라고 할지 듣고 싶었다.

램스버텀 양은 안경 너머로 날카롭게 쳐다보면서 이렇게 말했다.

"내가 당황하지 않는다는 걸 말하는 모양인데, 그것은 사실이에요. 렉스 포트스큐는 항상 죄 많은 사람이었기에 나는 그를 한 번도 좋아하지 않았다오."

"그의 죽음이 너무 갑작스러운 것이라서……."

"신앙심이 없으니 당연하지."

노파는 만족스럽다는 듯이 말했다.

"그가 독살되었을 가능성도 있는 것 같습니다만……."

경위는 자기가 불러일으킬 효과를 관찰하려고 말을 멈추었다. 하지만 그는 아무런 효과도 불러일으키지 못한 것 같았다.

램스버텀 양은 단지 이렇게 중얼거릴 뿐이었다.

"검은색 여덟에 빨간색 일곱이라, 이제 왕으로 넘어갈 수 있겠군."

경위의 침묵에 놀랐는지 그녀는 카드를 잡은 손을 멈추고 날카롭게 말했다.

"그런데 나한테 무슨 말을 기대하는 건가요? 나는 그에게 독약을 주지 않았어, 그걸 알고 싶은 거라면……."

"누가 그렇게 했는지 혹시 아십니까?"

"정말 엉터리 같은 질문이군." 노파는 톡 쏘듯이 말했다.

"이 집 안에는 죽은 내 여동생의 아이가 둘이나 살고 있어요. 나는 램스버텀의 피를 물려받은 사람이 살인을 저지를 수 있다고는 믿을 수 없어. 당신은 지금 살인을 말하는 거지?"

"저는 그렇게 말하지는 않았습니다, 부인."

"그래도 그건 살인이야. 많은 사람이 자기들이 살아 있을 때 렉스를 죽이고 싶어 했으니까. 그는 정말 무법자였다오. 그리고 속담에도 있듯이 오래된 죄는 그림자를 길게 드리우는 법이지."

"마음에 특히 짚이는 사람은 없습니까?"

램스버텀 양은 카드를 쓸어모으고는 일어섰다. 그녀는 키가 큰 여인이었다.

"이제 그만 가보는 게 좋겠어요, 당신."

그녀는 화가 난 것은 아니었지만 아주 차갑게 딱 잘라 말했다.

"굳이 내 의견을 듣고 싶다면……, 아마 하인들 중 하나일 거야. 집사도 내게는 좀 불량해 보이고, 또 그 심부름하는 계집애도 확실히 정상 이하거든. 잘 가요."

닐 경위는 순순히 밖으로 나올 수밖에 없었다. 정말 놀랄 만큼 나이가 많은 여자였다. 그녀에게서 얻어낸 것은 결국 하나도 없었다.

닐 경위가 계단을 통해 정사각형의 홀에 들어서자마자 키가 크고 까무잡잡한 여자와 마주쳤다.

물기에 젖은 방수 외투 차림의 그녀는 멍한 눈초리로 그의 얼굴을 빤히 쳐다보더니 말했다.

"저는 지금 막 돌아왔어요. 사람들이 그러는데, 아버지가……, 돌아가셨다고요?"

"유감스럽게도 사실입니다."

그녀는 마치 장님처럼 한 손을 뒤로 내저으며 잡을 것을 찾았다. 마침내 참나무 궤에 손이 닿자 천천히, 그리고 뻣뻣하게 거기에 앉았다.

"오, 그럴 수가! 그럴 리가 없어요……."

천천히 눈물 두 줄기가 그녀의 뺨을 타고 내렸다.

"너무해요! 저는 결코 아버지를 좋아했다고 생각하지는 않지만(아마 증오했을 거예요), 하지만 그건 너무해요."

그녀는 앉아서 앞만 뚫어지게 바라보고 있었다. 또다시 눈물이 그녀의 볼을 타고 흘러내렸다.

잠시 뒤 그녀는 숨을 가쁘게 내쉬며 말했다.

"이상한 이야기지만, 그 일로 인해 이젠 모든 일이 제대로 될 거예요. 제 말은 제럴드와 제가 결혼할 수 있게 되었다는 뜻이에요. 저는 하고 싶은 일을 다 할 수 있다고요. 하지만 하필 이런 식으로 일이 일어날 줄은……, 아버지가 죽는 것은 원하지 않았는데……. 오, 그렇지는 않았어요. 오, 아빠! 아빠……."

주목나무 오두막집에 온 뒤 처음으로 죽은 이를 위해 정말로 슬퍼하는 사람을 발견하고 닐 경위는 다소 놀랐다.

제9장

"내 생각으로는 그의 부인인 것 같소."

부국장이 닐 경위의 보고를 주의 깊게 듣고 말했다.

닐은 사건에 대해 감탄할 정도로 간략하게 보고했다. 간단하게 군더더기 없이 말이다.

보고 뒤에 부국장이 말했다.

"알았네. 포트스큐의 부인 같은데, 자네 생각은 어떤가, 닐?"

닐 경위는 자기 생각에도 역시 그의 부인 같다고 말했다. 그는 그런 사건 대부분이 아내나, 혹은 남편이 살인범이었던 것을 기억했다.

"그녀에게는 확실히 기회가 있었어. 그런데 동기는?"

부국장은 잠깐 말을 멈추었다.

"동기가 있나?"

"예, 그렇다고 생각합니다, 부국장님. 두보이스라는 사람 말입니다."

"그 사람도 사건에 연루되어 있다고 생각하나?"

"아니, 그런 뜻은 아닙니다."

닐 경위는 자기 생각을 신중하게 검토해 보았다.

"그러기에는 자기 생명을 좀 지나칠 정도로 아끼는 편입니다. 그녀가 무슨 생각을 하는지 추측은 했을지 모르지만, 그녀를 부추겨서 그렇게 하게 시켰다고는 생각하지 않습니다."

"그래? 그렇다면 무척 조심스러운 사람이군."

"지나칠 정도입니다."

"어쨌든 결론으로 비약해서는 안 되겠지만 아주 그럴듯한 가설인 것 같네. 기회가 있었던 다른 두 사람은 어떤가?"

"딸과 며느리인데요. 딸은 어떤 젊은이와 만나고 있는데, 아버지가 결혼을 반대했다고 합니다. 그런데 그 젊은이는 그녀에게 돈이 없었다면 절대로 결혼하려고 들지 않았을 거라고 하는군요. 그녀에게는 그것이 하나의 동기가 될수 있겠죠. 그리고 며느리에 대해서는 뭐라고 말씀드릴 수가 없군요. 아직 그녀에 대해서는 잘 모르겠습니다. 하지만 그들 셋 중 누구라도 그에게 독약을 넣을 수 있었으나, 그밖에 다른 사람들도 그럴 가능성이 있는지는 잘 모르겠습니다. 심부름하는 하녀, 집사, 요리사, 그들은 모두 아침식사를 준비해서 들여보낸 사람들이지만, 누가 그랬든지 간에 포트스큐만 탁신을 먹고 다른 사람들은 그러지 않으리란 것을 어떻게 확신할 수 있었느냐가 문제입니다. 정말로 그것이 탁신이었다면 말입니다."

"탁신이 확실해. 방금 임시 보고를 들었다네." 부국장이 말했다.

닐 경위가 말했다.

"그것이 확실해졌다면……, 수사를 계속 진행할 수 있겠군요."

"하인들은 괜찮아 보이던가?"

"집사와 심부름하는 하녀는 좀 겁을 내는 것 같았지만, 이상하게 여길 정도는 아니었습니다. 늘 있는 일이죠. 요리사는 거칠게 덤벼들었고, 늙은 하녀는 냉혹하게 만족해했습니다. 사실, 모두 극히 정상적이고 자연스러웠습니다."

"그밖에 어떤 면에서는 수상하다고 느낀 사람은 없었는가?"

"예, 없었던 것 같습니다, 부국장님."

닐 경위는 무심결에 메리 도브와 그녀의 이해할 수 없는 미소가 생각났다. 희미하긴 했지만 분명히 적의가 담겨 있었다.

그가 큰 소리로 말했다.

"이제 탁신이라는 것을 알았으니 그것을 어떻게 손에 넣어 준비했는지 증거를 입수해야겠군요."

"그렇지. 자, 출발하게, 닐. 그런데 퍼시벌 포트스큐가 지금 여기 와 있다네. 나도 그와 한두 마디 나누었는데, 자네를 만나려고 기다리고 있네. 그리고 다른 아들이 있는 곳도 찾아냈다네. 그는 파리의 브리스톨에 있다는데, 오늘 떠날 거라는군. 공항에서 그를 만나보겠나?"

"그러죠. 저도 그럴 생각이었습니다."

"그럼, 우선은 퍼시벌 포트스큐를 만나보는 게 좋겠군."

부국장은 낄낄거리며 웃었다.

"퍼시는 꽤나 얌전빼는 사람이더구먼."

퍼시벌 포트스큐는 서른 살 남짓의 말쑥하고 똑똑해 보이는 사람이었는데, 엷은 빛깔의 머리와 속눈썹, 약간 지성적인 말투를 지니고 있었다.

"이번 일은 나로서는 끔찍한 충격입니다, 닐 경위님. 잘 아시겠습니다만……."

"그랬을 겁니다, 포트스큐 씨." 닐 경위가 말했다.

"나는 단지 내가 그저께 집을 떠날 때만 해도 아버지가 아주 건강하셨다는 것밖에 말씀드릴 게 없군요. 식중독은, 아니, 뭐든지 간에 아주 갑작스러운 일이었나 보지요?"

"예, 아주 갑작스러웠습니다. 그런데 그것은 식중독이 아니었습니다, 포트스큐 씨."

퍼시벌은 경위를 빤히 쳐다보더니 얼굴을 찌푸렸다.

"아니라고요? 그럼, 무엇 때문에……." 그는 말을 멈췄다.

"당신의 아버지는……." 닐 경위가 말했다.

"탁신으로 독살된 겁니다."

"탁신? 한 번도 들어본 적이 없는데요."

"아는 사람이 거의 없을 겁니다. 그것은 아주 갑작스럽고 독한 효과를 가진 독약입니다."

그는 얼굴을 더욱 찌푸렸다.

"당신 말은, 경위님, 아버지가 누군가에게 고의로 독살되었다는 겁니까?"

"그런 것 같습니다."

"이런 끔찍한 일이!"

"정말 그렇습니다, 포트스큐 씨."

퍼시벌은 낮은 목소리로 이렇게 중얼거렸다.

"이제야 병원 사람들이 나를 이리로 보낸 이유를 알겠군요."

그는 말을 중단했다가 잠시 뒤에 미심쩍은 듯이 말했다.

"그럼 장례식은요?"

"내일 시체 해부가 있은 다음, 심리가 있을 겁니다. 심리는 공개적으로 열릴 겁니다."

"알았습니다, 보통 그렇게 합니까?"

"요즘에는 그렇습니다."

"이런 질문을 해도 되는지 모르겠지만, 누가 그랬는지 혐의가 가는 사람이 있는지……, 정말 나는……."

그는 다시 말을 멈추었다.

"아직은 좀 이릅니다, 포트스큐 씨."

닐이 낮은 목소리로 말했다.

"예, 그렇겠죠."

"그렇지만, 포트스큐 씨, 당신 아버지의 유산 분배에 대해 말해줄 수 있다면 우리에게 큰 도움이 되겠습니다. 그렇지 않으면, 변호사를 알려주기만이라도……."

"아버지의 변호사는 베드포드 스퀘어의 빌링슬리와 호스도프, 그리고 월터 스라는 사람입니다. 아버지의 유언에 대한 거라면, 주요 분배에 대해서는 제가 말씀드릴 수 있습니다."

"정말 감사합니다, 포트스큐 씨. 어차피 치러야 할 과정이니까요."

"아버지는 2년 전에 결혼을 한 다음 유언장을 새로 만드셨습니다."

퍼시벌이 머뭇거림 없이 말해 나갔다.

"아버지는 그의 아내에게 무려 10만 파운드라는 액수를 남겼고, 여동생인 엘라인에게는 5만 파운드를 남겼습니다. 나는 아버지의 잔여재산 수유자입니다. 그리고 나는 이미 회사의 동업자이기도 하지요."

"란셀로트 포트스큐라는 당신의 동생에게는 아무 유산도 없습니까?"

"예, 아버지와 동생은 오래전부터 사이가 좋지 않았습니다."

닐은 날카로운 시선으로 그를 살폈다. 그러나 퍼시벌은 자신의 말을 아주 확신하는 것 같았다.

"그 유언에 따르면……." 닐 경위가 말했다.

"이득을 보게 되는 사람들은 포트스큐 부인, 엘라인 포트스큐 양, 그리고 당신이 되겠군요?"

"나에게는 그다지 득이 될 만한 것이 없습니다."

퍼시벌은 한숨을 쉬었다.

"상속세가 있지 않습니까, 경위님? 그리고 최근 들어 아버지(내가 말씀드릴 수 있는 것은)……, 재정적인 면에서 극히 현명하지 못하셨다는 겁니다."

"당신과 포트스큐 씨는 최근에 업무 면에서 정반대 입장에 섰던 적은 없습니까?"

닐 경위는 부드러운 태도로 물었다.

"나는 아버지에게 내 의견을 말씀드렸습니다만, 유감스럽게도……."

퍼시벌은 어깨를 으쓱했다.

닐이 물었다.

"그것이 좀 강경했던 모양이군요? 사실, 노골적으로 말해서 그 문제로 상당한 말다툼이 있지 않았습니까?"

"그렇다고는 할 수 없습니다, 경위님."

퍼시벌은 화가 머리끝까지 치밀어 올랐다.

"그럼, 말다툼은 다른 문제에 대한 것이었나 보군요, 포트스큐 씨?"

"아니, 말다툼 같은 것은 없었는데요."

"정말 그렇습니까? 그렇다면 문제될 게 없군요. 당신의 아버지와 동생이 아직도 사이가 틀어져 있다고 생각합니까?"

"물론 그렇습니다."

"그럼, 이것이 무엇을 의미하는지 나에게 설명해줄 수 있습니까?"

닐은 메리 도브가 적은 전화 내용을 그에게 건네주었다.

퍼시벌은 그것을 읽고 경악과 분노로 외마디 소리를 질렀다. 그는 도저히 믿지 못하겠다는 표정으로 크게 화를 냈다.

"나는 이해할 수 없습니다, 정말 알 수 없어요. 이건 정말이지 믿을 수 없는 일이오."

"그렇지만 사실인 것 같습니다, 포트스큐 씨. 당신의 동생은 지금 파리에서 돌아오는 중입니다."

"그렇지만 이상하군요, 정말 이상합니다. 나는 정말 이해가 가지 않습니다."

"아버님이 그에 대해 아무 말씀도 없으셨던가요?"

"분명히 안 하셨습니다. 이 무슨 터무니없는 짓인지! 나 몰래 란스를 부르다니."

"당신은 아버님이 왜 그런 일을 했는지 모르나 보군요?"

"물론 모릅니다. 최근에 아버지가 보인 행동과 아주 똑같습니다. 미쳤어요! 까닭을 알 수 없어요. 그만두게 해야 합니다, 내가……."

퍼시벌은 갑자기 말을 멈췄다. 그의 창백한 얼굴이 다시 붉어졌다.

"잊었군요……, 잠깐 동안 아버지가 돌아가셨다는 사실을 잊었습니다."

닐 경위는 동정하듯이 고개를 저었다.

퍼시벌 포트스큐는 떠날 준비를 했다.

그는 모자를 집어들고 이렇게 말했다.

"내가 해야 할 일이 있으면 말씀하십시오. 하지만 아마……."

그는 잠깐 멈췄다.

"주목나무 오두막집으로 오시겠죠?"

"그렇습니다, 포트스큐 씨. 지금 그곳에 담당자가 나가 있습니다."

퍼시벌은 불쾌한 표정을 지었다.

"아주 불쾌한 일이오. 우리에게 이런 일이 일어났다는 것을 생각만 해도……."

그는 한숨을 쉬며 문쪽으로 다가갔다.

"나는 주로 사무실에 있을 겁니다. 할 일이 많습니다. 하지만 저녁때는 주목나무 오두막집으로 돌아갈 겁니다."

"알겠습니다."

퍼시벌 포트스큐가 나갔다.

"꽤 점잖은 척하는군." 닐이 중얼거렸다.

벽에 조용히 앉아 있던 헤이 경사가 경위를 쳐다보더니 미심쩍은 듯이 말했다.

"예?"

닐이 아무 대답도 없자 그가 다시 물었다.

"어떻게 하실 겁니까, 경위님?"

"모르겠어." 닐이 낮은 목소리로 말했다.

"하나같이 아주 불쾌한 사람들이야."

헤이 경사는 좀 당황한 것 같았다.

"이상한 나라의 앨리스……." 닐이 말했다.

"자네, 앨리스를 모르나, 헤이?"

"그건 명작 아닙니까, 경위님?" 헤이가 말했다.

"제3프로그램물이죠. 저는 제3프로그램은 듣지 않습니다."

제10장

1

    란스 포트스큐가 대륙에서 발행되는 '데일리 매일' 지(紙)를 펼쳐든 것은 르부아제를 떠난 지 약 5분 뒤였다. 잠시 뒤 그는 외마디 소리를 질렀다. 그의 옆 좌석에 있던 패트가 놀라서 머리를 돌렸다.

    란스가 말했다.

    "아버지가……, 돌아가셨다는군."

    "돌아가셨다고요? 당신 아버님이?"

    "그래, 사무실에서 갑자기 괴로워해서 세인트 주드 병원으로 옮겨졌으나, 병원에 도착하자마자 바로 숨을 거둔 것 같아."

    "여보, 너무 뜻밖의 일이군요. 무엇 때문이었대요? 뇌일혈이라도?"

    "내 생각에는 그런 것 같아."

    "그전에도 뇌일혈을 일으킨 적이 있었나요?"

    "없었어. 내가 아는 바로는."

    "제가 알기로는 처음 한 번으로는 절대로 죽지 않을 텐데……."

    "불쌍한 노인네……." 란스가 말했다.

    "나는 그분을 특별히 좋아했다고는 한 번도 생각해본 적이 없지만, 이제 와서 막상 이렇게 되니……."

    "아니요. 당신은 그분을 좋아했어요."

    "우리는 모두 당신처럼 착한 심성을 가지고 있지 않아요, 패트 오, 그런데 내 행운은 또 사라져 버린 것 같군. 그렇지?"

    "그래요. 이럴 때 그런 일이 일어나다니 좀 이상하군요. 하필 당신이 집에 돌아가려고 할 때……."

그는 그녀 쪽으로 머리를 홱 돌렸다.

"이상하다고? 그게 무슨 뜻이지, 패트?"

그녀는 약간 놀라며 그를 쳐다보았다.

"글쎄요, 그냥 우연의 일치겠죠."

"내가 시작하려고 하는 일은 무엇이든지 안 된다는 뜻인가?"

"아니에요, 여보. 그런 뜻이 아니었어요. 하지만 불행이 연속되고 있어요."

"그래, 그런 것 같아."

"정말 안됐어요." 패트가 다시 말했다.

그들이 히드로 공항에 도착해 비행기에서 내리려 대기하고 있을 때, 항공회사 직원이 또렷한 목소리로 이렇게 외쳤다.

"란셀로트 포스트큐 씨, 탑승하고 있습니까?"

"여기 있소." 란스가 말했다.

"이리로 빨리 와주시지요, 포스트큐 씨."

란스와 패트는 그 사람을 따라 다른 승객보다 먼저 비행기에서 내렸다. 그들이 마지막 좌석에 있는 한 부부 옆을 지나갈 때, 그 남자가 자기 아내에게 이렇게 속삭이는 소리가 들렸다.

"유명한 밀수업자들일 거야. 현장에서 붙잡혔군."

2

"끔찍한 일이군요. 정말 끔찍합니다."

란스는 탁자 맞은편에 앉아 있는 닐 경위를 빤히 쳐다보았다.

닐 경위는 동정하듯이 머리를 끄덕였다.

"탁신이니, 주목나무 열매니, 그 모든 것이 마치 멜로드라마처럼 들리는군요. 이런 일이 당신에게는 지극히 평범하게 보이겠죠, 경위님? 언제나 이런 일을 접하고 있을 테니까요. 하지만 우리 가족에게 독살이라니……, 너무 터무니없군요."

"그렇다면 전혀 모르십니까?" 닐 경위가 물었다.

"누가 당신의 아버님을 독살했는지?"

"오, 모릅니다. 내 생각으로는 아버지가 사업하다가 적들을 많이 만든 것 같습니다. 수많은 사람들이 아버지를 괴롭히고 금전적으로 속이고 싶었겠죠. 그렇지만 독살이라뇨? 어쨌든 나는 내막을 모릅니다. 오랫동안 외국에 있었기 때문에 집안에서 돌아가는 일에 대해서는 거의 아는 바가 없습니다."

"그것은 사실 내가 묻고 싶었던 겁니다, 포트스큐 씨. 당신의 형에게서 당신과 아버지 사이가 오랫동안 불편했다고 들었습니다만. 이번에 당신이 집으로 돌아오게 된 경위를 말해 주겠습니까?"

"그러죠, 경위님. 나는 아버지에게 소식을 받았습니다. 그것이 언제쯤이었더라……, 맞아, 지금부터 여섯 달 전이었어요. 내가 결혼한 직후였죠. 아버지는 편지에 지난 일은 모두 물에 흘려보내고 싶다고 썼습니다. 그리고 저에게 집으로 돌아와서 회사로 들어오라고 했지만, 문구도 좀 모호했고, 나도 선뜻 내키지 않았습니다. 그러다가 결국 이렇게 영국으로 건너오게 되었죠. 그러니까 지난 8월에, 꼭 석 달 전쯤이었습니다. 나는 주목나무 오두막집에 가서 아버지를 만났는데, 그분은 나한테 아주 유리한 제안을 하더군요. 나는 생각도 좀 해보고 아내와도 의논을 해봐야겠다고 말씀드렸죠. 아버지는 그것을 충분히 이해하셨죠. 그래서 나는 동부 아프리카로 가서 패트와 그 문제를 의논한 끝에 결국 제안을 받아들이기로 했습니다. 그곳에서 정리할 일들이 있었는데, 지난달 말까지 마무리 짓겠다고 아버지에게 알렸습니다. 그리고 영국에 도착할 날짜는 전보로 알리겠다고 했죠."

닐 경위가 기침했다.

"당신이 돌아온다고 하니까 당신의 형이 좀 놀라는 것 같던데요."

란스는 갑자기 씩 웃었다. 어딘지 매력적으로 보이는 그의 얼굴이 순전히 장난기로 밝아졌다.

"퍼시가 그 일을 알고 있으리라고는 생각하지 않습니다. 형은 그 당시 노르웨이에서 휴가를 보내고 있었으니까요. 내가 생각하기로는, 아버지가 일부러 그 시기를 택했던 것 같습니다. 아버지는 퍼시 몰래 그 일을 처리하고 싶어 했죠. 사실 나는 아버지가 나에게 제안한 것이 무능하고 나이만 먹은 퍼시, 아버지는 별이라고 부르는 것을 좋아했지만, 퍼시와 심한 말다툼을 한 끝에 나를 불러들이지 않았나 하는 생각이 듭니다. 별은, 내 생각에 어느 정도 아버지를 몰아내려고 했던 것 같습니다. 그런데 아버지는 그런 종류 일에는 절대로 참지 못하는 성미죠. 정확히 무엇 때문이었는지는 모르겠지만, 아버지는 무척화가 나 있더군요. 그래서 나를 다시 불러들여서는 멍청한 별 형을 꼼짝 못하게 만들려는 기가 막힌 착상을 짜냈던 것 같습니다. 한 가지 예를 들어본다면, 아버지는 퍼시의 아내를 절대 좋아하지 않는데다가, 좀 속물이지만 내 결혼에는 다소 만족하고 계셨죠. 나를 집으로 오게 해서 퍼시에게 그러한 사실을 나타내려고 했을 겁니다."

"지난번에 왔을 때는 주목나무 오두막집에서 얼마나 머물러 있었습니까?"

"오, 한두 시간 정도였죠. 아버지는 나에게 묵고 가라고는 하지 않았죠. 그 모든 것은 분명히 퍼시에게 기습하기 위한 일종의 공작이었습니다. 하인들 귀에 들어가는 것조차 꺼리셨으니까요. 방금 말씀드렸듯이, 나는 다시 생각해 보고 패트와 의논한 다음에 결정하겠다고 말씀드렸습니다. 그리고 내가 도착할 날짜를 대강 적어 보냈다가, 어제 마지막으로 파리에서 집으로 전보를 친 겁니다."

닐 경위는 머리를 끄덕였다.

"당신의 형을 깜짝 놀라게 한 전보였소."

"그랬을 겁니다. 그렇지만 항상 그랬듯이 이번에도 퍼시가 이겼어요. 나는 너무 늦게 도착했습니다."

"그렇군요." 닐 경위가 생각에 잠긴 채 말했다.

"당신은 너무 늦게 도착했습니다. 지난 8월에 찾아갔을 때 가족 중에서 누구와 만났습니까?"

"계모가 차를 마시며 거기에 있었습니다."

"그전에 그녀를 만난 적이 있었나요?"

"아니요." 그는 싱긋 웃었다.

"아버지는 확실히 여잘 고를 줄 알더군요. 그녀는 아버지보다 적어도 30년 정도는 젊을 겁니다."

"이런 질문을 해서 죄송합니다만, 아버님의 재혼에 당신은 화를 냈습니까, 당신의 형은 그러지 않았나요?"

란스는 놀라는 것 같았다.

"나는 확실히 그러지 않았습니다. 그리고 퍼시 또한 그렇지 않았을 거라고 생각합니다. 우리 어머니는 우리가 열 아니, 열두 살 때 돌아가셨는걸요. 정말 내가 놀란 것은 아버지가 그전에 재혼하지 않았다는 사실입니다."

닐 경위는 낮은 목소리로 이렇게 말했다.

"자기보다 훨씬 나이 어린 여자와 결혼하는 것은 다소 모험적인 것으로 생각될 수 있지요."

"형이 그렇게 말하던가요? 꼭 그가 하는 소리처럼 들리는군요. 퍼시는 자기 생각을 넌지시 말하는 데는 놀랄 만한 사람이니까요. 그것이 그의 생각입니까, 경위님? 계모가 아버지를 독살했다는 혐의를 받고 있습니까?"

닐 경위의 얼굴이 멍해졌다.

"어떤 것에 대해서든 확실한 결론을 내리기에는 아직 이릅니다, 포트스큐 씨."

그는 쾌활하게 말했다.

"자, 이제 당신의 계획이 어떤 것인지 물어도 될까요?"

"계획?" 란스가 생각에 잠겼다.

"흠, 정말 새로운 계획을 세워야겠군요. 가족들은 어디에 있죠? 모두 주목나무 오두막집에 있습니까?"

"그렇소"

"지금 곧장 그리로 가야겠습니다."

그는 아내에게 몸을 돌렸다.

"당신은 호텔에 가 있는 게 좋겠어, 패트"

그녀는 얼른 반대했다.

"아니, 싫어요. 란스, 당신과 함께 가겠어요."

"안 돼, 여보."

"하지만 저는 그러고 싶어요."

"아니야, 당신은 안 가는 게 좋겠어. 저……, 런던에 있어 본 지 너무 오래되어서, 바니스 호텔에 머물도록 해. 옛날에는 그 호텔이 깨끗하고 조용한 곳이었는데. 아직도 그대로죠?"

"오, 물론이오, 포트스큐 씨."

"됐어, 패트. 거기 방이 있는지 알아보고 당신을 그곳에 데려다 준 다음에 나는 주목나무 오두막집으로 가보겠어."

"그렇지만 저는 왜 당신과 함께 가면 안 되죠, 란스?"

란스의 얼굴은 갑자기 좀 냉정한 표정으로 변했다.

"솔직히 말해서, 패트. 그곳에서 나를 환영해줄지 어떨지도 확신할 수가 없어. 나를 그리로 초대한 것은 아버지였지만 아버지는 이미 돌아가셨잖아. 지금 그곳이 누구에게 속해 있는지 알 수가 없어. 퍼시라고 생각되는데, 아니면 아델일지도 모르지. 어쨌든 당신을 그리로 데려가기 전에 내가 어떤 대접을 받게 될지부터 알고 싶어. 게다가……."

"게다가요?"

"아직 독살범이 잡히지도 않은 집으로 당신을 데려가고 싶지도 않고."

"오, 그건 말도 안 돼요."

란스는 확고하게 말했다.

"당신이 뭐라고 하든, 패트. 나는 모험을 하고 싶지 않아."

제11장

1

두보이스는 화가 났다. 그는 아델 포트스큐의 편지를 찢어서 휴지통에 던져 넣었다. 그러더니 갑자기 조심스럽게 찢어진 종잇조각을 모조리 꺼내어 성냥을 그어 재로 변할 때까지 지켜보았다.

그는 작은 목소리로 중얼거렸다.

"왜 여자들은 이렇게 바보 같은 짓을 하는 거지? 분별심이라고는 전혀 없이 말이야."

그는 여자들에게는 절대 분별심이 없다는 것을 생각하고는 절망적인 기분이 들었다. 바로 그 모자람으로 매번 그가 득을 보긴 했지만, 지금은 그 때문에 화가 났다. 그 자신은 모든 예방책을 다 강구해놓았다.

만일 포트스큐 부인이 전화를 걸어오면 나갔다고 말하라고 지시해두었다. 아델 포트스큐가 벌써 그에게 세 번씩이나 전화했다가 드디어는 편지를 보낸 것이다. 대체로 종이에 쓴 것은 훨씬 더 위험하다.

그는 잠깐 생각에 잠겼다가 전화 쪽으로 갔다.

"포트스큐 부인을 좀 바꿔주겠소? 그래요, 두보이스입니다."

잠시 뒤에 그녀의 목소리가 들렸다.

"비비언, 당신이군요!"

"그래요, 아델. 그런데 좀 침착해요. 어디서 전화받고 있소?"

"서재에서요."

"흠, 홀에서 엿듣는 사람은 없소?"

"그들이 무엇 때문에요?"

"글쎄, 당신은 통 모르는구려. 경찰이 아직 집에 있소?"

"아니요, 그들은 잠깐 밖에 나갔어요. 오, 비비언, 두려워요."

"알아요, 알아. 그럴 거야. 그렇지만 내 말 좀 들어봐요, 아델. 우리는 조심해야 해."

"오, 물론이죠, 내 사랑."

"전화로 그런 말을 하지 마. 그러면 좋지 않아."

"당신 좀 당황하는 거 아니에요, 비비언? 요즈음에는 모든 사람들이 그렇게 부르고 있잖아요?"

"그래, 그래. 그건 알아. 하지만 잘 들어요. 나에게 전화도 하지 말고, 편지도 쓰지 마."

"하지만, 비비언……."

"당분간만이야. 우리는 조심해야 한단 말이야."

"오, 알겠어요."

그녀의 목소리는 화가 난 것 같았다.

"아델, 내 말 좀 들어봐요. 내가 당신에게 보낸 편지들 말이야, 모두 태워 버렸겠지?"

아델 포트스큐는 잠깐 망설인 뒤에 말했다.

"물론이죠. 그렇게 하겠다고 당신한테 말했잖아요."

"됐어. 그럼, 이만 끊읍시다. 전화한다거나 편지 쓰는 것을 하지 말도록. 적당한 때 내가 연락하겠소."

그는 수화기를 내려놓고 생각에 잠긴 채 자신의 뺨을 두드렸다. 포트스큐 부인이 전화에서 망설이던 것이 마음에 걸렸다. 아델이 정말 그의 편지들을 태워버렸을까? 여자들은 모두 똑같다. 그들은 태우겠다고 약속해놓고는 행동으로 옮기지 않지.

두보이스는 편지에 대해 가만히 생각해 보았다. 여자들은 항상 편지를 받고 싶어 했다. 그는 의식하지 않으려 했지만 끝까지 모른 체할 수 없었다. 아델 포트스큐에게 보낸 몇 통 안 되는 편지에 정확하게 무슨 말을 썼더라? 다 그렇고 그런 시시한 이야기들이었지. 그는 우울하게 생각했다. 하지만 어떤 단어들은, 어떤 말들은 경찰이 곡해할 수 있는 성질의 것인지도 모른다.

그는 에디스 톰슨 사건이 생각났다. 자기 편지들은 혐의 대상에서 분명히 제외되리라고 생각되지만 확신할 수 없었다. 그의 불안은 점점 커졌다. 아델이 편지들을 아직 안 태웠다 해도, 지금이라도 태울 만한 지각이 있을까? 아니면 경찰이 벌써 손에 넣은 것은 아닐까? 그는 그녀가 그것들을 어디에 두었는지 몹시 궁금했다. 아마 2층에 있는 그녀의 거실일 거야. 그 허울만 좋은 책상이 겠지. 가짜 루이 14세 골동품. 그녀가 언젠가 한 번 그 안에 비밀서랍이 있다고 말한 적이 있었지. 비밀서랍? 그것도 경찰을 오랫동안 속일 수는 없을 거야. 그런데 지금 그 집에는 경찰이 없다. 그녀가 그렇게 말했어. 아침에는 거기 있었지만 지금은 없는 상태이다.

지금까지도 그들은 아마 음식에 들었던 독의 재료가 될 만한 것들을 찾느라고 바쁠 것이다. 그들이 아직 그 집을 방마다 모두 수색하지 않았기를 그는 바랐다. 아마 그들은 그렇게 하기 위해 허락을 받으려고 하거나 가택 수색영장을 발급받으려고 하겠지. 어쩌면 그가 지금 당장 행동에 옮긴다면……

그는 마음속으로 그 집을 명확하게 그려보았다. 점점 어둑어둑해지고 있다. 지금쯤 서재나 응접실로 차를 끓여서 들여보냈겠지……. 모두 아래층에 모여 있을 테고, 하인들은 자기들 홀에서 차를 들고 있겠지. 2층에는 아무도 없을 거야. 정원을 통해 살짝 들어가서 놀랄 만큼 잘 숨겨주는 주목나무 울타리를 쭉 따라가야지. 그다음, 테라스 옆쪽에 조그만 문이 하나 있었지. 그 문은 잠잘 시간 바로 전까지는 절대로 잠그지 않는단 말이야. 그곳으로 살짝 들어가 적당한 때 2층으로 올라가면 될 거야.

빈센트 두보이스는 그다음에 할 일을 신중하게 생각해 보았다. 만일 포트스 큐 씨 죽음이 예상대로 졸도나 뇌일혈 때문이었다면 형세는 상당히 달라질 것이다. 그런데 사실은 그렇지 않았으므로……, 두보이스는 작은 목소리로 이렇게 중얼거렸다.

"후회하는 것보다는 안전한 게 낫지."

2

메리 도브는 커다란 층계를 천천히 내려왔다. 그녀는 전에 닐 경위가 도착하는 것을 본 적이 있던, 층계참에 난 창문 앞에 잠깐 멈춰 섰다.

어두워지는 바깥 경치를 내다보고 있을 때 어떤 남자가 주목나무 울타리 주변으로 막 사라지는 모습이 보였다. 그녀는 그것이 방탕한 아들 란셀로트 포트스큐가 아닌가 하고 생각했다. 아마 정문에서 차를 보내고 나서 사이가 안 좋은 가족들과 부딪히기 전에 정원이라도 돌아보며 옛 시절을 회상하려는 것인 듯했다.

메리 도브는 란스에게 다소 동정이 갔다. 그녀는 입술에 가벼운 미소를 지으며 아래층으로 내려갔다. 그녀는 홀에서 글레이디스를 만났는데, 그녀는 메리를 보더니 흠칫 놀랐다.

"방금 전화 오는 소리를 들었는데?" 메리가 물었다.

"누구한테 걸려왔니?"

"오, 잘못 걸려온 전화였어요. 여기가 세탁소인 줄 알았나 봐요."

글레이디스는 다소 숨이 찬 것처럼 보였고, 허둥거리는 것 같았다.

"그전에 걸려온 것은 두보이스 씨였어요. 마님을 바꿔달라고 하더군요."

"알았다."

메리는 홀을 가로질러 가다가 머리를 돌리고 말했다.

"차 마실 시간인 것 같은데, 아직 안 들여갔니?"

"벌써 4시 반이 됐나요?" 글레이디스가 말했다.

"5시 20분 전이야. 지금 당장 들여가거라."

메리 도브가 서재로 들어갔더니 아델 포트스큐는 소파에 앉아 난롯불을 쳐다보며 레이스가 달린 작은 손수건을 만지작거리고 있었다.

아델은 짜증을 내며 말했다.

"차는 어디 있어요?"

메리 도브가 말했다.

"곧 가지고 올 겁니다."

통나무 하나가 난로 밖으로 나와 있어서 메리 도브가 벽난로 앞에 무릎을 꿇고 부젓가락으로 그것을 제자리에 갖다 놓은 다음, 나무 한 조각과 석탄을 조금 더 집어넣었다.

글레이디스가 주방으로 들어가자, 탁자에서 큰 그릇에다 밀가루를 반죽하던 크럼프 부인이 화가 나서 빨개진 얼굴을 번쩍 들었다.

"서재에서 벌써 벨이 몇 번이나 울렸단 말이야! 차 들여갈 시간이야."

"알았어요. 알았대도요, 크럼프 부인."

"오늘 밤에는 남편한테 할 말을 해야겠어."

크럼프 부인은 혼자서 투덜거렸다.

"그에게 야단을 좀 쳐야겠어."

글레이디스는 식료품 저장실로 갔다. 샌드위치 하나 잘라져 있지 않았다. 하지만 그녀는 샌드위치를 자르지 않을 생각이었다.

그것 말고도 먹을 게 얼마든지 있는걸 뭐. 케이크 두 개, 비스킷, 스콘, 그리고 꿀. 암시장에서 산 신선한 농장 버터도 있었다. 샌드위치에 넣을 토마토 같은 것을 귀찮게 자르지 않아도 충분했다.

그녀는 다른 생각을 하고 있었다. 크럼프 부인이 잔뜩 화가 나 있는 건 모두 크럼프가 오후 내내 밖에 나가 있었기 때문일 것이다. 그런데 오늘은 그가 일을 안 하는 날이었잖아? 그것은 지극히 당연하다고 글레이디스는 생각했다.

크럼프 부인이 주방에서 소리를 질렀다.

"주전자가 펄펄 끓고 있어! 너는 차를 안 끓일 셈이니?"

"이제 가요."

그녀는 차를 대중해 보지도 않고 커다란 은주전자에 확 쏟아 붓고, 주방으로 가져가서 끓는 물을 따랐다. 그녀는 커다란 은쟁반에 찻주전자와 주전자를 얹어 서둘러 서재로 들고 가서, 소파 가까이에 있는 작은 탁자 위에 내려놓았다. 그녀는 음식을 담은 다른 쟁반을 가지러 급히 돌아왔다. 그녀가 그것을 들고 홀까지 왔을 때 갑자기 대형 괘종시계가 종을 쳐서 그녀를 깜짝 놀라게 했다.

"모두 오늘 오후에는 어디에 가 있는 거죠?"

"잘 모르겠어요, 포트스큐 부인. 조금 전에 포트스큐 양이 들어왔는데요. 퍼시벌 부인은 자기 방에서 편지를 쓰는 것 같아요."

아델은 신경질을 내며 말했다.

"편지를 쓰고, 또 쓰고! 그 여자는 날마다 편지만 쓰나 보지? 그런 계층에 속하는 사람들은 하나같이 똑같아. 사람이 죽어 집안이 이 지경인데 무슨 커다란 경사라도 생긴 것처럼! 귀신같다는 말이 꼭 들어맞아. 정말 귀신같아."

메리는 얼른 작은 목소리로 말했다.

"가서 차가 준비되었다고 말씀드리겠어요."

그녀는 문쪽으로 가다가 마침 엘라인 포트스큐가 들어오는 것을 보고 조금 물러섰다.

"날씨가 춥군요."

엘라인은 벽난로 앞에 앉아서 손을 비비며 불을 쬐었다.

메리는 잠깐 홀에 서 있었다. 케이크를 담은 커다란 쟁반이 홀에 있는 궤 위에 놓여 있었다. 홀이 점점 어두워지고 있었기 때문에 메리는 불을 켰다. 그 때 그녀는 제니퍼 포트스큐가 2층에 있는 복도를 따라 걷는 소리를 들은 것 같았다. 그러나 아무도 층계를 내려오지 않았으므로 메리는 층계를 올라가 복도를 따라 걸어갔다.

퍼시벌 포트스큐 부부는 그 집의 한쪽 구석에 있는, 거실이 딸린 독립식 방 하나를 차지하고 있었다. 메리는 거실문을 두드렸다. 퍼시벌 부인은 자기네 방 문을 두드려 주는 것을 좋아했는데, 그 사실은 늘 크럼프가 그녀를 경멸하게 하는 원인이었다.

그녀의 목소리가 활기차게 들려왔다.

"들어와요."

메리는 문을 열고 조그맣게 말했다.

"차가 막 준비되었어요, 퍼시벌 부인."

그녀는 제니퍼·포트스큐가 외출복을 입은 것을 보고 조금 놀랐다. 그녀는 낙타털로 된 긴 외투를 막 벗은 참이었다.

"밖에 나갔다가 오신 줄 몰랐어요." 메리가 말했다.

퍼시벌 부인은 약간 숨이 찬 것처럼 보였다.

"오, 단지 정원에 있었을 뿐이에요. 바람 좀 쐬느라고 그런데 정말 너무 춥군요. 얼른 불을 쬐러 가야겠어요. 여기는 중앙난방이 잘 안 되는 것 같아. 누가 정원사한테 좀 말해야 하겠어요, 도브 양."

"제가 말하죠." 메리가 말했다.

제니퍼 포트스큐는 외투를 의자에 던져 놓고 메리를 뒤따라 방을 나왔다.

메리는 그녀가 먼저 층계를 내려가도록 조금 비켜주었다. 홀에서 메리는 음식이 담긴 쟁반이 그대로 있는 것을 보고 좀 놀랐다. 그녀가 식료품 저장실로 가서 글레이디스를 부르려고 했을 때, 아델 포트스큐가 서재 문에 나타나 짜증스러운 목소리로 이렇게 말했다.

"오늘은 차와 함께 먹을 것이 아무것도 없나?"

메리는 얼른 쟁반을 들고 서재로 들어가 벽난로 가까이에 있는 나지막한 탁자 위에 여러 가지 음식들을 내려놓았다. 그녀가 빈 쟁반을 들고 홀로 다시 나오자, 마침 현관에서 초인종이 울리고 있었다.

메리는 쟁반을 내려놓고 직접 문쪽으로 갔다. 만일 그 방탕한 아들이 왔다면 얼른 그를 보고 싶었던 것이다. 메리는 '포트스큐 집안사람들하고는 얼마나 다를까?' 하고 생각하며 문을 열고는 검고 깡마른 얼굴을 올려다보았다. 어딘가 조롱하듯 일그러진 입을 지닌 남자였다.

그녀는 조용하게 말했다.

"란셀로트 포트스큐 씨인가요?"

"그렇소."

메리는 그를 찬찬히 보았다.

"짐은요?"

"택시 요금은 지급했고, 짐은 이것뿐이오."

그는 보통 크기에 지퍼가 달린 가방 하나를 집어들었다.

마음속으로 어렴풋이 놀라움을 느끼며 메리가 말했다.

"오, 택시로 들어오셨군요. 저는 걸어오신 줄 알았어요. 그런데 부인께서는?"

란스가 얼굴을 조금 찡그리며 말했다.

"아내는 오지 않을 겁니다. 적어도 지금 당장은."

"오, 예…… 이리로 오시겠어요, 포트스큐 씨? 모두 서재에서 차를 들고 계세요."

그녀는 그를 서재 문까지 데려다 주고 그 자리를 떠났다. 메리는 속으로 란셀로트 포트스큐가 매우 매력적인 사람이라고 생각했다. 그다음 곧바로 이런 생각이 들었다.

'아마 수많은 다른 여자들도 역시 그런 생각을 했을 거야.'

3

"랜스!"

엘라인은 그를 향해 앞으로 달려나왔다. 그녀가 목을 껴안고 여학생처럼 유난을 떨어서 랜스는 깜짝 놀랐다.

"이제야 돌아왔다."

그는 부드럽게 빠져나왔다.

"이분이 제니퍼?"

제니퍼 포트스큐는 호기심으로 가득 찬 얼굴로 그를 바라보았다.

"벌은 시내에 붙들려 있는 것 같아요. 처리해야 할 일들이 많답니다. 온통 정리해야 할 것투성이죠. 물론 그게 모두 벌의 일이에요. 그는 모든 것을 처리해야만 한답니다. 우리가 무슨 일을 겪고 있는지 당신은 모를 거예요."

"당신에게는 무서운 일이 틀림없을 겁니다."

랜스가 침통한 어조로 말했다. 그는 소파에 앉은 여인 쪽으로 다가갔다.

그녀는 손에 꿀 바른 스콘 조각을 든 채 조용히 그를 쳐다보고 있었다.

제니퍼가 큰 소리로 말했다.

"당연히……, 아델을 모르시겠죠?"

랜스는 작게 중얼거렸다.

"아……, 아니요, 알아요."

그는 아델 포트스큐의 손을 잡았다. 그가 그녀를 내려다보자 그녀의 눈꺼풀이 깜박거렸다.

그녀는 왼손에 들고 있던 스콘을 내려놓고 머리를 매만졌다. 그건 아주 여성적인 몸짓이었다. 그것은 잘생긴 남자가 방에 들어와 있다는 것을 그녀가 의식하고 있다는 뜻이었다.

그녀는 낮고 부드러운 목소리로 이렇게 말했다.

"여기 내 옆에 앉아요, 란스."

그녀는 그를 위해 차 한 잔을 따르며 말했다.

"정말 잘 왔어요. 집에 남자가 더 필요했는데."

란스가 말했다.

"내가 할 수 있는 일이라면 무엇이든지 시키십시오."

"이미 알고 있겠지만, 어쩌면 모르고 있을지도 모르겠군요. 여기에 경찰들이 왔어요. 그들 생각은……, 그들 생각은…….."

그녀는 말을 멈추고 격렬하게 외쳤다.

"오, 그건 끔찍해요! 정말 끔찍해!"

"압니다." 란스는 엄숙하고 동정하는 태도였다.

"사실은 런던 공항에 그들이 마중 나왔더군요."

"경찰이 마중을 나왔다고?"

"예."

"그들이 뭐라고 하던가요?"

란스도 그들에 대해 투덜거렸다.

"글쎄요, 지금까지 일어난 일을 이야기하더군요."

"아버님이 독살되셨대요."

아델이 말했다.

"그들은 그렇게 생각하고, 또 그렇게 말하고 있어요. 식중독이 아니고 누군가가 정말 독살했다는 거예요. 내가 믿기로는, 그들은 범인이 우리 중 한 사람이라고 생각하는 게 분명해요."

란스는 갑자기 그녀에게 미소를 지었다.

"그들에게는 그것이 일이지요."

그는 위로하듯이 말했다.

"우리가 걱정해 봤자 아무 소용없습니다. 차 한번 기가 막히는군! 훌륭한 영국차를 맛본 지도 오래되었어요."

다른 사람들도 그의 말에 곧 빠져들었다.

아델이 갑자기 이렇게 말했다.

"그런데 아내는……, 아내는 안 데려왔어요, 란스?"

"데리고 왔습니다. 그녀는 런던에 있어요."

"하지만, 왜……, 여기로 데려오지 않고요?"

"계획을 세우자면 시간이 많이 필요해서요." 란스가 말했다.

"패트는……, 그녀는 잘 있어요."

엘라인이 날카롭게 말했다.

"그 말은……, 설마?"

란스가 재빨리 말을 받았다.

"초콜릿 케이크가 참 맛있어 보이는데. 좀 먹어봐야겠어."

그가 한 조각을 자르며 물었다.

"에피 이모는 아직 살아 계시니?"

"오, 그럼요, 오빠. 그분은 통 내려오시지도 않고 우리와 함께 식사도 안 하지만, 아주 건강하세요. 다만 아주 이상해져 가고 있어요."

"그분은 항상 이상했어." 란스가 말했다.

"차를 마시고 올라가서 만나봬야겠군."

제니퍼 포트스큐가 작은 목소리로 이렇게 말했다.

"그 나이쯤 되면 양로원 같은 데서 살아야 할 것 같아요. 그녀를 아주 잘 보살펴줄 수 있는 곳 말이에요."

"에피 이모가 있는 곳이라면 어떤 양로원이라도 하느님이 도와주실 겁니다."

란스는 이렇게 말하고는 덧붙였다.

"나를 들여보내 준 그 새침한 여자는 누구죠?"

아델은 놀란 것처럼 보였다.

"크럼프가 열어주지 않았나요? 집사 말이에요. 오, 아니야. 깜빡 잊었군. 그는 오늘 일이 없는 날이지. 그런데 글레이디스는 분명히……."

란스가 설명을 해주었다.

"파란 눈에 가운데 가르마를 타고, 목소리는 부드럽고, 입 안에 넣어도 녹지 않을 버터 같은 여자. 더 이상은 말하고 싶지 않습니다."

제니퍼가 말했다.

"그건, 메리 도브겠군요."

엘라인이 말했다.

"우리에게 필요한 여자예요."

"그래?"

아델이 말했다.

"정말 아주 똑똑한 여자예요."

란스가 생각에 잠기며 말했다.

"흠, 그럴 것 같더군요."

"정말로 좋은 점이 있다면……, 그녀는 자신의 위치를 잘 안다는 거예요. 절대로 건방지게 구는 법이 없거든요."

제니퍼가 말했다.

"영리한 메리 도브."

란스는 이렇게 말하며 초콜릿 케이크를 한 조각 더 먹었다.

제12장

1

"그러면 다시 별 볼 일 없는 엽전 신세가 된 게로군."

램스버텀 양이 말했다.

란스는 그녀를 보고 씩 웃었다.

"바로 말씀하신 그대로예요, 에피 이모님."

"흥!" 램스버텀 양은 못마땅한 듯이 콧방귀를 뀌었다.

"네가 그렇게 되기에 딱 알맞은 시기를 선택한 거야. 너희 아버지가 어제 살해되어 경찰들이 온 집 안을 쑤시고, 심지어 쓰레기통까지 뒤집어 보고 다녔단다. 나는 창문으로 다 내다봤다."

그녀는 말을 멈추고 다시 콧방귀를 뀌더니 이렇게 물었다.

"아내도 함께 왔니?"

"아니요, 패트는 런던에 남겨두고 왔어요."

"잘했구나. 나라도 그녀를 여기에는 데려오지 않았을 거야. 무슨 일이 일어날지 어떻게 알겠니?"

"그녀에게? 패트한테요?"

"어떤 사람에게든지 말이다." 램스버텀 양이 말했다.

란스 포트스큐는 그녀를 주의 깊게 바라보다가 물었다.

"그 일에 대해 조금이라도 알고 계십니까, 에피 이모님?"

램스버텀 양은 곧바로 대답하지 않았다.

"어제 어떤 경위가 나한테 질문하러 여기 왔더구나. 그는 내게서 그다지 중요한 것을 얻어내지 못했지. 하지만 그 사람은 보기보다 어리석지 않더구나."

그녀는 약간 화가 나서 덧붙였다.

"집 안에 경찰이 들어온 것을 너희 할아버지가 안다면 뭐라고 하시겠니? 무덤에서도 돌아누우실 거야. 그분은 일생 동안 엄격한 플리머드 교우파이셨다. 내가 그날 저녁 성공회 예배에 참석한 것을 알고는 얼마나 야단을 치셨다고! 그런데 나는 그것이 살인과는 비교도 안 될 일이라는 걸 잘 알고 있단다."

란스는 이 말을 듣고 당연히 미소를 지었지만, 그의 길고 까만 얼굴은 여전히 심각했다.

"아시겠지만, 저는 오랫동안 떨어져 있었더니 통 모르겠습니다. 최근 여기서 어떤 일들이 있었습니까?"

램스버텀 양은 눈을 잔뜩 치켜세웠다.

"불결한 짓들뿐이었지." 그녀는 확고하게 말했다.

"알아요, 알아, 에피 이모님. 이모님이야 당연히 그렇게 말씀하시겠죠. 그렇지만 무엇 때문에 경찰들이 아버지가 집안사람에게 살해되었다고 생각하게 된 겁니까?"

"간통과 살인은 별개의 문제야." 램스버텀 양이 말했다.

"나는 그녀가 그렇게 했다고는 생각하고 싶지 않다, 정말 그래."

"아델?"

란스는 정신을 바짝 차리고 물었다.

"나는 입을 다물고 있어야겠다." 램스버텀 양이 말했다.

"어서요, 이모님." 란스가 말했다.

"훌륭한 말씀이지만 중요한 일은 아닙니다. 아델에게 남자가 있는 겁니까? 아델과 그 남자가 아버지가 아침에 드시는 차에 사리풀에서 뽑은 독이라도 넣었다는 말인가요? 그것이 현재 상황입니까?"

"농담을 못하도록 혼을 좀 내줘야겠구나."

"저는 정말 농담하는 게 아니에요."

"한 가지만 말해 주마." 램스버텀 양이 대뜸 이렇게 말했다.

"그 계집애가 뭔가를 아는 게 분명해."

"누구 말씀이세요?"

란스는 깜짝 놀란 것처럼 보였다.

"냄새 맡고 다니는 계집애가 있어." 램스버텀 양이 말했다.

"오늘 오후에 나한테 차를 가져와야 하는데도 안 가져왔다. 허락도 없이 나갔다고 하더구나. 내 생각에는 경찰에게 간 것이 아닌지 모르겠다. 누가 문을 열어주었니?"

"메리 도브라는 여자인 것 같던데요. 아주 온순하고 친절해 보였지만, 실제로는 안 그런 것 같아요. 그녀가 경찰에 갔다는 말씀이세요?"

"그녀가 경찰한테 갔다는 게 아니야." 램스버틈 양이 말했다.

"그 여자가 아니고, 그 바보 같은 어린 하녀 말이다. 종일 토끼처럼 씰룩거리며 뛰어다니더구나. '무슨 일이라도 생겼니?' 하고 내가 물어봤다. '죄책감 드는 일이라도 있어?' 그러자, 그녀는 이렇게 말했어. '저는 아무 짓도 안 했어요. 저는 그런 일은 안 해요.' '나도 네가 그러지 않았기를 바란다.' 내가 이렇게 말했지. '그런데 지금 뭔가 걱정하는 것 같은데?' 그랬더니 그녀는 훌쩍이기 시작하면서 자기는 아무도 곤란한 상태에 빠뜨리고 싶지 않다면서 모두 실수인 게 분명하다고 하더구나. 나는 그녀에게 이렇게 말해 주었어. '자, 얘야. 사실대로 말해서 악마를 부끄럽게 만들럼.' 나는 또 이렇게 말했단다. '경찰에게 가거라. 가서 네가 아는 것을 말해줘라. 진실을 숨겨봤자 좋을 게 하나도 없어. 그것이 아무리 불쾌한 일이라고 해도 말이야.' 그랬더니 그녀는 경찰한테는 갈 수 없다는 둥, 그들은 자기를 결코 믿지 않을 거라는 둥, 도대체 무슨 말을 해야 하느냐는 둥, 말도 안 되는 소리를 한참 늘어놓더구나. 그러더니 결국 자기는 아무것도 모른다며 딱 잡아떼지 않겠니."

란스가 주저하며 말했다.

"그녀가 괜히⋯⋯, 아는 척하는 건 아니에요?"

"아니, 그런 것 같지는 않다. 내 생각에는 그녀가 겁을 집어먹은 것 같다. 아마도 그 일과 관련된 어떤 것을 보았거나 들은 거겠지. 중요한 것인지도 몰라. 아니면 전혀 하찮은 일일지도 모르고"

"혹시 바로 그녀가 아버지에게 원한을 품고⋯⋯."

란스가 망설이며 말했다.

램스버틈 양은 고개를 크게 저었다.

"그녀는 너의 아버지가 조금이라도 신경 쓸 만한 여자가 아니야. 어떤 남자든지 그녀에게 그다지 신경 쓰지 않을 게다. 불쌍하게도 아, 그렇지만 그녀의 영혼을 위해서는 훨씬 좋은 일이지. 내 장담하지만"

란스는 글레이디스의 영혼 같은 것에는 흥미가 없었다.

"그녀가 정말 경찰서에 달려갔을 거라고 생각하세요?"

에피 이모님은 힘차게 고개를 끄덕였다.

"물론이야. 내 생각에는 이 집에서는 누가 엿들을까 봐 그들에게 아무 이야기도 못 한 것 같다."

란스가 물었다.

"그녀가 음식물에 손댄 사람을 보았을지 모른다고 생각하십니까?"

에피 이모님은 그를 날카롭게 쳐다보았다.

"가능한 일이야, 안 그러니?"

"예, 그럴 수도 있을 겁니다."

란스는 변명하듯이 말했다.

"그렇지만 모든 일이 하나도 믿어지지가 않습니다. 마치 추리소설 같아요."

"퍼시벌의 아내는 간호사 출신이야."

램스버텀 양이 말했다.

그 말은 이제껏 하던 말과는 너무 무관해 보여서 란스는 당황한 기색으로 그녀를 쳐다보았다.

램스버텀 양이 말했다.

"간호사들은 약 다루는 데 능숙하지."

란스는 무슨 말인지 알 수가 없었다.

"그 탁신이라는 것도……, 의학에 사용됩니까?"

"범인은 주목나무 열매에서 그것을 뽑았을 거야. 어린애들이 가끔 주목나무 열매를 먹지."

램스버텀 양이 말했다.

"굉장히 안 좋은 일이 생긴단다. 내가 어렸을 때 있었던 한 사건이 기억나는구나. 나는 커다란 충격을 받았지. 결코 잊히지 않아. 기억해놓으면 때때로 쓸 만한 것들도 있단다."

란스는 머리를 얼른 쳐들고 그녀를 빤히 쳐다보았다.

"타고난 애정도 중요해." 램스버텀 양이 말했다.

"나는 다른 사람 못지않게 많은 애정을 가지고 있으면 좋겠어. 사악한 것은 파멸되어야 마땅해."

2

"나한테 한마디 말도 없이 나가버리다니!"

밀가루 반죽을 판에 대고 밀고 있던 크럼프 부인은 붉고 화가 난 얼굴을 들고 이렇게 말했다.

"아무한테도 말하지 않고 살짝 빠져나가 버리다니! 정말로 교활해! 그녀를 내보냈으면 좋겠어요. 나한테 잡히기만 하면 당장 내보낼 텐데! 기가 막혀서! 주인님은 돌아가시고, 몇 년 동안이나 집에 없었던 란스 씨가 집으로 돌아왔는데. 나는 크럼프에게 이렇게 말했어요. '일하는 날이건 일하지 않는 날이건, 나는 내가 해야 할 의무를 잘 알아요. 오늘 밤에는 목요일이면 늘 그렇듯이 차가운 저녁식사만 준비할 게 아니라 정식 만찬을 마련하겠어요. 외국에서 신사분이 부인과 함께 집으로 오셨잖아요. 귀족과 공식적으로 결혼한 것이니, 모든 걸 훌륭하게 차려야지요. 도브 양, 내가 내 일에 자부심을 느낀다는 걸 잘 알 거예요."

이런 자신감에 대해 잘 아는 메리 도브는 머리를 상냥하게 끄덕였다.

"그런데 크럼프는 뭐라고 하는지 아세요?"

크럼프 부인의 목소리는 화가 나서 높아졌다.

"'나는 오늘 일을 안 하는 날이니 나가봐야겠어.'라고 말하더니, '그리고 귀족 따위가 다 뭐야.'라고 하지 않겠어요. 크럼프는 자기 일에 아무런 자부심도 없어요. 그래서 그가 나가버렸기에 나는 글레이디스한테 오늘은 힘들겠지만 혼자서 해내야 할 거라고 말했죠. 그랬더니 그녀는 이렇게 말하더군요. '좋아요, 크럼프 부인.' 이렇게 말해놓고는 내가 등을 돌린 틈을 타 살금살금 빠져나간 거예요. 오늘은 그 애가 노는 날도 아니잖아요? 그 애가 노는 날은 금요

일이라고요. 이제 우리끼리 어떻게 해야 할지 모르겠군요! 란스 씨가 오늘 부인을 여기로 데리고 오지 않아 천만다행이에요."

메리의 목소리는 달래는 듯하면서도 무게가 있었다.

"우리끼리 하면 될 거예요, 크럼프 부인. 식단을 조금만 줄인다면……."

그녀는 자기 의견을 대강 말했다.

크럼프 부인은 마지못해 그러겠다며 머리를 끄덕였다.

"시중은 내가 아주 쉽게 들 수 있을 거예요."

메리가 이렇게 말하며 이야기를 매듭지었다.

"직접 식탁에서 시중을 들겠다는 뜻이에요, 도브 양?"

크럼프 부인은 믿을 수 없다는 표정을 지었다.

"글레이디스가 그때까지 돌아오지 않는다면요."

"그 애는 돌아오지 않을 거예요."

크럼프 부인이 말했다.

"남자들 꽁무니나 따라다니며 상점에서 돈을 낭비하고 있겠죠. 젊은 남자가 있다고요, 도브 양. 그녀를 보고 그런 생각은 안 들겠지만. 앨버트라는 이름을 가졌죠. 내년 봄에 결혼할 예정이라고 그 애가 말하더군요. 결혼이 뭔지도 모르면서. 요즘 처녀들은 몰라요. 내가 크럼프와 살면서 겪은 것이라고는……."

그녀는 한숨을 쉬고는 평상시 목소리로 이렇게 덧붙였다.

"찻잔은 어떻게 할까요, 도브 양. 누가 가지고 나와 설거지를 하지요?"

"내가 하겠어요." 메리가 말했다.

"가서 당장 가져오죠."

서재에는 아직 불을 켜지 않은 상태였고 차 쟁반 뒤에 있는 소파에는 아델 포트스큐가 여전히 앉아 있었다.

메리가 물었다.

"불을 켤까요, 포트스큐 부인?"

아델은 대답이 없었다.

메리는 불을 켜고 창문 쪽으로 가로질러 가서 커튼을 쳤다. 그녀가 고개를 돌려 쿠션에 축 늘어진 여자의 얼굴을 본 것은 바로 그때였다. 꿀을 바른 스콘 조각이 반쯤 먹다 남은 채 그녀 옆에 놓여 있었고, 찻잔에는 차가 조금 남아 있었다.

죽음이 아델 포트스큐에게 갑자기, 그리고 신속하게 찾아온 것이었다.

3

"그래서?" 닐 경위는 조급하게 물었다.

의사가 재빨리 말했다.

"청산가리. 아마 시안화칼륨이, 차 안에……"

"시안화칼륨?"

닐이 중얼거렸다.

의사는 약간 호기심을 느끼며 그를 쳐다보았다.

"그 일을 꽤 심각하게 받아들이는 것 같은데, 무슨 특별한 이유라도?"

"그녀는 범인으로 지목되었던 사람이었소." 닐이 말했다.

"그런데 '희생자로 드러났다.' 이 말이군. 흠, 이제 다시 생각해봐야겠는걸."

닐은 머리를 끄덕였다. 그의 얼굴은 침통했다.

독살되다니! 바로 그의 코앞에서! 렉스 포트스큐의 아침 커피에는 탁신, 아델 포트스큐의 차에는 청산가리. 여전히 집안문제다. 아니, 그런 것 같다.

아델 포트스큐, 제니퍼 포트스큐, 엘라인 포트스큐, 그리고 새로 도착한 란스 포트스큐가 함께 서재에서 차를 마셨다. 란스는 램스버텀 양을 만나러 올라갔고, 제니퍼는 편지를 쓰려고 그녀의 거실로 갔으며 마지막으로 엘라인이 서재를 떠났다. 그녀의 말에 따르면, 아델은 그때 더할 나위 없이 건강한 상태로 남은 차를 마지막으로 한 잔 따르고 있었다고 한다.

최후의 차 한 잔! 그렇다, 그녀에게는 정말 최후의 찻잔이었다.

그 뒤 메리 도브가 방으로 들어가서 시체를 발견할 때까지 20분 정도의 공백이 있었다. 그럼 그 20분 동안…….

닐 경위는 생각에 잠긴 채 주방으로 갔다.

탁자 옆의 의자에 앉아 있던 거대한 몸집의 크럼프 부인은 지난번의 도전적인 태도는 바늘에 찔린 풍선처럼 사그라졌는지, 그가 들어가도 거의 옴짝달싹도 안 했다.

"하녀는 어디 있죠? 아직 안 돌아왔습니까?"

"글레이디스요? 없어요. 안 돌아왔습니다. 안 돌아올 거예요, 내 생각에……, 11시까지는."

"그녀가 차를 끓여서 들여보냈다고 했죠?"

"저는 건드리지 않았습니다, 선생님. 하느님께 맹세하겠어요. 게다가 글레이디스가 그런 짓을 했으리라고는 생각지 않아요. 그 애는 그런 짓은 못해요. 글레이디스는 아닙니다. 아주 착한 아이예요. 약간 바보 같은 데가 있지만 그것뿐이지, 사악하지는 않다고요."

맞는 말이다. 닐도 글레이디스가 사악하다고는 생각하지 않았다.

그는 글레이디스가 독살범이라는 생각은 하지 않았다. 그리고 어쨌든 청산가리는 찻주전자 속에는 들어 있지 않았다.

"그런데 뭐 때문에 이렇게 갑자기 사라져 버린 겁니까? 그녀가 쉬는 날도 아니라면서……."

"예, 선생님. 내일이 그녀가 쉬는 날이에요."

"크럼프는……."

크럼프 부인의 호전성이 갑자기 되살아났다. 그녀의 목소리는 노여움으로 높아졌다.

"남편한테 누명을 씌울 생각은 마세요. 그는 아무 상관도 없다고요. 그는 3시에 나가버렸어요. 이제는 그가 잘했다는 생각이 드는군요. 남편은 퍼시벌 씨만큼이나 상관이 없다고요."

퍼시벌 포트스큐는 런던에서 방금 돌아와 두 번째 비극의 놀라운 소식을 접하는 참이었다.

"크럼프에게 죄를 씌우는 것이 아니라……."

닐이 부드럽게 말했다.

"다만 그가 글레이디스의 외출에 대해 아는 게 없을까 궁금한 것뿐입니다."

"그 애는 가장 좋은 나일론 스타킹을 신고 나갔어요."

크럼프 부인이 말했다.

"그 애는 무엇엔가 흥분하고 있었던 것 같아요. 저에게는 묻지도 마세요! 차 쟁반에 샌드위치 하나 잘라놓지 않았더군요. 오, 그래요, 그 애는 무엇인가 흥분하고 있었어요. 돌아오면 제가 한마디 해야겠어요."

그녀가 돌아오면……

희미한 불안감이 닐을 엄습했다. 불안감을 떨쳐버리기 위해 그는 2층에 있는 아델 포트스큐의 침실로 올라갔다. 사치스러운 방이었다.

온통 장미 무늬를 넣어 짠 비단 벽지에 널찍한 금박 침대가 놓여 있었다. 그 방 한편에 거울로 벽을 장식한 욕실로 들어가는 문이 있었는데, 거기에는 움푹 들어간 연자줏빛 자기(瓷器) 욕조가 있었다. 그 욕실 건너편에 렉스 포트스큐의 옷 갈아입는 방이 문으로 통해 있었다.

닐은 아델의 침실로 돌아와 방 저편에 떨어져 있는 문을 통해 그녀의 거실로 들어갔다. 장밋빛 부드러운 융단이 깔린 방은 나폴레옹 시대풍으로 장식되어 있었다. 닐은 그 전날 이미 방을 세심하게 관찰했고, 특히 조그마하고 우아한 책상에 관심을 두고 보았기 때문에 대강 훑어보기만 했다.

갑자기 그의 시선이 빛났다. 장밋빛 부드러운 융단 가운데쯤 조그만 진흙 덩어리가 떨어져 있었던 것이다.

닐은 그쪽으로 다가가서 집어보았다. 진흙은 아직 축축했다. 그는 주위를 둘러보았다. 발자국은 전혀 보이지 않았다. 단지 젖은 흙덩어리만 떨어져 있을 뿐이었다.

4

닐 경위는 글레이디스 마틴의 침실을 둘러보았다. 11시가 넘어 있었다(크럼프는 30분 전에 돌아왔지만). 글레이디스는 아직 그림자도 보이지 않았다.

닐 경위는 방을 훑어보았다. 글레이디스가 어떤 교육을 받았는지 모르지만, 그녀의 타고난 천성은 단정치 못한 것 같았다. 이불도 거의 개지 않는 것 같았고, 창문도 거의 열지 않는 것 같았다.

그러나 글레이디스의 개인적인 버릇에 대해서는 그가 신경 쓸 바가 아니었다. 그보다 그는 그녀의 소지품을 샅샅이 조사했다. 그녀의 소지품은 대개 값싸고 유치한 장신구들이었다. 튼튼하거나 품질이 좋은 것은 거의 없었다. 그가 와달라고 부른, 나이 많은 엘렌은 별로 도움이 되지 못했다.

그녀는 글레이디스가 어떤 옷을 가졌으며, 어떤 옷을 가지지 않았는지도 잘 몰랐다. 그녀는 어떤 것이 없어졌다고 해도 그것이 무엇인지 말해줄 수 없는 형편이었다.

그는 옷과 내의들을 그만 살피고 장롱 속에 들어 있는 것들을 조사했다. 글레이디스는 거기에 귀중품을 보관해두고 있었다. 그림엽서, 신문 오려낸 것, 뜨개질 도안, 미용에 대한 기사, 양재, 그리고 유행에 관한 주의사항을 모아둔 것이었다. 닐 경위는 그것들을 여러 범주로 나누어 분류했다.

그림엽서들은 주로 글레이디스가 휴가를 보냈던 곳으로 생각되는 여러 곳의 경치였다. 그중 세 장은 '버트'라는 이름이 들어 있었다. 버트는 크럼프 부인이 말한 '젊은 남자'인 모양이었다. 첫 번째 엽서는 교양이 없는 필체로, '모두 좋아. 네가 무척 그립구나. 너의 영원한 버트'라고 쓰여 있었다. 두 번째 엽서는, '여기에도 멋있어 보이는 여자애들은 많지만 너하고 비교할 만한 애는 하나도 없어. 곧 너를 만나게 되겠지. 약속 날짜를 잊지 마. 그리고 그다음에는……, 모든 것이 잘될 거고 행복하게 살게 될 거라는 걸 기억하렴.' 세 번째 것은 단지, '잊지 마. 나는 너를 믿고 있어. 사랑으로, B.'라고만 되어 있었다.

그다음 닐은 신문 오려낸 것들을 조사해서 세 가지 종류로 분류했다. 양재와 미용에 대한 것, 글레이디스가 굉장히 빠져 있는 것으로 보이는 영화배우에 대한 것, 그리고 그녀는 또한 최근에 발견된 과학에 대해서도 무척 흥미를 느끼는 것 같았다. 그중에는 비행접시에 대한 것, 러시아인들이 사용하는 심리 억제 해소약, 그리고 미국 의사들이 발견한 놀라운 마취제에 대한 것들이 있었다. 닐 생각에는 모두 20세기 요술들이었다.

그런데 방에 있던 것 중 그녀의 실종에 단서가 될 만한 것은 하나도 없었다. 기대했던 것은 아니지만, 그녀는 일기도 쓰지 않았다. 그것은 가능성이 희박한 일이었다. 쓰다가 만 편지도 없었고, 렉스 포트스큐의 죽음과 관련된 어떤 사실을 그녀가 알고 있다는 것을 암시해줄 만한 기록도 전혀 없었다.

글레이디스가 본 것이 무엇이든, 그녀가 아는 것이 무엇이든 간에 그에 대한 기록은 하나도 없었다. 두 번째 차 쟁반을 홀에 남겨둔 채 글레이디스가 갑자기 사라진 원인에 대해서는 어림짐작을 해야 할 것 같았다.

닐은 한숨을 쉬며 방을 나와 문을 닫았다. 그가 조그만 나선형 계단을 내려가려 할 때 층계참을 따라 소란한 발걸음 소리가 들려왔다. 헤이 경사의 당황한 얼굴이 계단 아래쪽에서 그를 올려다보았다. 헤이 경사는 조금 헐떡거리고 있었다.

"경위님!" 그는 다급하게 말했다.

"경위님! 그녀가 찾아냈는데……."

"그녀가 찾았다고?"

"늙은 하녀 말입니다, 경위님. 엘렌이요. 줄에 걸린 빨래들을 안 걷어왔다는 것이 생각나서……, 뒷문 모퉁이 바로 근처에 있는 빨랫줄 말이에요. 그래서 그녀는 손전등을 들고 빨래를 걷어오려고 나갔다가 하마터면 시체에 걸려 넘어질 뻔했답니다. 그 하녀 시체에 말이에요. 질식사했더군요, 스타킹으로 목이 졸린 채. 몇 시간 된 것 같습니다. 게다가, 경위님, 지독한 장난까지 해놓았더군요. 그녀의 코에 빨래집게가 집혀 있었습니다."

제13장

기차로 여행 중인 한 나이 많은 부인이 아침 신문 3부를 샀는데, 그녀가 다 읽고 접어서 옆에 놓아둔 신문들은 하나같이 머리기사가 똑같았다. 신문들의 구석에 감추어진 조그만 기사들은 아무런 문제가 되지 않았다. 신문들은 주목나무 오두막집에서 일어난 3중 비극을 대대적으로 보도하고 있었다.

노부인은 꼿꼿하게 앉아서 입술을 꼭 다문 채 차창 밖을 내다보고 있었는데, 핑크빛이 감도는 희고 주름진 얼굴에는 불만스럽고 걱정하는 표정이 역력했다. 마플 양은 새벽에 기차로 세인트 메리 미드를 떠나 중간역에서 바꿔 타고 런던으로 와서 다시 런던 내의 다른 종점으로 향하는 순환기차를 타고 베이든 헤스에 도착했다.

역에서 내린 그녀는 택시를 불러 주목나무 오두막집까지 가자고 했다. 너무나 매력적이고, 너무도 호감 가며, 핑크빛이 감도는 하얀 얼굴에 솜털이 송송 돋아나 있는 노부인이었기 때문에, 마플 양은 생각했던 것보다 훨씬 더 쉽게 중무장 상태로 경계 중인 성채 안으로 들어갈 수 있었다.

경찰이 수많은 신문기자와 사진기자들을 접근하지 못하도록 하고 있었지만 마플 양만은 아무런 의심도 받지 않고 차를 탄 채 안으로 들어갈 수 있었다. 그것은 그녀가 집안의 나이 많은 친척이라고 밖에는 달리 생각되지 않았기 때문이다. 마플 양은 잔돈을 꼼꼼하게 세어 택시 요금을 지불한 다음 현관의 초인종을 눌렀다.

크럼프가 문을 열자 마플 양은 노련한 시선으로 재빨리 그를 평가했다.

'미덥지 못한 눈이야. 역시 죽음을 두려워하고 있군.'

크럼프는 구식 트위드 외투와 스커트를 입고, 두 개의 스카프를 목에 두르고, 새 깃털이 달린 작은 펠트 모자를 쓴 키가 크고 나이가 많아 보이는 부인을 쳐다보았다. 노부인은 큼지막한 핸드백을 손에 들고 있었으며, 오래되긴 했지만 품질이 좋아 보이는 여행가방이 그녀의 발 옆에 놓여 있었다.

크럼프는 그녀가 교양 있는 노부인이라고 생각하고는 할 수 있는 한 가장 훌륭하고 공손한 목소리로 말했다.

"무슨 일이십니까, 부인?"

마플 양이 말했다.

"이 집의 주인마님을 만날 수 있을까요?"

크럼프는 뒤로 물러서서 그녀를 들어오게 했다. 그는 여행가방을 집어들고 홀에 조심스럽게 내려놓았다.

"저, 부인……." 그는 약간 의아한 듯 말했다.

"정확하게 누구 말씀이신지?"

마플 양이 말했다.

"나는 살해된 불쌍한 하녀에 대해 말하려고 왔답니다. 글레이디스 마틴 말이에요."

"오, 알았습니다, 부인. 저, 그것 때문이라면……."

그가 말을 멈추고 서재 문쪽을 쳐다보자 키가 크고 젊은 여인이 나타났다.

"이분은 란스 포트스큐 부인이십니다, 부인." 크럼프가 말했다.

패트가 앞으로 나와 마플 양을 쳐다보았다.

마플 양은 약간 놀라움을 느꼈다. 이런 집에서 패트리셔 포트스큐 같은 여자를 만나게 되리라곤 기대하지 않았던 것이다. 실내 분위기는 그녀가 상상했던 것과 아주 흡사했지만, 패트는 어쩐지 그러한 분위기와는 어울리지 않았다.

크럼프가 말했다.

"글레이디스에 대한 일인데요, 부인."

패트는 조금 망설이며 이렇게 말했다.

"이리로 들어오시겠어요? 우리밖에 없을 거예요."

그녀가 서재로 안내하자 마플 양이 뒤따랐다.

"특별히 만나고 싶은 분이 계신 건 아니시죠?" 패트가 말했다.

"저는 그다지 아는 게 없어서요. 남편과 저는 아프리카에서 겨우 2, 3일 전에 돌아왔거든요. 집안사람들에 대해서는 정말 아는 게 별로 없어요. 하지만 시누이나 동서 되는 사람을 데려올 수는 있어요."

마플 양은 그녀가 마음에 들었다. 그녀의 진지함과 솔직함이 좋았다. 좀 이상한 이유로 마플 양은 패트가 안됐다는 생각이 들었다.

그녀에게는 낡은 무명과 말, 개 같은 배경이 이런 화려한 가구가 비치된 실내 장식보다는 훨씬 잘 어울릴 것 같았다. 세인트 메리 미드 근처를 돌아다니며 여러 곳에서 열린 조랑말 쇼나 경기 대회에서 마플 양은 패트를 수없이 많이 봤고, 그녀를 잘 알고 있었다. 그녀는 다소 불안해 보이는 이 여자에게 편안함을 느꼈다.

"아주 간단한 문제예요, 정말."

마플 양은 장갑을 조심스럽게 벗어서 손가락을 매만지며 말했다.

"신문에서 글레이디스 마틴이 살해되었다는 것을 읽었어요. 나는 그 애에 대한 모든 것을 알고 있지요. 그 애는 내가 사는 지방에서 왔어요. 사실은 내가 그 애에게 집안 시중드는 일을 가르쳤답니다. 그런데 이런 끔찍한 일이 그 애에게 일어났다는 것을 듣고, 내가……, 여기 와서 도움이 될 만한 일이 없는지 살펴봐야겠다는 생각이 들어서요."

"예. 당연하죠, 알겠어요."

그녀는 충분히 이해했다. 마플 양의 행동은 그녀에게는 지극히 당연하고 또 필요하다고 느껴졌다.

"참 잘 오신 것 같아요." 패트가 말했다.

"아무도 그녀에 대해서는 별로 많이 아는 것 같지 않았거든요. 친척 관계 등에 대해서도요."

"당연하죠." 마플 양이 말했다.

"당연히 모를 수밖에 없어요. 그 애에게는 친척이 한 명도 없어요. 고아원에서 내게 왔거든요. 세인트 페이스라는 고아원이었죠. 아주 잘 운영되는 곳이지만, 안타깝게도 자금이 부족했죠. 우리는 거기 있는 소녀들에게 최선을 다해 훌륭한 교육을 시키려고 애쓰고 있답니다. 글레이디스는 열일곱 살 때 나한테 왔는데, 나는 그 애에게 식사 시중드는 법과 은식기 다루는 법에서부터 많은 일을 가르쳤답니다. 물론 그 애는 우리 집에 오래 있지 않았어요. 그런 애들은 절대로 한곳에 오래 머무는 법이 없죠. 그 애는 경험을 조금 쌓자마자, 곧 밖에 나가 다방 일자리를 얻었어요. 그런 처녀들은 대부분 그런 일을 하고 싶어 해요. 그 애들 생각에는 그것이 좀더 자유롭고 즐거운 생활같이 보이나 봐요. 아마 그럴지도 모르죠. 나는 잘 모르겠어요."

"저는 그녀를 본 적조차 없어요." 패트가 말했다.

"그녀는 예뻤나요?"

"오, 아니에요." 마플 양이 말했다.

"전혀 그렇지 않아요. 선(腺)증식 비대형이었는데, 얼굴에 점이 상당히 많았죠. 좀 불쌍하게 생각될 정도로 어리석었어요. 어느 곳에서든……."

그녀는 생각에 잠긴 채 계속 말을 이었다.

"친구들도 많이 사귀지 못했을 거예요. 남자한테 무척 관심이 많았죠. 하지만 남자들은 그녀에게 별로 신경 쓰지 않았어요. 다른 처녀들은 그녀를 이용하는 편이었죠."

"좀 잔인한 것 같군요." 패트가 말했다.

마플 양이 말했다.

"그래요. 인생은 잔인하죠. 유감스럽게도 글레이디스와 같은 처녀들은 무엇을 해야 할지 정말 판단을 하지 못한답니다. 그 애들은 영화나 보러 다니며, 도저히 자기들에게 일어날 것 같지도 않은 불가능한 일들을 항상 꿈꾸고 있어요. 어쩌면 그것도 일종의 행복이 될 수 있겠죠. 그러나 곧 실망하게 된답니다. 글레이디스는 다방이나 레스토랑에서 실망을 느꼈을 거예요. 아주 매력적이거나 흥미로운 일도 전혀 없었을 뿐만 아니라, 독립한다는 것도 사실 어려운 일이었을 테니까요. 아마, 그 때문에 그 애는 시중드는 일로 다시 돌아왔을 거예요. 여기에 얼마나 있었는지 아나요?"

패트는 고개를 저었다.

"그리 길지는 않았을 거예요. 겨우 한 달이나 두 달쯤 되었을까……."

패트는 잠깐 말을 멈추었다가 계속했다.

"그녀가 그런 일을 당했다는 것은 너무 끔찍하고 안된 일인 것 같아요. 그녀는 무언가를 보았거나 눈치챘던 모양이에요."

"정말 나를 당황하게 만든 건 빨래집게였답니다."

마플 양은 부드러운 목소리로 말했다.

"빨래집게?"

"그래요, 신문에서 읽었죠. 그것이 정말인가요? 코에 빨래집게가 집힌 채 발견되었다는 것이."

패트는 고개를 끄덕였다.

마플 양의 분홍빛 뺨이 더욱 빨개졌다.

"정말 너무 화가 나는 일이군요, 내 말을 이해하겠지요? 그건 너무 잔인하고 경멸적인 태도였어요. 얼마나 지독한 살인자인지 알겠더군요. 그런 짓을 하다니! 인간의 위엄성을 모독하다니 정말 잔인해요. 더구나 이미 죽여 놓고는!"

패트가 천천히 말했다.

"무슨 말씀인지 알겠어요." 그녀가 일어났다.

"널 경위님을 만나는 게 좋을 것 같군요. 그 사람이 이 사건을 담당하는데, 지금 여기 있거든요. 마음에 드실 거예요. 그는 아주 인간적인 사람이에요."

그녀는 갑자기 몸서리를 쳤다.

"모든 일이 너무 끔찍한 악몽 같아요. 무의미하고, 미쳤어요. 아무런 까닭도 없이……."

"그런 것 같지는 않아요." 마플 양이 말했다.

"그래요, 나는 그런 것 같지 않아요."

널 경위는 피곤하고 수척해 보였다. 세 구의 시체와 그것으로 발칵 뒤집힌 마을의 소란함. 흔히 일어날 수 있는 유형의 사건 같았는데 갑자기 복잡해졌다. 첫 번째 혐의자로 지목되었던 아델 포트스큐는 이제 수수께끼 살인사건의 두 번째 희생자가 되었다.

그 음울한 날 해 질 녘에 부국장은 널을 오라고 해서 두 사람은 밤이 이슥해지도록 이야기를 나누었다. 겉으로는 낙담하고 있으면서도 널 경위는 마음 속으로는 은근히 기대를 하고 있었다. 아내와 정부를 둘러싼 사건, 그것은 너무도 통속적이고, 또 쉬웠다. 그는 그것을 줄곧 의심해왔다. 그런데 이제 그의 불안이 옳았음이 증명된 것이다.

"모든 것을 완전히 다른 각도에서 봐야겠네."

부국장은 얼굴을 잔뜩 찌푸리고 방 안을 왔다 갔다 하며 말했다.

"내 생각으로는, 닐, 우리는 정신적으로 결함이 있는 사람을 상대해야만 할 것 같아. 처음에는 남편, 다음에는 그의 아내. 그런데 지금 상황으로 봐서 사건은 내부 문제인 것 같네. 그것은 모두 거기, 집안 내부에 있어. 포트스큐와 함께 아침식사를 한 사람이 그의 커피나 음식에 탁신을 넣은 것이며, 그날 가족들과 차를 마신 사람이 아델 포트스큐의 찻잔에 청산가리를 넣은 거야. 가족 중 한 사람이면서, 믿을 만하고 주의를 끌지 않는 사람일 걸세. 그들 중에 누구겠나, 닐?"

닐은 침착하게 말했다.

"퍼시벌은 거기 없었으니 그는 제외됩니다. 다시 빠지는 거죠."

그러고는 다시 한 번 반복해서 말했다.

부국장은 그를 날카롭게 쳐다보았다. 닐의 반복된 말 중에서 그의 주의를 끈 것이 있었던 모양이다.

"무슨 뜻인가, 닐? 그것에서 제외된다는 것은."

닐 경위는 멍청해 보였다.

"아무것도 아닙니다, 부국장님. 그다지 거창한 의미는 없어요. 다만 그것이 그에게는 아주 유리한 점이라는 거죠."

"아주 유리하다고?" 부국장은 생각해 보더니 고개를 저었다.

"자네는 그가 어떠한 방법을 썼는지 모르지만 가능성이 있을 수도 있다고 생각하는 건가? 글쎄, 나는 모르겠군, 닐."

그는 또 이렇게 덧붙였다.

"그리고 그는 아주 조심스러운 사람일세."

"게다가 아주 지능적이죠, 부국장님."

"자네는 여자들은 의심하지 않는데, 안 그런가? 그러나 여자들도 고려해볼 필요는 있어. 엘라인 포트스큐와 퍼시벌의 아내 말일세. 그들은 아침식사도 함께했고, 차도 함께 마셨어. 둘 중 누구라도 가능했을 거네. 그들한테 이상한 기미가 안 보이던가? 하지만, 그것은 잘 나타나지 않지. 과거의 진료기록을 들 춰보면 뭔가 알 수 있을지도 모르잖나?"

닐 경위는 대답하지 않았다. 그는 메리 도브에 대해 생각 중이었다. 그녀를 의심할 만한 명확한 이유는 없었지만, 일단 모든 사람을 의심해 보는 것이 그의 사고방식이었다. 그녀에게는 설명되지 않는 점이 있었다. 어쩐지 만족스럽지 못한 여자, 다소 즐기는 듯한 느낌. 그것이 렉스 포트스큐의 죽음에 대한 그녀의 태도였다. 도대체 그녀의 태도는 무엇을 의미하는 것일까? 그녀의 행동과 예절은 항상 그렇듯이 모범적이었다. 거기에는 그가 생각하기에 즐기는 기색 같은 것은 없었다. 어쩌면 적대감조차도 없었을지 모르지만, 한두 번이라도 두려워하는 빛을 보지 못했다는 것이 그에게는 이상하게 생각되었다.

글레이디스 마틴의 문제라면 그는 분통이 터질 노릇이지만, 책임을 져야 마땅했다. 경찰에 대한 자연스러운 두려움쯤으로 생각했던 그녀의 당황함은 다분히 죄책감에서 온 것이었다. 그는 그러한 두려움과 흔히 마주쳤다. 하지만 이번 사건에서는 그 이상의 의미를 담고 있었다. 글레이디스는 의심해볼 만한 어떤 것을 보았거나 들은 것이다. 그것은 아마 그녀가 거의 말하고 싶지 않았던 아주 사소하고, 모호하며, 불명확한 것이었는지도 모른다. 그런데 이제 불쌍한 어린 토끼 같던 그 처녀는 다시는 말할 수 없게 되었다.

닐 경위는 주목나무 오두막집에서 지금 그와 대면하는 노부인의 부드럽고 진지한 얼굴을 흥미롭게 바라보았다. 그는 처음에 그녀를 어떻게 대해야 할지 마음이 흔들렸지만 얼른 마음을 결정했다. 마플 양은 그에게 도움이 될 것 같았다.

그녀는 고상해 보였고 더할 나위 없이 정직했으며, 대부분의 노부인들처럼 시간이 많고, 자잘한 소문을 냄새 맡는 노처녀 특유의 코를 가지고 있었다. 그녀는 하인들이나 포트스큐 집안 여자들에게서 그 자신이나 부하들이 결코 알아낼 수 없는 것들을 얻어낼 수 있을 것이다. 소문을 이것저것 주워듣고 추측해 보고 되새겨 보는 중에 그녀는 두드러지는 사실들을 집어내게 될 것이다. 그래서 닐 경위는 노부인을 정중하게 대했다.

"여기까지 와주셔서 대단히 감사합니다, 마플 양."

"당연히 해야 할 일인걸요, 닐 경위님. 그 애는 우리 집에 살았어요. 나는 어느 정도 그 애에 대해 책임을 느낀답니다. 그 애는 아주 우둔한 처녀였죠, 아시겠지만⋯⋯."

닐 경위는 그녀를 고마운 마음으로 쳐다보며 말했다.

"예. 정말 그렇더군요."

마플 양은 사건의 핵심을 찔렀다.

"그녀는 무엇을 해야 할지 몰랐어요. 이를테면, 어떤 일이 일어났을 때 말이에요. 오, 맙소사! 내 표현이 형편없군요."

닐 경위는 이해한다고 말했다.

"무엇이 중요하고 무엇이 중요하지 않은지 판단하지 못했다는 뜻 아닙니까?"

"오, 예, 바로 그거예요, 경위님."

"그녀가 우둔했다고 말씀하신 것은⋯⋯."

닐 경위는 말을 하다가 멈추었다.

마플 양이 그 문제를 화제로 삼았다.

"그 애는 남을 쉽사리 믿는 편이었어요. 그 애는 자기가 저축해놓은 돈이라도 선뜻 사기꾼한테 줘버릴 애였어요. 물론 항상 어울리지도 않는 옷에 돈을 낭비해서 저축한 적은 결코 없었지만 말이지요."

"남자들에 대해서는 어땠습니까?" 경위가 물었다.

"그 애는 젊은 남자를 몹시 밝혔죠." 마플 양이 말했다.

"바로 그 때문에 그 애가 세인트 메리 미드를 떠났다고 생각해요. 거기서는 경쟁이 굉장히 심했지요. 남자들이 거의 없었으니까요. 그 애는 생선을 배달하는 젊은이에게 기대를 걸었어요. 젊은 프레드는 처녀들에게 온갖 달콤한 말을 들려주었지만, 결국 모두 거짓말뿐이었어요. 그것은 우둔한 글레이디스를 무척 당황하게 하였죠. 그런데 결국 그녀는 젊은이를 사귄 모양이죠?"

닐 경위는 머리를 끄덕였다.

"그런 것 같습니다. 앨버트 에반스라는 이름인 것 같더군요. 어떤 휴양지에서 만난 모양입니다. 그는 그녀에게 반지 같은 것을 주지는 않았지만, 그녀는 온통 마음을 줘버린 모양입니다. 그가 채광기사라고 요리사에게 말했다고 하더군요."

"그렇지 않을걸요." 마플 양이 말했다.

"그건 아마 틀림없이 그가 단지 그 애에게 말한 걸 거예요. 그 애는 어떤 것이든지 다 믿으니까요. 그 청년이 이 사건과 관련이 있다고는 생각하지 않으세요?"

닐 경위는 머리를 흔들었다.

"아닙니다. 그런 일이 복합되어 있다고는 생각하지 않습니다. 그는 한 번도 그녀를 찾아온 적이 없는 것 같습니다. 때때로 우편엽서를 띄웠더군요. 보통 항구 같은 데서. 아마 발트 해를 항해하는 배의 4등 기관사인 것 같더군요."

마플 양이 말했다.

"어쨌든, 그 애가 연애를 해보았다니 참 다행이군요. 하지만 그 애의 인생이 이렇게 짧게 끝나 버렸으니……."

그녀는 입을 꼭 다물었다.

"아실 테지만, 경위님. 나는 너무 화가 나는군요."

그러고는 이미 패트 포트스큐에게 말했듯이 이렇게 덧붙였다.

"특히 빨래집게가 말이에요. 경위님, 그것은 정말 지독했어요."

닐 경위는 흥미를 느끼며 그녀를 쳐다보았다.

"무슨 뜻인지 알고 있습니다, 마플 양."

마플 양은 변명하듯이 기침을 했다.

"어쩌면 내가 너무 주제넘은 건지는 모르지만, 아주 부족하겠지만, 어쩌면 지극히 여성적인 방법으로 당신을 도울 수 있을지도 모르겠군요. 범인은 굉장히 사악한 살인자예요, 경위님. 사악한 자를 벌을 주지 않은 채 내버려 둘 수는 없어요."

"그런 말은 요즈음에 와서는 유행에 뒤떨어진 말이 되어 버렸죠, 마플 양."

닐 경위는 약간 냉혹하게 말했다.

"물론 당신의 말이 잘못되었다는 뜻은 아닙니다."

"역 가까이에 호텔이 하나 있더군요. 골프 호텔이란 곳도 있고요."

마플 양은 슬쩍 말해 보았다.

"그리고 이 집에는 해외 선교에 관심이 있는 램스버텀 양이 있는 줄로 알고 있는데요."

"그렇습니다."

닐 경위는 마플 양을 평가하듯이 바라보며 말했다.

"거기서 무언가를 얻어낼 수 있을지도 모릅니다. 나는 그 노부인에게서 별로 얻어내지 못했습니다만."

"정말 친절한 분이시군요, 닐 경위님."

마플 양이 말했다.

"내가 그렇게 대단한 사냥꾼이 아니라는 것을 알아줘서 고마워요."

닐 경위는 갑자기 미소를 지었다. 그는 마플 양이 말을 되받는 것이 보통 사람과는 아주 다르다고 생각했다. 바로 그것이 이 노부인의 사람 됨됨이라는 느낌이 들었다.

마플 양이 말했다.

"신문들은, 가끔 너무 감각적인 보도를 하죠. 하지만 사람들이 바라는 만큼 그렇게 정확하지는 않아요."

그녀는 미심쩍어하며 닐 경위를 바라보았다.

"있는 그대로의 사실을 알 수만 있다면 좋겠어요."

"뭐 특별히 다르지도 않습니다." 닐이 말했다.

"지나치게 과장된 부분만 삭제해본다면 이렇습니다. 포트스큐 씨는 탁신이라는 독물을 먹고 그의 사무실에서 죽었습니다. 탁신은 주목나무의 열매나 잎사귀에서 얻을 수 있지요."

마플 양이 말했다.

"아주 편리하군요."

"그런 것 같습니다."

닐 경위가 말했다.

"하지만 우리는 그것에 대한 증거를 확보하지 못했습니다. 현재로서는 그렇습니다."

그는 바로 이 점에 대해 마플 양이 도움을 줄 수 있다고 생각해서, 특히 강조했다. 주목나무에서 뽑아낸 혼합물이 이 집에서 만들어졌다면 마플 양이 그것을 재빨리 추적해낼 것이다. 그녀는 집에서 리큐르(달고 향기 있는 독한 술)나 감로주, 탕약쯤은 직접 만들어 낼 법한 여자였다. 그녀는 그것을 만드는 방법과 처리 방법을 알고 있을 것이다.

"그럼, 포트스큐 부인은?"

"포트스큐 부인은 가족들과 함께 서재에서 차를 마셨지요. 그 방과 탁자에서 제일 나중에 떠난 사람은 의붓딸인 엘라인 양이었습니다. 그녀의 진술에 따르면, 그녀가 그 방을 나갈 때 포트스큐 부인은 차를 한 잔 더 따르고 있었다고 합니다. 그러고 나서 약 2, 30분 뒤에 가정부인 도브 양이 차 쟁반을 치우러 들어갔을 때, 포트스큐 부인은 여전히 소파에 앉은 채 죽어 있었습니다. 그녀 옆에 놓여 있던 찻잔은 1/4가량 남아 있었는데, 남은 것을 조사해본 결과 청산가리가 들어 있었습니다."

"그건 거의 즉사하는 독극물인데……." 마플 양이 말했다.

"그렇습니다."

"그런 위험한 물질은……."

마플 양이 중얼거리듯이 말했다.

"장수말벌의 둥우리에서 알을 빼내기 위해 사용하지만, 나는 항상 무척 조심스럽게 다루고 있지요."

닐 경위가 말했다.

"그렇습니다. 이곳 정원사의 작업장에 한 통이 있었습니다."

"그것 또한 아주 편리하군요."

마플 양은 이렇게 말한 다음 덧붙였다.

"포트스큐 부인은 다른 것도 먹었나요?"

"오, 예, 그들은 사치스럽게 차를 마시더군요."

"케이크였나요? 버터 바른 빵? 혹시 스콘도? 잼? 꿀?"

"예. 꿀 바른 스콘, 초콜릿 케이크, 그리고 스위스 롤빵, 그 외에도 다른 여러 가지를 담은 접시가 있었습니다."

그는 호기심을 느끼며 그녀를 쳐다보았다.

"청산가리는 차 안에 들어 있었는데요, 마플 양."

"오, 예, 예. 잘 알아요. 나는 다만 전체적인 화면을 그려보는 거예요. 말하자면, 그런 것도 중요하다고 할 수 있잖아요?"

그는 약간 당황한 태도로 그녀를 바라보았다. 그녀의 뺨은 분홍빛이었고 눈은 빛났다.

"그리고 세 번째 죽음은요, 닐 경위님?"

"글쎄요, 그 사실도 역시 아주 뚜렷해 보입니다. 글레이디스라는 하녀는 차쟁반을 전해 주고, 그다음 쟁반을 홀에 가져왔다가 그곳에 그냥 놓아두었습니다. 그녀는 온종일 정신이 좀 나갔던 것 같습니다. 그리고 그 뒤로는 아무도 그녀를 보지 못했습니다. 요리사인 크럼프 부인은 그녀가 말도 없이 저녁때 나가버렸다고 생각한 모양이더군요. 그녀는 글레이디스가 비싼 나일론 스타킹에, 가장 좋은 신발을 신고 있었다는 사실을 근거해 그렇게 믿은 것 같습니다. 그러나 그건 잘못된 생각이었죠. 처녀는 빨랫줄에 걸린 옷을 걷어 들이지 않았다는 것이 갑자기 생각났던 게 분명합니다. 그래서 그것을 들여오려고 달려 나갔다가 아마도 반쯤 걸었을 때 누군가 스타킹으로 그녀의 목을 조른 겁니다. 바로 그렇게 된 거지요."

마플 양이 말했다.

"외부에서 들어온 사람이었을까요?"

"어쩌면 그럴 수도 있겠죠." 닐이 말했다.

"하지만 안에서 나온 사람이었을 수도 있습니다. 그녀가 혼자 있을 때까지 기다리고 있었던 사람이겠죠. 처음에 우리가 그녀를 심문했을 때 그녀는 당황하고 두려움에 떨고 있었는데, 유감스럽게도 나는 그것을 별로 눈여겨보지 않았습니다."

"오, 하지만 그럴 수밖에 더 있었겠어요?"

마플 양이 큰 소리로 말했다.

"사람들은 경찰이 심문할 때면 보통 그렇게 죄가 있는 것처럼 당황하는걸요."

"정말 그렇습니다. 그런데 이번 경우는, 마플 양, 그 이상의 의미가 있었던 겁니다. 제 생각에는 어떤 사람의 행동을 글레이디스가 보았던 것 같습니다. 그것은 아주 뚜렷한 행동은 아니었던 것 같습니다. 그렇지 않다면, 그녀는 벌써 말했을 테니까요. 아마도 저는 그녀가 자기가 본 것을 그 사람에게 무심코 드러냈으리라 생각합니다. 그래서 그 사람이 글레이디스가 위험하다는 것을 깨달은 거지요."

"그래서 글레이디스를 목 졸라 죽이고 코에 빨래집게를 집어놓았군."

마플 양은 혼자 중얼거렸다.

"그렇습니다. 아주 지독한 수법이었습니다. 지독하고도 조롱하는 행동이었지요. 정말 비열하고 불필요한 행위였습니다."

마플 양은 고개를 저었다.

"불필요하다고는 할 수 없어요. 그것은 모두 한 가지 형태를 나타내는 게 아닐까요?"

닐 경위는 호기심에 가득 차 그녀를 바라보았다.

"당신을 이해할 수 없군요, 마플 양. 한 가지 형태라니, 무슨 뜻입니까?"

마플 양은 금방 당황했다.

"저, 내 말은 그것은 마치, 그러니까 순서로 본다면 말이에요. 이해하실지 모르겠지만……, 글쎄요, 사람은 사실에서 벗어날 수 없어요, 안 그래요?"

"정말 이해가 안 됩니다."

"저, 내 말은, 맨 처음 우리는 포트스큐 씨를 대면합니다. 렉스 포트스큐 말이에요. 그는 시내에 있는 자기 사무실에서 죽었죠. 그리고 다음은 여기 서재에 앉아 차를 마시던 포트스큐 부인 차례입니다. 거기에 꿀 바른 스콘이 있었습니다. 그다음 차례는 빨래집게에 코를 집힌 불쌍한 글레이디스입니다. 무척 매력적인 란스 포트스큐 부인은 나에게 그것들은 도대체 뭐가 뭔지 까닭도 없는 것 같다고 말했지만, 나는 그 말에 찬성할 수 없어요. 거기에는 한 가지 들어맞는 운율이 있지 않나요?"

닐 경위는 천천히 말했다.

"저는 잘……."

마플 양은 얼른 말을 이었다.

"당신은 서른다섯, 여섯 살쯤 돼 보이는데, 그렇죠, 닐 경위님? 내 생각으로는 당신은 어린 소년이었을 때 동요에 대해 상당히 관심이 많았을 것 같은데요. 머더 구스(Mother Goose; 영국의 민간 동요집의 전설적인 작가)의 동요를 듣고 자라난 사람이라면, 그것은 정말 굉장히 중요한 것 같지 않나요? 내가 궁금한 것은……."

마플 양은 멈추었다가 다시 용기를 내어 계속했다.

"물론 이런 일을 당신에게 말한다는 것이 내 입장으로서는 굉장히 건방지다는 것을 알고 있어요."

"무슨 말씀이든지 하고 싶은 말을 하십시오, 마플 양."

"감사합니다, 말씀드리지요. 그렇지만 정말 망설여지는군요. 나는 너무 늙었고 좀 판단력도 흐려서……, 또 내 생각이 하등의 가치가 없을지도 모른다는 사실을 알고 있어요. 하지만 내가 이 말을 한다면 당신이 지빠귀 새를 조사하는 데 도움이 되지 않을까요?"

제14장

1

한 10초간 닐 경위는 극도로 당황하며 마플 양을 뚫어지게 쳐다보았다. 그는 처음에는 노부인의 머리가 돌았다고 생각했다.

그는 되풀이했다.

"지빠귀?"

마플 양은 머리를 힘차게 끄덕였다.

"예."

그녀는 대답한 뒤 당장 이렇게 읊었다.

> 6펜스의 노래를 불러라.
> 호밀로 가득 찬 호주머니.
> 24마리의 지빠귀 새들이 파이 안에서 구워졌다네.
> 그 파이가 열리자 새들이 노래를 부르기 시작했다네.
> 그것은 왕 앞에 내놓기에는 너무 고상한 요리가 아니었을까?
>
> 왕은 그의 사무실에서 돈을 세고 있었네.
> 여왕은 거실에서 꿀 바른 빵을 먹고 있었네.
> 하녀는 정원에서 빨래를 널고 있었네.
> 그때 조그만 새 한 마리가 날아와 그녀의 코를 물었다네.

"오!" 닐 경위가 외쳤다.

"그것은 아주 잘 들어맞는 것 같지요?" 마플 양이 말했다.

"그의 호주머니에 호밀이 들어 있지 않았던가요? 어떤 신문에 그렇게 나와

있더군요. 다른 신문들은 그냥 곡물이라고만 쓰여 있고 옥수수라고 하는 신문
도 있지만, 그것은 호밀이 틀림없죠?"

닐 경위는 머리를 끄덕였다.

"자, 어때요." 마플 양은 의기양양하게 말했다.

"렉스 포트스큐, '렉스(Rex)'라는 말은 라틴어로 왕을 의미해요. 그의 사무실
에서죠. 그리고 포트스큐 부인은 거실에서 꿀 바른 빵을 먹은 여왕입니다. 그
리고 당연히 살인자는 우둔한 글레이디스의 코에 빨래집게를 꽂아 놓아야 했
던 거예요."

닐 경위가 말했다.

"그럼, 그것이 모두 미친 짓이라는 겁니까?"

"글쎄요, 결론으로 비약해서는 안 되겠죠. 하지만 확실히 아주 묘해요. 그런
데 지빠귀에 대해서는 조사해봐야 할 거예요. 틀림없이 지빠귀가 있을 테니
까!"

바로 그때 헤이 경사가 방으로 들어와서 다급한 목소리로 경위를 찾았다.

"경위님!"

그는 마플 양을 보더니 그만 멈칫했다.

닐 경위는 정신을 가다듬고 이렇게 말했다.

"감사합니다, 마플 양. 그 문제를 조사해 보겠습니다. 죽은 하녀와 관계가
있으니, 아마 그녀의 방에 있는 것들을 조사해 보고 싶으시겠죠. 헤이 경사가
안내해줄 겁니다."

마플 양은 방에서 나가 달라는 닐 경위의 뜻을 받아들이고 뭐라고 중얼거
리며 나갔다.

"지빠귀라고!" · 닐 경위는 혼자 중얼거렸다.

헤이 경사가 닐 경위를 쳐다보았다.

"헤이, 무슨 일인가?"

헤이 경사는 다시 조급하게 말했다.

"경위님, 이걸 보십시오"

헤이 경사가 좀 지저분한 손수건에 싸인 물건을 내밀었다.

"관목 숲에서 발견했습니다. 뒤쪽의 어떤 창문에서 그리로 집어던진 것 같습니다."

그가 그 물건을 경위 앞에 있는 책상에 내려놓자, 경위는 몸을 앞으로 기울이고 가벼운 흥분을 느끼며 살펴보았다. 그것은 마멀레이드가 거의 가득 차 있는 단지였다.

경위는 말없이 그것을 뚫어지게 바라보기만 했다. 그의 얼굴은 이상하게 무뚝뚝하고 무감각해 보였다. 하지만 이것은 닐 경위의 마음이 상상의 고속도로를 달리고 있다는 것을 의미했다.

움직이는 화면이 그의 마음속 눈앞에서 자동으로 움직였다. 그는 마멀레이드가 담긴 새 단지 하나를 보았다. 단지 뚜껑을 조심스럽게 여는 손이 보였다. 마멀레이드를 조금 덜어내어 준비해 놓은 탁신과 섞은 다음, 다시 집어넣고 표면을 평평하게 하고 나서 뚜껑을 조심스럽게 닫았다.

이 장면에서 그는 헤이 경사에게 물었다.

"그들은 단지에서 마멀레이드를 꺼내어 다른 장식 단지에 옮겨 담지 않았나?"

"예, 경위님. 물자가 부족한 전쟁 기간에 단지를 그대로 내놓는 습관이 생겨 아직도 그렇게 하고 있더군요."

닐이 중얼거렸다.

"그렇다면 훨씬 더 쉬운 일이지, 물론."

헤이 경사가 말했다.

"게다가, 아침에 마멀레이드를 먹은 사람은 포트스큐 씨밖에 없습니다. 퍼시벌도 집에 있을 때는 먹지만, 다른 사람들은 잼이나 꿀을 먹었죠."

닐은 머리를 끄덕이며 말했다.

"그렇지. 그래야 더욱 간단하겠지."

잠깐 공백이 있던 화면은 그의 마음속에서 다시 움직이기 시작했다. 이번에는 아침 식탁이 나왔다. 렉스 포트스큐가 마멀레이드 단지로 손을 뻗어 한 숟가락을 푹 떠서 버터 바른 토스트에 바른다. 커피잔에 탁신을 타는 모험에 비하면 이 얼마나 쉬운 일인가! 이보다 더 편리하게 독약을 넣을 수 있을까! 그런데 그다음에는?

다시 공백이 있은 다음 그다지 선명하지 않은 화면—정확히 같은 양을 덜어 낸 다른 마멀레이드 단지와 그 단지를 맞바꾼다. 그런 다음, 열린 창문. 팔이 쑥 나와 단지를 관목 숲으로 던져버린다. 누구의 팔일까?

닐 경위는 딱딱한 목소리로 이렇게 말했다.

"자, 이것도 물론 분석해봐야겠지. 탁신에 대한 다른 흔적이 있나 조사해 보게. 아직 결론으로 비약할 수는 없으니까."

"예, 경위님. 어쩌면 지문도 있을지 모릅니다."

"아마 우리가 원하는 것은 아닐 걸세."

닐 경위는 침울하게 말했다.

"글레이디스의 것은 물론이고, 크럼프와 포트스큐의 것도 있을 거야. 그리고 아마 크럼프 부인이나 식료품 점원과 다른 사람의 것도 말이야! 누군가 여기 에 탁신을 넣었다면 단지에 지문을 안 남기려고 온갖 주의를 다 기울였을 테 니까. 어쨌든 결론을 내릴 수는 없어. 그들은 마멀레이드를 어떻게 주문하며, 어디에 보관해 놓는다든가?"

성실한 헤이 경사는 모든 질문에 대한 적절한 대답을 이미 다 준비해두고 있었다.

"마멀레이드와 잼은 한 번에 6개씩 들어옵니다. 새 단지는 먹던 단지가 거 의 빌 때쯤 식료품 저장실에 들여놓는다고 하더군요."

닐이 말했다.

"그렇다면, 그것이 실제로 그날 아침 식탁에 오르기 며칠 전에 이미 준비되 어 있었다는 이야기인데. 그러면 집에 있거나 집에 접근할 수 있었던 사람이 단지를 건드렸겠군."

'집에 접근할 수 있는'이라는 말에 헤이 경사는 좀 얼떨떨했다. 상사의 마음 이 지금 어느 방향으로 움직이고 있는지 알 수 없었다.

그러나 닐은 그에게 지극히 논리적으로 보이는 가설을 말하는 것이었다. 만 일 마멀레이드가 사전에 조작된 것이라면, 그렇다면 확실히 운명의 날 아침 실제로 아침식탁에 있었던 사람들은 제외된다.

흥미로운 새 가능성이 열렸다. 그는 마음속으로 여러 사람과 면담할 계획을 세웠다. 이번에는 아주 다른 시각에서 접근해야겠어.

그는 느긋한 마음으로 생각해 나갔다. 그는 늙은(이름이 뭐라고 하더라) 노파의 동요에 대한 말을 좀더 심각하게 받아들였다. 그 동요가 너무 놀라울 정도로 잘 들어맞는다는 사실에는 의심의 여지가 없었던 까닭이다. 그것은 처음부터 그를 괴롭혀 왔던 한 가지 사실과 맞아떨어졌다. 호밀로 가득 찬 주머니 말이다.

닐 경위는 혼자 중얼거렸다.

"지빠귀(blackbirds)라고?"

헤이 경사가 빤히 쳐다보았다.

"검은 딸기(blackberry) 젤리가 아닙니다, 경위님. 그건 마멀레이드입니다."

2

닐 경위는 메리 도브를 찾으러 다녔다. 그녀는 2층에 있는 한 침실에서 아주 깨끗해 보이는 침대 시트를 벗기는 엘렌을 감독하고 있었다. 깨끗한 타월들이 의자에 쌓여 있었다.

닐 경위는 영문을 알 수 없어 물었다.

"누가 올 예정입니까?"

메리 도브는 그를 향해 미소를 지었다. 겁을 집어먹고, 또 어딘지 좀 사나워 보이는 엘렌과는 대조적으로 메리는 평소의 침착한 모습 그대로였다.

"사실은, 그 반대의 경우예요."

닐은 무슨 말인가 하여 그녀를 쳐다보았다.

"여기는 우리가 제럴드 라이트 씨를 위해 준비해두었던 방이에요."

"제럴드 라이트? 누굽니까?"

"엘라인 포트스큐 양의 친구랍니다."

메리의 목소리는 음조의 변화를 조심스럽게 피하고 있었다.

"그가 여기에 오게 되어 있었습니까, 언제요?"

"포트스큐 씨가 돌아가신 다음 날 골프 호텔에 도착한 걸로 알고 있어요."

"그다음 날?"

"포트스큐 양이 그러더군요." 메리의 목소리는 여전히 억양이 없었다.

"그녀는 제게 그가 집에 머물 수 있었으면 좋겠다고 하더군요. 그래서 방을 하나 준비해두었죠. 그런데 이렇게 두 개의 비극이 더 발생했으니 그는 호텔에 계속 있는 게 더 적당할 것 같아요."

"골프 호텔?"

"예."

"알겠소." 닐 경위가 말했다.

엘렌은 시트와 타월들을 모아들고 방을 나갔다.

메리 도브는 닐을 살피듯이 쳐다보았다.

"무슨 일로 저를 만나러 오신 건가요?"

닐은 쾌활하게 말했다.

"시간에 대해 정확한 사실을 아는 것이 점점 중요해지고 있습니다. 이 가족들은 모두 시간관념이 좀 희박한 것 같습니다. 이해할 만하지만, 그러나 당신은, 도브 양, 시간에 대한 진술이 대단히 정확하더군요."

"당연하잖아요!"

"물론이오. 나는 이렇게 미친 듯이 죽음이 잇달아 일어나는 와중에도 이 집을 잘 꾸려가는 당신의 솜씨에 감탄을 금할 수가 없소."

그는 잠깐 멈추었다가 호기심에 가득 찬 표정으로 이렇게 물었다.

"어떻게 그렇게 해나갈 수 있습니까?"

그는 메리 도브의 완벽함에 단 한 가지 약점은 자신의 유능함에 대한 만족이라는 것을 재빠르게 깨달았다.

그녀는 약간 누그러지며 대답했다.

"크럼프 부부는 당장에라도 떠나고 싶어 해요."

"그건 안 됩니다."

"알고 있어요. 저도 그들에게 퍼시벌 포트스큐 씨는 자신의 불편을 덜어주는 사람들에게 상당히 관대하게 대한다고 말했지요."

"엘렌은?"

"엘렌은 떠나기를 원치 않아요."

"엘렌은 떠나기를 원치 않는다……." 닐은 반복해서 말했다.

"그녀는 강심장을 가졌군."

"그녀는 불행을 즐기고 있나 봐요." 메리 도브가 말했다.

"퍼시벌 부인처럼, 그녀도 불행 속에서 일종의 짜릿한 맛을 느끼는 것 같아요."

"재미있군요. 퍼시벌 부인이, 이 비극을 즐기고 있다고요?"

"아니요. 물론 그렇지야 않죠. 그것과는 거리가 멀어요. 제 말은 단지 그녀가, 그것들에 잘, 맞서고 있다는……."

"그럼, 당신은 어떻게 받아들이고 있습니까, 도브 양?"

메리 도브는 어깨를 으쓱했다.

"유쾌한 경험은 아니에요."

그녀는 냉정하게 말했다. 닐 경위는 또 한 번 이 냉정한 젊은 여인의 방어를 분쇄하고 싶은 열망을 느꼈다. 용의주도하고 유능하게 자신의 모든 태도를 꾸며 나가고 있지만 과연 그 뒤에 무엇이 있는지 알고 싶었다.

그는 무뚝뚝하게 이렇게만 말했다.

"그럼, 시간과 장소를 다시 요약해봅시다. 글레이디스 마틴이 차를 가져오기 전에 홀에 있는 것을 마지막으로 본 것이 5시 20분 전이었죠?"

"예, 저는 그녀에게 차를 들여가라고 말했어요."

"당신은 어디에 있다가 홀로 갔습니까?"

"2층에서요. 저는 몇 분 전에 전화벨 소리를 들은 것 같았거든요."

"글레이디스가 그 전화를 받았나 보군요?"

"예, 그것은 잘못 걸린 전화였대요. 베이든 헤스 세탁소를 찾는 전화였다는군요."

"그럼, 그것이 그녀를 마지막으로 본 때입니까?"

"그녀는 약 10분쯤 뒤 서재로 차 쟁반을 들고 들어왔어요."

"그다음에 엘라인 포트스큐 양이 들어왔고요?"

"예, 약 3, 4분 뒤에요. 그때 저는 퍼시벌 부인에게 차가 준비되었다고 말하러 올라갔죠."

"보통 그렇게 합니까?"

"오, 아니에요. 사람들은 차를 마시고 싶을 때 들어오죠. 하지만 포트스큐 부인이 모두 어디에 있는지 물었기 때문에 그랬어요. 저는 퍼시벌 부인이 내려오는 소리를 들은 것 같았지만, 잘못 들었나 봐요."

닐은 말 중간에 끼어들었다. 여기에 뭔가 새로운 것이 있었다.

"2층에서 누군가가 돌아다니는 소리를 들었다는 말입니까?"

"예, 층계 꼭대기라고 생각했죠. 그렇지만 아무도 내려오지 않기에 제가 올라갔더니 퍼시벌 부인은 자기 침실에 있더군요. 그녀는 그때 막 들어와 있었어요. 산책하러 밖에 나갔다나 봐요."

"산책하러 나갔다고? 흠, 그럼, 그때가……?"

"오, 거의 5시쯤 되었나 봐요."

"그리고 란셀로트 포트스큐가 도착한 것은, 언제였죠?"

"제가 다시 아래층으로 내려온 몇 분 뒤였어요. 저는 그가 더 일찍 도착한 줄 알았어요. 하지만……."

닐 경위가 말을 중단시켰다.

"왜 그가 더 일찍 도착했을 거라고 생각했습니까?"

"층계참에 있는 창문을 통해 그를 본 것 같았거든요."

"정원에 있었다는 겁니까?"

"예, 주목나무 울타리를 통해 어떤 사람을 언뜻 보았는데, 전 그게 그 사람일 거라고 생각했어요."

"그때가 당신이 퍼시벌 포트스큐 부인에게 차가 준비되었다고 말한 뒤 내려오고 있을 때였습니까?"

메리는 그렇지 않다고 했다.

"아니요, 그때가 아니라, 좀 더 일찍이었죠. 제가 첫 번째로 내려오고 있을 때요."

닐 경위는 그녀를 빤히 쳐다보았다.

"확실합니까, 도브 양?"

"예, 틀림없어요. 그랬기 때문에 저는 그를 보고 깜짝 놀랐던 거예요. 그가 실제로 초인종을 눌렀을 때 말이에요."

닐 경위는 머리를 흔들었다. 그는 마음속에서 이는 흥분을 억제하며 말했다.

"당신이 정원에 있는 것을 보았다는 사람은 란셀로트 포트스큐일 수 없소. 그의 기차는 4시 28분에 도착되기로 되어 있었지만, 9분 연착되었습니다. 그는 베이든 헤스 역에 4시 37분에 도착했습니다. 그러고는 택시를 타려고 몇 분을 기다려야 했지요. 기차는 항상 만원이니까. 그가 역을 떠난 것은 아마 5시 15분 전쯤이어서, 당신이 정원에서 남자를 본 5분 뒤였소. 집으로 오는데 10분 정도가 걸립니다. 그는 이곳 정문에 빨라야 5시 5분 전에 내렸을 겁니다. 그러니까, 당신이 보았다는 사람은 란셀로트 포트스큐가 아니었소."

"누군가를 본 것은 분명해요!"

"그래요, 당신은 누군가를 보았습니다. 그때는 어둑어둑해지는 시각이었습니다. 그 사람을 똑똑히는 볼 수 없었잖습니까?"

"오, 물론이죠. 얼굴 같은 건 볼 수 없었어요. 다만 그의 체격이, 키가 크고 말랐다는 것밖에는. 저는 란셀로트 포트스큐 씨가 오리라는 것을 알고 있었기 때문에 그 사람일 거라고 생각했어요."

"그는 어느 쪽으로 가고 있었습니까?"

"주목나무 울타리를 따라 집의 동쪽으로요."

"거기에는 옆문이 하나 있던데, 잠겨 있나요?"

"밤에 문단속을 할 때까지는 잠그지 않아요."

"그럼, 누구라도 아무한테도 들키지 않고 그 옆문으로 들어올 수 있었겠군요."

메리 도브는 가만히 생각해 보았다.

"그렇겠군요, 맞아요." 그녀는 얼른 덧붙여 말했다.

"그럼, 제가 나중에 2층에서 나는 소리를 들었다는 그 사람이 그리로 들어왔단 말인가요? 2층에 숨어 들어간 건가요?"

"그럴듯한 일이죠."

"하지만 누가……?"

"조사해봐야 할 문제겠죠. 감사합니다, 도브 양."

그녀가 밖으로 나가려고 할 때 닐 경위는 지나가는 투로 이렇게 물었다.

"혹시 지빠귀에 대해 말해줄 수는 없습니까?"

메리 도브는 조금 놀라는 것 같았다. 그녀는 얼른 되돌아왔다.

"저……, 뭐라고 하셨어요?"

"그저 지빠귀에 대해 물어본 것뿐입니다."

"무슨 말인지……?"

"지빠귀." 닐 경위가 말했다.

그는 가장 어리석은 표정을 지었다.

"지난여름에 있었던 그 어처구니없는 사건을 말씀하시는 건가요? 그렇지만 그것은 분명히……." 그녀는 말을 멈추었다.

닐 경위는 쾌활하게 말했다.

"그것에 관한 말이 조금 있었지만, 당신에게 확실한 설명을 얻을 수 있을 거라고 믿었습니다."

메리 도브는 다시 침착하고 노련해졌다.

"그것은 분명히 제가 생각하기로는 좀 어이없고 악의가 있는 장난이었어요. 네 마리의 죽은 지빠귀들이 서재에 있는 포트스큐 씨의 책상 위에 놓여 있었죠. 여름이라 창문을 열어 두었기 때문에 우리는 정원사의 아들 짓이 틀림없다고 생각했지만, 그 애는 절대로 그런 짓을 하지 않았다고 하더군요. 하지만 실제로 지빠귀들은 정원사가 쏘아 죽인 것들로서, 과일나무 덤불에 매달려 있었던 것이었어요."

"그럼, 누군가가 덤불을 잘라내고서 그것들을 포트스큐 씨의 책상에 갖다 둔 거로군요?"

"그렇죠."

"그 배후에 무슨 이유라도……, 지빠귀에 관련된 어떤 것이라도?"

메리는 고개를 저었다.

"그렇게 생각하지는 않아요."

"포트스큐 씨는 그 일을 어떻게 받아들였습니까? 화를 내던가요?"

"당연히 화를 냈죠."

"당황하지는 않았나요?"

"잘 기억나지 않는군요."

"알았습니다." 닐 경위가 말했다.

그는 더 이상 말하지 않았다. 메리 도브는 다시 되돌아 나갔지만, 그가 생각하기에 이번에는 그의 마음속에 무엇이 있는지 좀더 알고 싶어서 머뭇거리는 것 같았다.

닐 경위는 마플 양 때문에 화가 났다. 그녀는 그에게 지빠귀가 있을 거라고 말했는데, 정말 놀랍게도 그 말 그대로였던 것이다! 스물네 마리는 아니었지만 아무튼 그것은 사실이었다. 그것은 지난여름까지 거슬러 올라가는 오래전 일이었지만, 그런 대로 맞아떨어지는 일이었다.

닐은 상상해볼 수도 없었다. 그는 이 지빠귀라는 악귀 때문에 정신이 멀쩡한 사람이 이해할 만한 이유를 가지고 살인을 저지르지는 않았으리라는 논리적이고 냉정한 판단에서 벗어나지 않을 작정이었지만, 이제부터는 내심 이 사건에 좀더 광적인 뭔가가 얽혀 있을지도 모른다는 가능성을 고려하지 않을 수 없었다.

제15장

1

"죄송합니다, 포트스큐 양. 우리가 다시 당신을 귀찮게 하는군요. 하지만 이 점은 분명히 밝혀두고 싶어서요. 우리가 아는 한 당신은 포트스큐 부인이 살아 있는 것을 본 마지막 사람, 아니, 한 사람을 제외한 마지막 사람이라고 하는 편이 좋겠군요. 당신이 서재를 떠난 시각이 5시 20분경이었죠?"

엘라인은 말했다.

"그때쯤이었어요. 정확하게는 말씀드릴 수가 없군요."

그녀는 방어적으로 말했다.

"내내 시계를 쳐다볼 수는 없는 노릇이잖아요?"

"아, 물론 그렇지요. 다른 사람들이 다 나가고 포트스큐 부인과 단둘이서 무슨 이야기를 나누었습니까?"

"우리가 무슨 이야기를 했는지가 문제가 되나요?"

"그렇지 않을지도 모르죠." 닐 경위가 말했다.

"하지만 그것은 포트스큐 부인의 마음속에 무엇이 있었는지에 대한 어떤 실마리를 제공할 수도 있습니다."

"그럼……, 그녀가 자살했을지도 모른다고 생각하시는 거예요?"

닐 경위는 그녀의 얼굴이 밝아지는 것을 눈치챘다. 가족들의 입장에서 보면 그것은 확실히 아주 편리한 해결책일 것이다. 하지만 닐 경위는 잠시라도 그런 가능성은 생각해 보지 않았다. 아델 포트스큐는 그의 생각으로는 자살할 유형이 아니었다. 설사 그녀가 남편을 살해했고, 그 죄를 고백할 수밖에 없는 상황으로 몰리고 있다고 하더라도 그녀는 자살할 마음은 추호도 없었을 것이라고 생각했다. 그녀는 설사 살인죄로 재판에 회부된다고 해도 분명히 무죄로 석방될 것이라는 낙관적인 생각을 했을 것이 분명했다. 그러나 그는 엘라인 포트스큐가 그 가설을 환영하며 받아들이려는 것을 굳이 반대하지 않았다.

"적어도 그럴 가능성은 있죠, 포트스큐 양. 그럼, 어떤 대화를 나눴는지 나한테 이야기해주겠습니까?"

엘라인은 주저하며 말했다.

"좋아요. 사실 내 문제에 대한 것이었어요."

그는 상냥한 태도로 이렇게 물었다.

"당신의 문제라면……?"

"저……, 내 친구가 이 근처에 막 도착했거든요. 그래서 나는 아델에게 그를 우리 집에 머물게 해달라고 요청하려는데, 반대하지 않는지 물어보았죠."

"오, 그렇습니까? 그런데 그 친구는 누구입니까?"

"제럴드 라이트예요. 학교 선생님이죠. 그, 그는 골프 호텔에 머무르고 있답니다."

"아주 친한 친구인가 보죠?"

닐 경위는 자기 나이보다 적어도 15살은 더 들어 보이게 하는, 마치 큰아버지 같은 미소를 던졌다.

"곧 아주 흥미로운 발표를 듣게 되겠는데요?"

그는 그녀의 어색한 손짓과 얼굴이 빨개지는 것을 보고 조금 후회스러웠다. 그녀는 확실히 그 친구를 사랑하고 있었다.

"우, 우리는 사실 약혼도 하지 않았고, 물론 지금까지 그것을 발표할 수도 없었어요. 글쎄, 내 생각으로 우리는……, 내 말은 우리는 결혼하게 될 거라는 뜻이에요."

"축하합니다." 닐 경위는 쾌활하게 말했다.

"라이트 씨는 골프 호텔에 머물고 있다고 했지요? 그곳에 온 지는 얼마나 되었습니까?"

"아버지가 돌아가셨을 때 내가 그에게 전보를 쳤어요."

"그래서 그가 바로 온 거군요. 알았습니다." 닐 경위가 말했다.

그는 다정하고 안심시키는 방법으로 즐겨 이 말을 써왔다.

"그가 여기 온다는 것을 말했을 때 포트스큐 부인은 뭐라고 하던가요?"

"오, 그녀는 내가 좋아하는 사람이라면 누구든지 데려올 수 있다고 했어요."

"그녀는 그 방문을 마음에 들어 하던가요?"

"정확하게 말해서 마음에 들어 하지는 않았어요. 내 말은, 그녀의 말이
……."

"그녀가 그밖에 다른 말은 안 하던가요?"

엘라인은 또다시 얼굴을 붉혔다.

"저, 내가 자신을 위해 훨씬 더 좋은 선택을 할 수 있다는 요지의 어리석은
말이었어요. 아델이 할 만한 이야기였죠."

닐 경위는 달래듯이 말했다.

"아, 그렇지만, 친척들은 보통 그렇게 말하죠."

"예, 그래요. 그들은 그렇죠. 하지만 사람들은 제럴드를 제대로 평가해 주지
않는 것 같아요. 그는 이지적이지만 사람들이 좋아하지 않는 자유롭고 진보적
인 사상을 많이 가지고 있어요."

"그 때문에 당신의 아버지와 사이가 좋지 않았던 겁니까?"

엘라인은 몹시 화를 내며 얼굴을 붉혔다.

"아버지는 아주 편견이 많으시고 불공평하셨어요. 아버지는 제럴드의 감정
을 상하게 했죠. 사실 제럴드는 아버지의 태도에 너무 당황해서 떠나버렸고,
나는 몇 주일 동안이나 그에게서 소식을 듣지 못했어요."

닐 경위는 생각했다.

'그리고 아마 당신의 아버지가 죽지 않고 당신에게 한 뭉치의 돈을 남겨주
지 않았다면 아직도 그에게서 소식을 듣지 못했겠죠.'

그는 큰 소리로 말했다.

"당신과 포트스큐 부인 사이에 그 이상의 대화는 없었습니까?"

"예, 없었던 것 같아요."

"그럼, 그때가 5시 25분경이었고, 포트스큐 부인은 5시 55분에 죽은 채로 발
견되었습니다. 당신은 그 30분 동안 방으로 다시 돌아가지 않았습니까?"

"예."

"무엇을 하고 있었죠?"

"저……, 나는 잠깐 산책을 하러 나갔어요."

"골프 호텔로?"

"저, 그래요. 예. 하지만 제럴드는 없었어요."

닐 경위가 다시 '그랬군요.'라고 말했으나 이번 경우는 대강 면담을 마무리 짓는 효과를 불러온 듯했다.

엘라인 포트스큐는 일어서며 이렇게 말했다.

"이젠 됐죠?"

"됐습니다. 감사합니다, 포트스큐 양."

그녀가 일어서서 나갈 때 닐은 불쑥 이렇게 말했다.

"혹시 지빠귀에 대해 말해줄 수 없습니까?"

그녀는 그를 빤히 쳐다보았다.

"지빠귀라니요? 파이에 들어 있던 것들 말씀이세요?"

'그것들이 파이에 들어 있었던 모양이군.' 하고 경위는 생각했다.

그는 단지 이렇게만 말했다.

"그것이 언제였죠?"

"오! 서너 달 전이었나, 그리고 아버지의 책상 위에도 몇 마리가 놓여 있었고요. 아버지는 굉장히 화를 냈어요."

"화를 많이 냈다고요? 질문을 많이 하시던가요?"

"예, 그럼요. 하지만 누가 그것을 갖다 놓았는지 알아내지 못했어요."

"아버님이 왜 그렇게 화를 냈는지 혹시 알고 있습니까?"

"글쎄요……. 그것은 좀 불쾌한 일 아니에요?"

닐은 그녀를 자세히 살펴보았지만, 그녀의 얼굴에는 둘러대려는 기색은 조금도 보이지 않았다.

그가 말했다.

"오, 딱 한 가지만 더요, 포트스큐 양. 당신의 계모가 어느 때이든 간에 유언장을 만든 적이 있는지 혹시 알고 있습니까?"

엘라인은 머리를 흔들었다.

"아는 바는 없지만, 내 생각에는 그랬을 것 같아요. 사람들은 보통 그렇게 하잖아요?"

"그렇기야 하지만, 꼭 그렇지는 않죠. 당신은 유언장을 만들어 두었습니까, 포트스큐 양?"

"아니, 아니요. 나는 남겨줄 만한 것이 없어요, 지금은 물론……."

그는 그녀의 눈을 보고 그녀가 자신의 달라진 위치를 인식하고 있다는 것을 알 수 있었다.

"그렇죠. 5만 파운드는 결코 작은 돈이 아니니까. 그것은 많은 것을 변화시킬 겁니다, 포트스큐 양."

2

엘라인 포트스큐가 방을 나간 다음 몇 분 동안 닐 경위는 생각에 잠긴 채 앞만 뚫어지게 바라보며 앉아 있었다. 생각할 거리가 새로 생겼다. 메리 도브가 4시 35분쯤에 어떤 남자가 정원에 있는 것을 보았다는 이야기는 새로운 가능성을 열어주는 것이다. 물론 메리 도브가 진실을 말했다면 말이다.

닐 경위는 습관적으로 어떤 사람이라도 반드시 진실을 말한다고는 생각하지 않는다. 그러나 그녀의 진술을 검토해볼 때 그녀가 거짓말을 할 이유는 없었다. 메리 도브가 정원에 있는 남자를 보았다고 한 것은 사실인 것 같았다. 비록 그런 상황에서는 그랬다고 생각할 만한 충분한 이유가 있었지만, 그 남자가 반드시 란셀로트 포트스큐와 키나 체격이 비슷한 다른 남자였으며, 만일 그 시간 정원에 남자가 있었고 또 그 사람이 언뜻 보기에는 주목나무 울타리 뒤로 숨어 들어가는 것 같았다면 그것은 확실히 약간의 가능성을 열어주는 것이었다.

그녀는 이러한 진술에 덧붙여, 누군가가 2층에서 움직이는 소리를 들었다는 이야기도 했다. 그것은 다른 것과 다시 결부되었다. 아델 포트스큐의 침실 바닥에 떨어져 있던 조그만 진흙 덩어리. 닐 경위의 마음은 방에 있던 조그맣고 고상하게 생긴 책상으로 옮겨갔다. 비밀서랍이 달린 아주 조그만 모조 골동품이었다. 그 서랍 안에는 세 통의 편지가 들어 있었는데, 그것은 비비언 두보이스가 아델 포트스큐에게 보낸 것들이었다.

이런저런 종류의 수없이 많은 연애편지가 닐 경위의 손을 거쳐 갔다. 그는 정열적인 편지, 장난 편지, 감상적인 편지, 그리고 성가시게 잔소리하는 편지들을 잘 알고 있었다. 그중에는 또 아주 신중한 편지들도 있었다. 닐이 생각하기에 이 세 통의 편지들은 가장 마지막 종류에 속하는 것 같았다. 만일 이혼 법정에서 읽힌다고 하더라도 단순히 플라토닉한 우정에서 비롯된 편지로 통과될 만한 것들이었다. 그렇지만 이 경우에, "플라토닉한 우정이 다 얼어 죽었군!" 하고 닐은 콧방귀를 뀌었다.

닐은 그 편지를 발견하자마자 곧바로 런던경시청으로 보냈다. 당시 검사과에서는 이 사건을 두고 아델 포트스큐, 혹은 아델 포트스큐와 비비언 두보이스, 두 사람을 의심할 만한 충분한 증거가 있느냐는 문제로 고심하고 있었기 때문이었다. 모든 상황으로 볼 때 렉스 포트스큐는 그의 부인의 정부가 개입되었건 안 되었건, 그녀에 의해 독살되었을 가능성이 짙었다.

이 편지들은 비록 신중을 기하기는 했지만 비비언 두보이스가 그녀의 정부라는 사실을 분명히 밝혀주었다. 하지만 그 문장에는 닐 경위가 보는 한 죄를 선동하는 기미는 전혀 보이지 않았다. 어쩌면 직접 말로 부추겼을 수도 있지만 비비언 두보이스는 지독히도 신중해서 그런 말을 종이 같은 데 적을 사람이 아니었다.

닐 경위는 비비언 두보이스가 아델 포트스큐에게 자기 편지들을 태우라고 했을 것이며, 아델 포트스큐는 그에게 그렇게 했다고 말했을 것이 분명하다고 추측했다. 그런데 이제 두 사람이 더 죽었다. 그리고 그것은 아델 포트스큐가 그녀의 남편을 죽이지 않았다는 것을 의미했다. 아니, 의미해야 한다.

그렇지 않다면 그것은(닐 경위는 새로운 가설을 고려해 보았다)……, 아델 포트스큐는 비비언 두보이스와 결혼하기를 원했겠지만 비비언 두보이스는 아델 포트스큐가 아니라, 그녀의 남편이 죽으면 그녀의 차지가 될 10만 파운드라는 돈을 원했다는 말이 된다. 그는 아마 렉스 포트스큐의 죽음이 자연적인 원인 탓으로 돌려질 것이라고 가정했을 것이다. 졸도나 뇌일혈 같은 것 말이다. 결국 지금까지는 모두 렉스 포트스큐의 건강을 걱정해왔던 것처럼 보인다.

닐 경위는 그 문제를 한 번 조사해봐야겠다고 생각했다. 그는 어렴풋이 그 것이 어떤 면으로는 중요할지도 모른다는 느낌이 들었다. 그런데 렉스 포트스 큐의 죽음은 계획대로 진행되지 않았다. 그것은 즉시 독살로 진단되었고, 또 사용된 독약의 이름까지 밝혀졌다.

아델 포트스큐와 비비언 두보이스가 함께 일을 저질렀다고 가정할 때, 그다 음 그들은 어떤 상태였을까? 비비언 두보이스는 겁이 났을 것이고, 아델 포트 스큐는 당황했을 것이다. 그녀는 바보 같은 짓을 하거나 말했을지도 모른다. 그녀는 어쩌면 두보이스에게 전화를 걸어 경솔하게 말함으로써 그로 하여금 주목나무 오두막집에서 그 말이 도청되고 있을지도 모른다고 걱정하게 하였을 것이다. 그렇게 되면 두보이스는 다음에 무엇을 했을까?

이러한 문제를 가정하고 또 해답을 구하는 것은 아직 이른 일이었지만, 닐 경위는 골프 호텔로 가서 4시 15분에서 6시 사이에 두보이스가 그 호텔에 있 었는지 없었는지 당장 조사해 보기로 마음먹었다. 비비언 두보이스는 란스 포 트스큐처럼 키가 크고 검었다. 그가 정원을 통해 옆문으로 살짝 숨어 들어가 2층으로 올라간 다음 무엇을 했을까? 편지들을 찾다가 그것들이 없어졌다는 것을 발견했겠지? 방해하는 사람들이 없어질 때까지 아마 거기서 기다리고 있 다가, 차 마시는 시간이 끝나고 아델 포트스큐가 혼자 남아 있을 때 서재로 내려간 건 아닐까?

그러나 이 모든 것은 너무 섣부른 추측이었다.

닐은 메리 도브와 엘라인 포트스큐의 말을 들어보았으니, 이제 퍼시벌 포트 스큐의 부인이 뭐라고 말하는지 들어봐야겠다고 생각했다.

제16장

1

닐 경위는 퍼시벌 부인이 2층에 있는 그녀의 침실에서 편지 쓰는 것을 발견했다. 그가 들어가자 그녀는 조금 초조해하며 일어섰다.

"무슨 일이라도……, 무슨 일로 그러시는지?"

"앉으시죠, 포트스큐 부인. 두세 가지만 더 묻고 싶은 게 있어요."

"예, 그러시겠죠. 물론, 경위님. 정말 너무 무서워요. 너무너무……."

그녀는 좀 신경질적으로 안락의자에 앉았다. 닐 경위는 그녀 가까이에 있는 작고 곧은 의자에 앉았다. 그는 여태껏 해왔던 것보다 더 세밀히 그녀를 관찰했다. 여러 면에서 평범한 여자라는 생각이 들었다. 그리고 그녀는 그다지 행복한 것 같지는 않았다. 침착하지 못하고 불만족한 상태이며 생각하는 면까지 좁았지만, 간호사라는 직업에서만큼은 유능하고 숙련되어 있었을지도 모른다는 생각이 들었다.

그녀는 유복한 남자와 결혼함으로써 여유를 얻었겠지만, 그것으로 만족하지 못했다. 그녀는 옷을 사들이고 소설책을 읽고 달콤한 것을 먹었지만, 그는 렉스 포트스큐가 죽은 날 밤 그녀가 보인 탐욕적인 흥분을 기억했으며, 그것을 통해 어떤 잔인한 만족감이라기보다는 그녀의 인생을 둘러싼 권태라는 무미건조한 황무지를 발견할 수 있었다. 그의 탐색적인 시선 앞에 그녀는 눈꺼풀을 바르르 떨었다. 그러한 태도는 그녀가 죄를 지어 초조한 상태인 것처럼 보이게 했으나, 그는 그것이 정말 그 때문인지는 확신할 수 없었다.

그는 진정시키듯이 말했다.

"유감스럽지만, 우리는 사람들에게 계속해서 질문해야만 합니다. 그것은 여러분 모두에게 아주 성가신 일인 것은 분명합니다. 그것을 충분히 알고는 있습니다만, 사건의 정확한 시간을 밝히는데 너무나 많은 것이 달렸다는 점을 이해하시리라 믿습니다. 당신은 차 마시는 시간에 조금 늦었던 것으로 알고 있는데요? 도브 양이 당신을 부르러 왔죠?"

"예, 그랬어요. 그녀가 와서 차가 준비되었다고 말했어요. 저는 그렇게 늦은 줄 몰랐어요. 편지를 쓰고 있었거든요."

닐 경위는 책상을 한 번 흘끔 쳐다보며 말했다.

"그랬군요. 그런데 웬일인지 나는 산책하러 나갔던 것으로 생각하고 있었습니다."

"그녀가 그렇게 말하던가요? 맞아요. 이제 생각해 보니 경위님이 옳은 것 같군요. 저는 편지를 쓰다가 너무 따분하고 머리가 아파서 밖으로 나갔다가……, 음, 산책을 좀 했어요. 그저 정원을 돌아다녔을 뿐이에요."

"그랬군요. 누군가를 만나지는 않았습니까?"

그녀는 그를 빤히 쳐다보았다.

"누구를 만나다니요? 무슨 말씀이세요?"

"나는 단지 부인이 산책하는 동안 누군가를 보았는지, 혹은 누군가가 부인을 보았는지가 궁금했을 따름입니다."

"저는 멀리서 정원사를 보았을 뿐인데요."

그녀는 미심쩍은 듯이 그를 살피고 있었다.

"그럼, 부인이 들어와서 방으로 올라와 막 옷을 벗고 있을 때 도브 양이 차가 준비되었다고 말했군요?"

"예, 예. 그래서 제가 내려갔죠."

"그럼, 거기에는 누가 있었습니까?"

"아델과 엘라인이 있었는데, 잠시 뒤에 란스가 도착했죠. 시동생 말이에요. 케냐에서 돌아온 사람."

"그때 모두 차를 마셨습니까?"

"예, 우리는 차를 마셨어요. 그다음 란스는 에피 이모님을 뵈러 올라가고 저는 편지를 마저 쓰려고 2층으로 올라갔죠. 제가 떠날 때 엘라인이 아델과 함께 있었어요."

그는 안심시키듯이 고개를 끄덕였다.

"알았습니다. 포트스큐 양은 당신이 떠난 뒤 5~10분 동안 포트스큐 부인과 함께 있었던 것 같습니다. 당신의 남편은 아직 안 돌아왔을 때였죠?"

"오, 안 돌아왔고말고요. 퍼시벌은 6시 반이나 7시까지는 집에 돌아오지 않았어요. 그는 줄곧 시내에 있었거든요."

"그는 기차를 타고 돌아왔습니까?"

"예, 역에서는 택시를 타고 왔어요."

"그가 기차로 귀가하는 일은 좀처럼 드물지 않습니까?"

"이따금 그래요. 그렇게 자주는 아니지만, 제 생각에 그는 시내에 차를 세워 두기가 좀 어려운 곳에 갔던 것 같아요. 캐논가(街)에서 집으로 오려면 기차를 타는 것이 더 편했을 거예요."

"그렇죠." 닐 경위가 말했다.

"당신 남편에게 포트스큐 부인이 그녀가 죽기 전에 유언장을 만들었는지 안 만들었는지를 물어보았습니다. 그는 그렇게 생각하지 않는다고 말하더군요. 혹시 부인은 알고 있을지 모르겠는데요?"

놀랍게도 제니퍼 포트스큐는 힘차게 머리를 끄덕였다.

"오, 예. 아델은 유언장을 만들었어요. 그녀가 그렇게 말한걸요."

"정말입니까! 언제였죠?"

"오, 그렇게 오래되지는 않았어요. 대략 한 달 전쯤이었던 것 같은데요."

"정말 흥미로운 일이군요." 닐 경위가 말했다.

퍼시벌 부인은 몸을 잔뜩 앞으로 기울였다. 그녀의 얼굴은 이제 완전히 생동감이 넘쳐흘렀다. 그녀는 분명히 자기가 아는 사실이 알려지게 된 것을 즐기고 있었다.

"벌도 그것을 몰랐죠. 저도 우연히 알게 되었을 뿐이에요. 저는 거리에 있었죠. 문구점에서 막 나오는데 아델이 변호사 사무실에서 나오는 것이 보이더군요. 앤셀 앤드 워럴 사무실이라고, 아실 거예요. 하이가(街)에 있죠."

"아, 지방 변호사로군요?" 닐이 말했다.

"예, 그래서 저는 아델에게 '오, 무슨 일로 거기 가셨어요?' 하고 물었죠. 그녀는 웃으면서 '알고 싶어요?'라고 하더군요. 그런 다음 함께 걸어가며 그녀는 이렇게 말했답니다. '말하죠, 제니퍼. 실은 유언장을 만들었어요.' 그래서 저는, '하지만 왜 그랬나요, 아델? 아프다거나 무슨 일이 있는 것도 아닌데?'라고 말했지요. 그랬더니 그녀는 물론 아프지는 않다고 하더군요. 더 이상 건강해질 수 없을 정도라면서요. 하지만 누구든지 유언장은 만들어야 하잖아요? 그녀는 런던에 있는 빌링슬리 씨 같은 거드름 피우는 가족 변호사에게는 가지 않겠다고 하더군요. 늙은 고자질쟁이가 돌아다니며 가족들에게 다 말할 거라는 거예요. 그녀는 또 '그렇게는 안 해요. 내 유언장은 나 자신의 일이니까, 제니퍼. 나는 그것을 내 방식대로 만들어서 아무도 알지 못하게 할 거예요.'라고 했답니다. 그래서 저는, '어쨌든, 아델. 아무에게도 말하지 않겠어요.'라고 말했죠. 그녀는, '말해도 상관없어요. 그 안에 무슨 내용이 들어 있는지는 아무도 모르니까.'라고 하더군요. 하지만 저는 아무한테도 말하지 않았어요. 물론 퍼시에게도요. 저는 여자들은 함께 뭉쳐야 한다고 생각하거든요, 닐 경위님."

닐 경위는 예의상 말했다.

"부인 편에선 아주 훌륭한 생각임이 틀림없습니다, 포트스큐 부인."

"저는 결코 심성이 악하지는 않아요." 제니퍼가 말했다.

"그저 아델을 그렇게 좋아하지는 않았을 뿐이에요. 그녀에 대해서는 항상 자기가 원하는 것을 손에 넣기 위해서라면 어떤 것에도 구애받지 않을 여자라고 생각해왔죠. 이제 그녀가 죽었으니, 아마 저는 그녀를 잘못 판단했나 봐요. 불쌍한 여자예요."

"아무튼 감사합니다, 포트스큐 부인. 친절하게 도움을 주셔서."

"천만에요. 제가 할 수 있는 일을 하게 되어 오히려 기쁜걸요. 정말 모든 것이 너무 끔찍한 일 아니에요? 오늘 아침에 도착한 노부인은 누구죠?"

"그녀는 마플 양입니다. 그녀는 아주 친절하게도 글레이디스라는 하녀에 대한 정보를 제공해 주러 여기까지 왔다고 하더군요. 글레이디스 마틴은 그전에 그녀 밑에서 일했던 것 같습니다."

"정말이에요? 정말 재밌네요."

"한 가지만 더 물어보겠습니다, 퍼시벌 부인. 지빠귀에 대해 혹시 알고 있습니까?"

제니퍼 포트스큐는 눈에 띌 정도로 움찔했다. 그녀는 핸드백을 바닥에 떨어 뜨렸고 몸을 굽혀 그것을 집어들었다.

"지빠귀라고요, 경위님? 지빠귀라니? 어떤 지빠귀 말씀이세요?"

그녀의 목소리는 좀 숨이 찼다.

닐 경위가 약간 미소를 지으며 말했다.

"그냥 지빠귀 말입니다. 살아 있는 것이든 죽은 것이든, 아니면 상징적이라 도 좋습니다."

제니퍼 포트스큐는 격렬하게 말했다.

"무슨 말씀이신지 모르겠군요. 무엇을 말씀하시는 건지 통 모르겠다고요."

"그럼, 지빠귀에 관한 것은 전혀 모르시는군요, 포트스큐 부인?"

그녀는 천천히 말했다.

"지난여름 파이 속에 들어 있던 것들을 말씀하시는 것 같은데요. 정말 터무 니없는 짓이었어요."

"서재 책상 위에도 몇 마리 놓여 있었다고 하던데요?"

"정말 모두 어처구니없는 장난이었어요. 그 이야기를 누가 했는지 모르겠군 요. 시아버님의 책상 위였어요. 그분은 굉장히 화를 내셨지요."

"단지 화만 냈나요? 더 이상 다른 것은 없었고요?"

"오, 무슨 말씀이신지 알겠어요. 예, 생각해 보니……, 그렇군요. 그는 우리 에게 주위에 낯선 사람이 없었느냐고 물어보았어요."

"낯선 사람!" 닐 경위는 눈썹을 치켜세웠다.

퍼시벌 부인이 몸을 사리듯이 말했다.

"그래요, 그렇게 말했어요."

"낯선 사람이라……." 닐 경위는 생각에 잠기며 되풀이했다.

"두려워하는 것처럼 보였습니까?"

"두려워하다니? 무슨 말씀이신지 모르겠는데요?"

"초조해 보였느냐고요. 낯선 사람에 대해 말입니다."

"예, 좀 그랬어요. 물론 기억은 잘 나지 않아요. 그것은 몇 달 전의 일이었 으니까요. 저는 그것이 정말 어리석은 장난 정도일 것이라고 밖에는 생각 안

해요. 아마 크럼프의 짓이겠죠. 크럼프는 정말 좀 이상한 사람인 것 같아요. 술을 많이 마시는 게 틀림없어요. 가끔 태도가 너무 무례하답니다. 정말이지 그가 포트스큐 씨에게 원한을 품은 게 아닌가 하는 생각이 들 때도 있어요. 그것이 가능한 일이라고 생각하시는지요, 경위님?"

"어떤 일이든 가능성은 있습니다."

닐 경위는 이렇게 말하고 방을 나갔다.

2

퍼시벌 포트스큐는 런던에 있었지만, 란스는 서재에서 아내와 함께 앉아 있었다. 그들은 함께 체스를 두고 있었다.

닐이 미안해하며 말했다.

"내가 방해가 안 될는지요."

"아닙니다. 그냥 시간을 보내고 있는 걸요, 경위님. 그렇지 않소, 패트?"

패트는 고개를 끄덕였다.

"이런 질문을 하면 좀 우습다고 생각하겠습니다만……." 닐이 말했다.

"혹시 지빠귀에 대해 알고 있습니까, 포트스큐 씨?"

"지빠귀(blackbirds)요?" 란스는 재미있다는 듯이 말했다.

"어떤 종류의 지빠귀 말입니까? 진짜 새 말입니까, 아니면 노예 매매를 말씀하시는 겁니까?"

닐 경위는 별안간 천진난만한 미소를 지으며 이야기했다.

"나도 꼭 무엇을 의미한다고는 말할 수 없습니다, 포트스큐 씨. 그저 지빠귀에 대한 말이 나와서요."

란셀로트는 갑자기 민감하게 반응했다.

"아, 그럼, 옛날 블랙버드 광산 말입니까?"

닐 경위가 날카롭게 말했다.

"블랙버드 광산? 그건 무엇입니까?"

란스는 당황한 태도로 얼굴을 찌푸렸다.

"곤란하게도 그렇게 많이는 기억나지 않는군요, 경위님. 단지 아버지의 과거에 어떤 의심스러운 사건이 있었다는 것만 기억하고 있을 뿐입니다. 아프리카 서부 연안에서 있었던 일인데, 에피 이모님이 그 일로 아버지를 책망한 적이 있긴 했지만 나도 확실하게 기억하고 있지는 않습니다."

"에피 이모님? 램스버텀 양 말입니까?"

"그렇습니다."

"내가 가서 물어보도록 하죠."

닐 경위는 이렇게 말하고 한탄하듯이 덧붙였다.

"그녀는 좀 무서운 사람이더군요, 포트스큐 씨. 항상 나를 정말 초조하게 만든단 말입니다."

란스가 웃었다.

"예, 그럴 겁니다. 에피 이모님은 확실히 괴짜죠. 하지만 도움이 되어주실 겁니다, 경위님. 당신이 이모님의 마음에 들기만 한다면요. 특히 과거의 일 때문에 들어간다면. 이모님은 기억력이 뛰어나죠. 달갑지 않은 일을 기억하는 데는 정말 못 당해요."

그는 생각에 잠긴 채 이렇게 덧붙였다.

"사실 이상한 일이 좀 있었는데요. 나는 이곳에 돌아오고 나서 곧바로 이모님을 찾아갔죠. 그날 차를 마신 뒤였어요. 그런데 이모님이 글레이디스에 대해 말씀하시더군요. 살해된 하녀 말입니다. 그때는 물론 그녀가 죽은 줄도 몰랐죠. 하지만 에피 이모님은 글레이디스가 경찰에게 말하지 않은 것이 있는 게 분명하다고 말했습니다."

"정말 그런 것 같습니다." 닐 경위가 말했다.

"그녀는 살았어도 결코 그것을 말하지 않았을 겁니다, 어리석게도."

"그랬을 거예요. 에피 이모님은 그녀에게 아는 것을 털어놓으라고 충고했던 것 같습니다. 유감스럽게도 그녀는 그것을 받아들이지 않았죠."

닐 경위는 머리를 끄덕였다. 그는 몸을 가다듬고 램스버텀 양의 요새로 쳐들어갔다. 그런데 놀랍게도 마플 양이 거기에 있었다. 두 노부인은 해외 선교에 대해 이야기하고 있었던 것 같았다.

마플 양은 서둘러 자리에서 일어났다.

"나는 가겠어요, 경위님."

닐 경위가 말했다.

"그러실 필요 없습니다, 부인."

"나는 마플 양에게 이 집에 와서 머무르라고 요청했다오."

램스버텀 양이 말했다.

"그 엉터리 같은 골프 호텔에서 돈을 낭비하는 것은 현명하지 못해요. 그곳은 모리배들의 사악한 온상이라고요. 저녁 내내 술 마시고 노름이나 하죠. 마플 양은 어엿한 기독교 집안에 와서 지내는 게 나아요. 내 방 옆에 방이 하나 있어요. 지난번에 선교사인 메리 피터스 박사도 거기서 지냈다오."

"너무너무 친절하신 말씀이지만 상중인 집에 누를 끼칠 수는 없어요."

마플 양이 말했다.

"상? 다 부질없어요." 램스버텀 양이 말했다.

"이 집에서 렉스 때문에 울 사람이 누가 있나요? 그렇다고 아델을 위해 울겠소? 아니면 경찰들 때문에 걱정하는 건가요? 듣기에 거북하신가요, 경위님?"

"저는 상관없습니다, 부인."

램스버텀 양이 말했다.

"자, 어때요."

"정말 친절한 분이시군요." 마플 양이 감사해하며 말했다.

"호텔에 예약을 취소하겠다고 전화를 걸겠어요."

그녀가 방을 떠나자 램스버텀 양이 경위에게 갑자기 말을 했다.

"그런데 원하는 게 무엇이오?"

"혹시 블랙버드 광산에 대해 알고 계신가 해서요, 부인?"

램스버텀 양은 갑자기 날카로운 웃음을 터뜨렸다.

"하, 드디어 그것을 잡았군, 잡았어! 요 전날 내가 준 암시를 알아차렸군요. 자, 그런데 그것에 대해 무엇을 알고 싶소?"

"알고 계신다면 무엇이든지요, 부인."

"나도 많이 말해줄 수는 없어요. 아주 오래된 일이니까. 아마 20년, 아니 25

년은 되었을 게요. 동부 아프리카에 어떤 이권이 있었지요. 렉스는 매켄지라는 남자와 함께 그곳으로 갔어요. 함께 그 광산을 조사해본다고 갔다가 매켄지가 거기에서 열병으로 죽었다우. 렉스는 집에 돌아와서 그 불하 청구지인가 조차지인가 뭔가 하는 것이 아무 가치가 없다고 말하더군요. 내가 아는 것은 그것 뿐이오."

"그것보다는 좀더 알고 계실 것 같은데요, 부인?"

닐은 설득력 있게 말했다.

"그밖에 것은 모두 소문일 뿐이에요. 법정에서는 소문을 달가워하지 않는 것으로 알고 있는데."

"지금은 법정이 아니잖습니까, 부인?"

"그래도 함부로 말할 수는 없어요. 매켄지네 집안사람이 와서 한바탕 소동을 일으켰다는 것밖에는. 그것이 내가 아는 전부예요. 그들 말로는 렉스가 매켄지에게 사기를 쳤다는 거예요. 하긴 그는 그러고도 남을 위인이지. 영악하고도 치밀한 사람이었으니까. 하지만 그는 무엇을 하든지 합법적이었어요. 경찰에서도 아무것도 밝혀내지 못했으니까. 매켄지 부인은 좀 이상한 여자였어요. 여기 와서 남편의 복수를 하겠다고 위협하더군요. 렉스가 자기 남편을 살해했다면서. 어리석고도 멜로드라마 같은 소란이었지! 그녀는 머리가 약간 돈 것 같더군─실제로 그 뒤 얼마 안 되어 정신병원으로 들어간 걸로 알고 있어요. 죽음에 잔뜩 겁을 집어먹은 것 같은 어린애 둘을 끌고 여기 왔었지. 아이들에게 복수하도록 기르겠다면서. 그런 일이었다오. 다 허튼짓이지. 자, 내가 말할 수 있는 것은 그게 전부예요. 그리고 알아둬요. 렉스가 그의 생전에 훌륭하게 해치운 사기가 블랙버드 광산뿐만이 아니라는 것을. 조사만 해본다면 얼마든지 더 찾아낼 수 있을 거요. 그런데 어떻게 해서 블랙버드를 알게 되었소? 매켄지 집안으로 연결된 어떤 꼬리라도 잡았소?"

"그 집안에 대해서는 아무것도 모르십니까, 부인?"

램스버텀 양이 말했다.

"몰라. 하지만 잘 들어둬요. 나는 정말로 렉스가 매켄지를 죽였으리라고는 생각하지 않지만, 그를 죽게 내버려 두었을지는 모르지. 주님 앞에서는 같은 일이지만 법 앞에서는 같은 일이 아니잖아요? 만일, 정말로 그랬다면 그는 천벌을 받은 거요. 하느님의 벌은 때로는 늦게 오기도 하지만, 그만큼 더 심한 벌을 받는 거지. 이제 그만 가도록 해요. 더 이상 이야기해줄 게 없으니 묻는 것도 좋지 않아."

"대단히 감사합니다." 닐 경위가 말했다.

"마플이란 여자를 다시 보내줘요."

램스버텀 양은 그의 등 뒤에 대고 외쳤다.

"그녀는 성공회 사람들처럼 들떠 있기는 하지만, 조리 있게 애정을 베풀 줄 아는 여자예요."

닐 경위는 '앤셀 앤드 워럴' 변호사 사무실로 한 통, 그다음 골프 호텔로 한 통, 모두 두 통의 전화를 건 다음 헤이 경사를 불러 잠깐 집을 비우겠노라고 말해두었다.

"나는 변호사 사무실을 방문할 걸세. 나중에 급한 일이 생기면 골프 호텔로 연락하면 나를 찾을 수 있을 거야."

"알겠습니다, 경위님."

"그리고 지빠귀에 대해 알아볼 수 있으면 알아봐."

닐은 어깨너머로 덧붙여 말했다.

"지빠귀요, 경위님?" 헤이 경사는 어리둥절해서 되물었다.

"맞네. 검은 딸기 젤리(blackberry jelly)가 아니고, 지빠귀(blackbirds)일세."

헤이 경사는 당황하며 말했다.

"잘 알겠습니다, 경위님."

제17장

1

닐 경위는 앤셀이 위협적이기보다는 쉽게 위협을 받는 유형의 변호사라는 것을 알았다. 작고 그다지 잘되는 것 같지 않은 회사의 동업자인 그는 자기의 권리를 주장하기보다는 가능한 모든 면에서 경찰에 협조하고자 했다.

그는 죽은 아델 포트스큐 부인에게 유언장을 만들어주었다고 말했다. 그녀는 5주일 전쯤 그의 사무실을 방문했다고 한다. 그에게는 좀 이상한 일이었지만, 물론 아무 말도 안 했다고 한다. 변호사 일을 하다 보면 이상한 일들이 자주 발생하는데, 물론 경위도 그만한 것쯤은 이해하고 있었다. 경위는 자기가 이해한다는 것을 보여주려고 고개를 끄덕였다. 앤셀이 그전에는 한 번도 포트스큐 부인이나 포트스큐 집안사람들과 법적인 거래를 해본 적이 없다는 것을 그는 이미 알고 있었다.

앤셀이 말했다.

"물론, 그녀는 그 일로 그녀의 남편이 거래하는 법률 사무실에 가고 싶지는 않았던 거지요."

군말을 다 빼고 나면 아주 간단했다. 아델 포트스큐는 자기가 죽으면 자기 소유 재산을 모두 비비언 두보이스에게 물려준다는 유서를 남겼다.

앤셀이 닐을 미심쩍은 듯이 쳐다보며 말했다.

"하지만 내 기억으로는 그녀는 물려줄 재산이 사실상 별로 없습니다."

닐 경위는 머리를 끄덕였다. 아델 포트스큐가 유언장을 만들 당시로써는 그것이 맞는 말이었다. 하지만 그 뒤 렉스 포트스큐가 죽었기 때문에 아델 포트스큐는 10만 파운드를 상속받게 되었고, 아마 이제 그 10만 파운드는 상속세를 제외하고 비비언 에드워드 두보이스에게 갈 것이다.

2

골프 호텔에서 닐 경위는 그가 도착하기만을 초조하게 기다리는 비비언 두보이스를 만났다. 두보이스가 가방을 싸놓고 막 떠나려던 참에 닐 경위에게서 전화로 기다려 달라는 정중한 요청받은 것이다. 닐 경위는 아주 상냥한 말투로 미안하다고 말했다. 그러나 그 상투적인 말 뒤에는 일종의 명령적인 어감이 들어 있었다. 두보이스는 처음에는 거절했지만 그다지 강력하지는 못했다.

"내가 이렇게 남아 있어야 하는 것이 나로서는 얼마나 불편한 일인지 알아주셨으면 합니다, 닐 경위님. 정말 중요한 긴급 업무가 있어서요."

"그렇게 바쁜 일이 있는 줄은 몰랐습니다, 두보이스 씨."

닐 경위가 상냥하게 말했다.

"요즈음은 그런 것처럼 보여도 사실 그렇게 한가로운 사람은 아무도 없을 겁니다."

"포트스큐 부인의 죽음으로 굉장히 충격받았을 겁니다, 두보이스 씨. 굉장히 친한 친구 사이였지 않습니까?"

"예, 그녀는 매력적인 여자였죠. 우리는 함께 자주 골프를 쳤답니다."

"그녀에 대한 기억이 무척 오래 남겠군요?"

"예, 정말입니다." 두보이스는 한숨을 쉬었다.

"모든 일이 정말이지 너무너무 끔찍합니다."

"당신은, 내가 알기로는 그녀가 죽은 날 오후에 그녀한테 전화를 했던 걸로 아는데요?"

"내가요? 지금은 기억할 수가 없군요."

"4시쯤이었던 것 같은데."

"예, 그랬던 것 같기도 합니다."

"무슨 일로 전화했는지 기억나십니까, 두보이스 씨?"

"중요한 것은 아니었습니다. 그냥 그녀가 좀 어떤지, 그리고 남편의 죽음에 대해 더 이상의 소식은 없는지를 물어보았던 것 같습니다. 다소 관례적인 질문이었죠."

"그랬군요." 닐 경위가 말했다.

"그런 다음 산책을 하러 나갔나요?"

"어, 예. 저……, 저, 그랬던 것 같습니다. 하지만 산책이 아니라 골프 몇 홀을 쳤어요."

닐 경위는 부드럽게 말했다.

"그렇지 않을 겁니다, 두보이스 씨. 그날만큼은……, 이곳 수위가 당신이 주목나무 오두막집 쪽 길로 걸어가는 것을 보았다고 하던데요."

두보이스는 그와 눈이 마주치자 초조하게 시선을 피했다.

"잘 기억이 나지 않는군요, 경위님."

"혹시 포트스큐 부인에게 갔던 건 아닙니까?"

두보이스가 날카롭게 말했다.

"아니에요, 아닙니다. 나는 그러지 않았어요. 그 집 근처에는 절대로 가지 않았습니다."

"그럼 어디로 갔습니까?"

"오, 나는……, 길을 따라 드리 피전스까지 갔다가 다시 빙 돌아 골프장을 거쳐 돌아왔습니다."

"그럼, 분명히 주목나무 오두막집에는 가지 않았다는 건가요?"

"그렇다니까요, 경위님."

경위는 머리를 저었다.

"이것 보시오, 두보이스 씨." 그가 말했다.

"솔직하게 말하는 게 좋을 겁니다. 당신이 그 집에 간 데는 뭔가 순수한 이유가 있었을지도 모르지 않습니까?"

"분명히 말씀드리지만, 나는 그날 절대로 포트스큐 부인을 만나러 간 적이 없습니다."

경위는 일어섰다.

"자, 그럼, 두보이스 씨." 그는 쾌활하게 말했다.

"우리는 당신에게 법적인 진술을 요구해야 할 것 같군요. 그리고 당신은 변호사가 동석한 가운데 진술할 수 있는 권리가 있습니다."

두보이스의 얼굴이 갑자기 창백해지더니 다시 녹색으로 변했다.

"당신은 나를 위협하고 있소. 나를 위협하고 있단 말이오."

"아니, 아니. 그런 게 아니지요."

닐 경위는 깜짝 놀라며 이렇게 말했다.

"우리는 그런 일을 할 수 없게 되어 있습니다. 그와는 정반대죠. 나는 사실 당신에게 어떤 권리가 있다는 것을 알려주는 겁니다."

"나는 그 사건과 전혀 관련이 없소. 분명히 말하지만! 관련이 없다고요."

"오, 하지만, 두보이스 씨, 당신은 그날 4시 반쯤 주목나무 오두막집 근처에 있었잖습니까? 누군가가 창문을 내다보다가 당신을 보았다고요."

"나는 그저 정원에 있었을 뿐이오. 집에는 안 들어갔소."

"안 들어갔다고요?" 닐 경위가 말했다.

"틀림없나요? 옆문으로 들어가 2층에 있는 포트스큐 부인의 침실에 안 들어 갔다는 말이오? 당신은 거기 있는 책상에서 뭔가를 찾고 있지 않았소?"

"당신들이 그것들을 가져간 것 같은데?"

두보이스가 부루퉁하게 말했다.

"그럼, 바보 같은 아델이 가지고 있었군—태워버렸다고 맹세해놓고는. 하지 만 편지에는 당신이 생각하는 그런 의미는 적혀 있지 않소."

"당신은 포트스큐 부인의 아주 가까운 친구라는 사실을 부정하지 않겠죠, 두보이스 씨."

"그럼요, 물론 부정하지 않습니다. 당신이 이미 그 편지들을 손에 넣었는데 어떻게 그럴 수 있겠소? 나는 단지 그것에 어떤 나쁜 의미를 부여해서 생각할 필요는 없다고 말하는 겁니다. 잠시라도 우리가, 또는 그녀가 렉스 포트스큐를 없애버리려는 생각을 했으리라고는 생각하지 마시오. 하느님께 맹세코, 나는 그런 사람이 아니오!"

"하지만 그녀는 어쩌면 그런 여자였을지도 모르잖습니까?"

"말도 안 됩니다." 비비언 두보이스가 외쳤다.

"그녀도 역시 죽음을 당하지 않았소?"

"오, 그렇죠. 그래요."

"그러면 그녀의 남편을 죽인 사람이 그녀도 죽였으리라고 믿는 것이 당연하지 않습니까?"

"그럴 수도 있겠죠. 확실히 그럴 가능성이 있습니다. 하지만 다른 방법도 있지요. 예를 들어(이것은 하나의 가설일 뿐입니다, 두보이스 씨), 포트스큐 부인이 그녀의 남편을 죽이자 어떤 사람이 조금 위협을 느끼게 되었을지도 모르지요. 아마 그녀가 저지른 행동을 도와주지는 않았다고 해도, 최소한 그녀에게 그것을 하도록 조장했거나, 이를테면 그 행위에 대한 동기를 제공한 어떤 사람 말이오. 그녀는 아시다시피 바로 그 사람한테 위험한 인물이었을 가능성이 있습니다."

두보이스는 말을 더듬었다.

"당신은 나한테 부─부─불리하게 사건을 조작할 수는 없습니다. 그럴 수는 없소!"

"그녀가 만든 유언장에 따르면, 그녀는 자신의 재산을 모두 당신에게 남겼소. 그녀가 소유한 모든 것을."

"나는 돈을 원하지 않소. 단 한 푼도."

"물론 별로 많지는 않습니다." 닐 경위가 말했다.

"보석과 모피 몇 벌이지만, 진짜 현금은 거의 없을 것으로 생각됩니다."

두보이스는 그를 쳐다보다가 턱을 떨어뜨렸다.

"하지만 내 생각으로는 그녀의 남편이……."

그는 갑자기 멈추었다.

"오, 그렇습니까, 두보이스 씨?" 닐 경위가 말했다. 그의 목소리는 이제 차가운 강철 같았다.

"그거 아주 흥미롭군요. 나는 당신이 렉스 포트스큐의 유언장 내용을 아는지 궁금했는데……."

3

골프 호텔에서 가진 닐 경위의 두 번째 면담은 제럴드 라이트와의 것이었다. 제럴드 라이트는 마른 체격에 지적이고 아주 거만한 청년이었다. 그는 닐 경위가 보기에는 체격 면에서는 빈센트 두보이스와 별 차이가 없어 보였다.

그가 물었다.

"무엇을 원합니까, 닐 경위님?"

"조금만 정보를 주면 내게 도움이 될 것 같습니다, 라이트 씨."

"정보를? 정말입니까? 그럴 수 있을 것 같지 않은데요."

닐은 질문에 약간 농담을 섞었다.

"주목나무 오두막집에서 최근에 발생한 사건과 관계된 것인데, 이야기는 들었겠죠, 물론?"

닐은 그 질문에 약간 농담을 섞었다. 라이트는 선심을 쓰듯 미소를 지었다.

"그 사건에 대해 들었느냐는 말은 적합하지 않은 말입니다. 신문에서 그 사건을 빼놓고는 아무것도 찾아볼 수 없을 정도입니다. 요즈음은 보도기관들이 얼마나 피에 굶주려 있는지, 원! 도대체 어떤 시대에 사는 건지! 한쪽에서는 원자폭탄 공장이 들어서고, 다른 한편에서는 신문들이 잔학한 살인사건들을 보도한답시고 날뛰고 있다니! 그런데 당신은 나한테 물어볼 게 있다고 했죠. 정말 무슨 질문인지 이해할 수가 없군요. 나는 주목나무 오두막집 사건에 대해서는 아무것도 아는 바가 없는데요. 렉스 포트스큐 씨가 살해되었을 때 나는 맨 섬에 있었으니까요."

"그 뒤 바로 이곳에 도착했죠, 라이트 씨? 당신은 아마 엘라인 포트스큐 양에게서 전보를 받은 모양이더군요."

"경찰은 모든 것을 다 알고 있나 보군요, 예? 그래요, 엘라인이 내게 오라고 했죠. 나는 물론 당장 온 거고요."

"그럼, 당신들은 곧 결혼식을 올리겠군요?"

"물론이죠, 닐 경위님. 당신이 아무런 이의가 없으시길 바랍니다."

"그것은 전적으로 포트스큐 양의 문제입니다. 두 분이 만난 지는 어느 정도 된 것으로 알고 있는데요? 여섯, 일곱 달가량이 맞습니까?"

"아주 정확하시군요."

"당신과 포트스큐 양은 결혼을 약속했습니다. 하지만 포트스큐 씨는 그것을 허락하지 않았고, 만일 그의 딸이 자기 말을 거역하고 결혼한다면 어떤 방식으로든 도와주지 않을 거라고 했습니다. 그 때문에 당신은 약혼을 파기하고 떠난 것으로 알고 있습니다."

제럴드 라이트는 약간 안됐다는 듯이 미소를 지었다.

"정말 노골적으로 말씀하시는군요, 닐 경위님. 사실 나는 정치적 소견 때문에 희생당한 겁니다. 렉스 포트스큐는 가장 악질적인 자본주의자였습니다. 따라서 당연히 나는 내 정치적인 신념과 돈에 대한 내 나름의 신념을 희생시킬 수 없었습니다."

"하지만 5만 파운드를 막 상속받은 여자와 결혼한다는 데는 반대하지 않겠죠?"

제럴드 라이트는 희미하게 만족스러운 미소를 지었다.

"천만에요, 닐 경위님. 그 돈은 사회의 이익을 위해 사용될 겁니다. 그런데 당신은 내 재정적인 상황이나, 정치적인 신념에 대해 토론하자고 온 것은 아니잖습니까?"

"그렇습니다, 라이트 씨. 나는 그저 간단한 질문을 하고자 합니다. 알고 있겠지만, 아델 포트스큐 부인은 11월 5일 오후 청산가리로 죽었습니다. 당신은 그날 오후 주목나무 오두막집 부근에 있었으니까, 혹시 그 사건과 관련해 어떤 것을 보거나 들었을지도 모른다는 생각이 들었습니다."

"그런데 무엇 때문에 그때 내가 주목나무 오두막집 부근에 있었다고 생각하게 된 겁니까?"

"당신은 그날 오후 4시 15분에 호텔에서 나갔죠, 라이트 씨? 호텔에서 떠날 때 당신은 주목나무 오두막집 방향으로 걸어갔습니다. 그러니 당신이 그곳에 갔을 거라고 생각하는 것이 당연한 게 아니겠습니까?"

"실은 처음에는 그러려고 했습니다." 제럴드 라이트가 말했다.

"하지만 그것은 좀 무의미한 일인 것 같더군요. 나는 이미 포트스큐 양(엘라인)과 6시에 호텔에서 만나기로 약속해뒀거든요. 나는 큰 거리에서 벗어나 좁은 길을 쭉 걷다가 6시 바로 전에 골프 호텔로 돌아왔습니다. 엘라인은 약속을 지키지 않았죠. 그런 상황에서는 극히 당연한 일이겠지만요."

"산책하다가 만난 사람은 없었습니까, 라이트 씨?"

"차 몇 대가 도로를 지나간 것 같긴 하군요. 내가 아는 사람을 만나지는 못했습니다. 그 골목은 짐수레 길보다는 약간 넓었지만, 자동차가 다니기에는 너무 진창길이어서."

"그럼, 당신이 호텔을 떠난 4시 15분에서 다시 돌아온 6시 사이에 당신이 어디에 있었는지는 당신 말밖에는 뒷받침해줄 것이 아무것도 없는 거군요?"

제럴드 라이트는 여전히 거만한 태도로 미소를 지었다.

"우리 둘 다에게 아주 곤란한 일이지만, 경위님, 그건 사실입니다."

닐 경위는 부드럽게 말했다.

"그럼, 만일 누군가 4시 35분쯤 주목나무 오두막집에서 층계참에 난 창문을 통해 당신이 정원에 있는 것을 보았다고 말했다면⋯⋯."

그는 말을 멈추고 그대로 여운을 남겼다.

제럴드 라이트는 눈썹을 치켜세우며 머리를 흔들었다.

"그때는 시계(視界)가 굉장히 나빴을 겁니다. 따라서 어떤 사람이라도 확신하기가 어려웠을 것으로 생각합니다."

"혹시 비비언 두보이스 씨를 압니까, 이 호텔에 머무르는 사람인데?"

"두보이스라, 두보이스? 아니, 그런 것 같지 않습니다. 아니, 혹시 스웨이드(부드럽게 무두질한 양가죽) 구두에 유난한 취미를 가진 키가 크고 검은 남자 말입니까?"

"그렇소. 그 사람도 그날 오후 산책하러 나갔다고 하는데, 그 사람도 호텔을 떠나 주목나무 오두막집을 지나 걸어갔다고 합니다. 혹시 길거리에서 그를 본 적은 없나요?"

"예, 없습니다. 그런 적은 없어요."

제럴드 라이트는 처음으로 조금 난처한 것처럼 보였다.

닐 경위는 생각에 몰두하며 말했다.

"걷기에는 그다지 좋은 오후가 아니었는데, 특히 해가 진 뒤 진창이 된 골목을 말입니다. 그런데도 왜들 그렇게 용감했는지 모르겠군요?"

4

닐 경위가 집으로 돌아오자 헤이 경사는 만족스러운 태도로 그를 반기며 말했다.

"지빠귀에 대해서 알아냈습니다, 경위님."

"알아냈다고?"

"예, 경위님. 파이 속에 들어 있었습니다. 일요일 저녁식사 때 차가운 파이를 내놓으려고 남겨놓았다더군요. 누군가가 식료품실에 있는 파이를 꺼내서 껍질을 벗긴 다음, 송아지 고기와 그 속에 들어 있는 내용물을 빼어버렸는데, 그 대신 무엇을 넣었으리라고 생각하십니까? 악취를 풍기는 지빠귀 몇 마리를 정원사의 작업장에서 빼냈더군요. 정말 심술궂은 장난 아닙니까?"

닐 경위가 말했다.

"그것은 왕 앞에 내놓기에는 너무 고상한 요리가 아니었을까?"

그는 자신을 빤히 쳐다보는 헤이 경사를 남겨둔 채 떠났다.

제18장

1

"잠깐만 기다려요." 램스버텀 양이 말했다.

"카드 점이 곧 나올 것 같은데……."

그녀는 킹과 킹을 방해하는 카드 여러 장을 빈자리로 옮긴 다음, 검은색 8에 빨간색 7을 얹고 쌓아놓았던 카드 위에 스페이드 5, 6, 7을 쌓고, 재빠르게 카드 몇 장을 더 옮기고 나서야 만족스러운 한숨을 쉬며 몸을 뒤로 기댔다.

"더블 제스터야. 좀처럼 안 나오는 건데."

그녀는 만족스러운 태도로 뒤로 기댄 다음 눈을 들어 벽난로 옆에 서 있는 여자를 바라보았다.

"그래, 당신이 란스의 아내로구먼."

램스버텀 양이 불러서 올라온 패트는 머리를 끄덕였다.

"예."

"키가 아주 큰걸." 램스버텀 양이 말했다.

"그리고 건강해 보여."

"저는 무척 건강해요."

램스버텀 양은 만족스럽다는 듯이 머리를 끄덕이며 말했다.

"퍼시벌의 아내는 약골이야. 단것을 너무 많이 먹고 운동을 충분히 하지 않으니 그렇지. 그런데 좀 앉아요. 자, 어서. 내 조카는 어디서 만났지?"

"친구 몇 명과 케냐에 머무르고 있다가 그를 만났어요."

"전에 결혼한 적이 있는 걸로 아는데?"

"예, 두 번이죠."

램스버텀 양은 의미심장하게 콧방귀를 뀌었다.

"이혼한 게로군."

"아니에요." 대답하는 패트의 목소리는 약간 떨렸다.

"그들은 둘 다……, 죽었어요. 첫 번째 남편은 전투기 조종사였죠. 그는 전쟁 중에 죽었답니다."

"그럼 두 번째 남편은? 가만있자, 누군가가 말해줬는데, 총으로 자살했다고?"

패트가 머리를 끄덕였다.

"당신 탓인가?"

패트가 말했다.

"아니요, 제 탓이 아니었어요."

"경마광이었다지?"

"예."

"나는 여태껏 경마장에는 가본 적이 한 번도 없어."

램스버텀 양이 말했다.

"내기니 카드놀이니 하는 것은, 모두 악마가 꾸며낸 계략이야!"

패트는 대답하지 않았다.

"나는 극장이나 영화관에도 한 번도 가지 않았지."

램스버텀 양이 말했다.

"아, 요즈음은 세상이 온통 사악해. 이 집에서도 사악한 일들이 수없이 진행되고 있었지만, 마침내 주님이 그들을 때려눕힌 거라우."

패트는 무슨 말을 해야 할지 계속 어려움을 느꼈다. 그녀는 란스의 이모인 에피가 정말 제정신인지 의아했다. 그리고 그녀는 노부인의 눈치 빠른 시선에 약간 당황했다.

램스버텀 양이 말했다.

"당신이 결혼한 집안에 대해서는 얼마나 알고 있지?"

패트가 말했다.

"보통 사람들이 결혼해서 아는 만큼 정도예요."

"흠, 뭔가 의미가 있는 말인데, 의미가 있는 말이야. 그럼, 이것만 말해주지. 내 여동생은 바보였고, 그 애의 남편은 악한이었으며, 퍼시벌은 비겁하고, 당신의 란스는 집안에서 항상 나쁜 아들이었다는 것만 알아둬요."

"모두 터무니없는 말이라고 생각해요."

패트가 대담하게 말했다.

"그 말이 맞는지도 모르지."

램스버텀 양은 의외로 이렇게 말했다.

"사람들에게 꼬리표를 붙일 수는 없으니까. 하지만 퍼시벌을 얕잡아 보면 절대로 안 돼요. 착하다는 꼬리표가 붙은 사람은 또한 어리석다고 믿는 경향이 있지. 퍼시벌은 전혀 어리석지 않다우. 그는 신앙심이 깊은 척하는 데는 아주 도가 텄지. 나는 한 번도 그 애를 좋아해본 적이 없어. 잘 들어봐요. 퍼시벌은 란스를 믿지도 않고 두둔하지도 않지만, 그 애를 좋아할 수밖에 없다우…… 란스는 분별없는 녀석이야. 항상 그래 왔지. 란스를 보살피고 너무 멀리 가지 않도록 지켜봐야 해. 그 애에게 퍼시벌을 얕보지 말라고 말해 주고 퍼시벌이 말하는 것은 무조건 믿지 말라고 말이야. 이 집에 있는 사람들은 하나같이 거짓말쟁이들이니까."

이렇게 말한 다음 노부인은 만족스럽게 덧붙였다.

"불과 유황이 그들 앞에 떨어지겠지(요한 계시록 20:00)."

2

닐 경위는 런던경시청에 전화하고 있었다. 저쪽에서 전화를 받은 부국장이 말했다.

"자네를 위해 정보를 입수해야겠군. 정신 요양소로 공문을 돌려야겠어. 어쩌면 그 여자는 죽었는지도 몰라."

"그럴 수도 있겠죠. 벌써 오래전 일이니까요."

'오래된 죄는 그림자를 길게 드리운다.'

램스버텀 양이 그렇게 말했었지(의미심장하게). 마치 어떤 암시를 주는 것처럼.

부국장이 말했다.

"너무 터무니없는 추측이야."

"저도 잘은 모릅니다. 그러나 완전히 무시할 수도 없을 것 같습니다. 너무 많이 들어맞고 있다는 게……."

"그렇지, 그래. 호밀, 지빠귀, 남자의 세례명."

닐이 말했다.

"저는 다른 가능성도 추적하고 있습니다. 두보이스도 가능성이 있습니다, 라이트도 그렇고요. 글레이디스라는 하녀가 그들 중 누군가 옆문 밖에 있는 것을 보았는지도 모릅니다. 그래서 홀에 차 쟁반을 놔두고 누가 무엇을 하는지 보러 나갔을 법도 하죠. 그때 거기서 어느 작자였는지 몰라도 그녀의 목을 조른 다음 빨랫줄 근처로 시체를 끌고 가 집게를 그녀의 코에다……."

"정말 미친 짓이야! 비열하고!"

"그렇습니다, 부국장님. 그 때문에 노부인도 무척 흥분하더군요. 마플 양이라는 노처녀 말입니다. 훌륭한 노부인이죠. 또한 아주 민감하고. 그 집으로 옮겨갔어요, 램스버텀 양 가까이로. 그녀는 거기서 뭔가 알아낼 것이 분명합니다."

"자네가 다음으로 취할 행동은 무엇인가, 닐?"

"런던 변호사와 약속을 해두었습니다. 렉스 포트스큐의 문제를 좀더 조사해 볼 게 있어서요. 그리고 오래된 이야기이긴 하지만, 블랙버드(지빠귀) 광산에 대해서도 좀더 알아보고 싶습니다."

3

빌링슬리, 호스도프, 월터스 변호사 사무실의 빌링슬리는 일상적으로 정보를 제공해줄 준비가 되어 있는 듯한 태도를 보이는 도회풍의 남자였다.

닐 경위가 그를 만난 것은 이번이 두 번째였는데, 이번에는 빌링슬리는 그 전보다도 조금 덜 조심스러워하는 것 같았다. 주목나무 오두막집에서의 삼중 비극이 빌링슬리의 직업적인 자제심을 잃게 한 모양이었다. 그는 너무 흥분해서 그가 아는 사실들을 조리 있게 경찰 앞에 털어놓을 수 없을 정도였다.

"정말 엄청난 일이군요, 모든 것이." 그가 말했다.

"정말 엄청난 일입니다. 여태껏 이 직업에 종사해왔으면서도 이런 일은 처음입니다."

"솔직히 말씀드려서, 빌링슬리 씨." 닐 경위가 말했다.

"우리는 얻을 수 있는 모든 도움이 필요합니다."

"나를 믿으십시오, 경위님. 힘닿는 데까지 도와드릴 수 있게 되어 너무나 기쁠 따름입니다."

"우선 당신이 죽은 포트스큐 씨를 얼마나 잘 알고 있는지부터 들어봅시다. 또 그의 회사 업무에 대해 얼마나 알고 계십니까?"

"나는 렉스 포트스큐를 아주 잘 알지요. 내가 그를 안 지가……, 글쎄요, 벌써 16년이나 되었군요. 그런데 그가 관계를 맺은 변호사 사무실은 비단 우리뿐만이 아닙니다. 먼 관계는 아니었지만."

닐 경위는 머리를 끄덕였다. 그도 그 사실을 알고 있었다. 빌링슬리, 호스도프, 월터스는 렉스 포트스큐의 훌륭한 변호사들이라는 평판이 나 있었다. 그러나 그는 조금 덜 신중함이 요구되는 거래에는 여러 개의 다른 작은 사무실들과 관계를 맺어왔다.

"그런데 알고 싶은 게 무엇입니까?" 빌링슬리가 물었다.

"나는 이미 그의 유언장에 대해서는 말씀드렸습니다. 퍼시벌 포트스큐 씨가 잔여재산 수유자가 됩니다."

닐 경위가 말했다.

"이번에는, 포트스큐 씨 미망인의 유언장에 대한 일입니다. 포트스큐 씨가 죽으면 그녀는 10만 파운드의 돈을 받게 되어 있지요?"

빌링슬리는 머리를 끄덕이며 말했다.

"상당한 액수지요. 그리고 이것은 비밀인데, 회사는 그 돈을 지급하기가 곤란한 형편입니다."

"그럼, 회사 재정이 순조롭지 않은 모양이군요?"

"솔직히 우리끼리니까 하는 말이지만, 회사는 거의 파산 지경에 이르렀습니다. 지난 1년 반 동안 계속 그런 상태였습니다."

"어떤 특별한 이유라도?"

"물론이죠. 이유는 바로 렉스 포트스큐 자신 때문이었습니다. 올해 들어 렉스 포트스큐는 계속 미친 사람처럼 행동해왔으니까요. 좋은 채권은 내다 팔고, 위험한 것을 사들이면서 터무니없이 계속 과장되게 말했죠. 충고도 들으려 하지 않았어요. 퍼시벌(그의 아들을 아시죠?)은, 여기 와서 나더러 자기 아버지에게 영향력을 좀 행사해 달라고 하더군요. 그도 분명히 시도는 해본 모양이지만, 안 통했던 것 같습니다. 그래서 나도 하느라고 해봤지만, 포트스큐 씨는 도무지 들으려고 하지 않았습니다. 갑자기 사람이 변한 것 같았어요."

닐 경위가 물었다.

"혹시 우울해 보이지는 않았나요?"

"아니요, 전혀. 정반대였죠. 화려하고, 허세를 부리고 있었습니다."

닐 경위는 머리를 끄덕였다.

이미 그의 마음속에 형태를 잡고 있던 한 생각이 한층 뚜렷해졌다. 그는 퍼시벌과 그의 아버지 사이에 있었던 갈등의 원인을 조금씩 이해하기 시작했다.

빌링슬리는 계속했다.

"하지만 미망인의 유언장에 대한 것을 내게 물어봤자 소용없습니다. 그녀에게는 어떤 유언장도 만들어준 적이 없으니까요."

"예, 알고 있습니다." 닐이 말했다.

"나는 단지 그녀가 남길 만한 재산이 있는지 확인하고 싶었을 뿐입니다. 간단히 말해서 10만 파운드 말이오."

빌링슬리는 머리를 세차게 흔들었다.

"아니, 아니요, 경위님. 잘못 생각하고 있군요."

"그럼, 10만 파운드는 단지 그녀가 살아 있는 동안에만 남겨진다는 것입니까?"

"아니, 아니죠. 그것은 그녀에게 완전히 주는 겁니다. 그러나 그 유언장에는 단서 조항이 하나 있습니다. 즉, 포트스큐 부인은 그녀가 그보다 한 달 이상 더 생존하지 못하면 그 돈을 상속받지 못한다는 것이죠. 그것은 근래에 아주 흔히들 집어넣는 조항입니다. 비행기 여행을 안심할 수가 없어서 실행하게 된 겁니다. 만일 두 사람이 같은 비행기 사고로 사망하면 누가 더 오래 살았다고 말하기가 극히 어려워지며, 또 아주 이상한 문제들이 많이 발생하게 되거든요."

닐 경위는 그를 빤히 쳐다보고 있었다.

"그럼, 아델 포트스큐는 물려줄 만한 10만 파운드도 없게 되었군요. 그 돈은 어떻게 됩니까?"

"회사로 되돌아가게 되는 거죠. 그렇지 않으면 잔여재산 수유자에게로 가든가."

"잔여재산 수유자는 퍼시벌 포트스큐죠?"

"그렇습니다." 빌링슬리가 말했다.

"그것은 퍼시벌 포트스큐가 갖게 됩니다. 그리고 회사가 처한 상태로 봐서……."

그는 무심결에 이렇게 덧붙였다.

"그는 그 돈이 필요할 겁니다!"

4

"자네들 경찰이 알고 싶어 하는 일이란……."

닐 경위의 의사 친구가 말했다.

"이봐, 밥, 어서 말해봐."

"그렇지만 우리 둘만 있을 때는 다행히도 자네가 나를 인용할 수가 없지! 하지만 자네 생각이 완전히 옳았어. 모든 것을 종합해볼 때 정신마비 증상이야. 그 집안사람들도 그것을 의심하고는 그에게 의사를 찾아가보라고 권했겠지. 하지만 그는 그러지 않았어. 자네가 말한 그대로지. 판단력을 잃고, 과대망상에 사로잡히며, 자극을 받거나 화가 나면 난폭한 발작을 일으키고, 허풍을 떨지. 위대한 경제적 천재들이 간혹 그렇다네. 그 병에 걸리면 누구든지 순식간에 튼튼한 회사를 파산 지경으로까지 몰고 가지. 그를 막지 않는다면 말이야. 그런데 그게 쉽지가 않거든. 특히, 그 남자가 자네가 노리는 것이 무엇인지 알고 있는 경우에는 더더욱. 그래, 그가 죽은 것이 자네 친구들을 위해서는 잘된 일이라고 할 수 있지."

"그들은 내 친구들이 아니야." 닐이 말했다. 그가 전에도 한 번 했던 말을 되풀이했다.

"그들은 모두 아주 불쾌한 사람들이라네……."

제19장

주목나무 오두막집의 응접실에 포트스큐 집안사람들이 모두 모였다.

퍼시벌 포트스큐는 벽난로 선반에 기대어 식구들에게 말을 건넸다.

"다 좋지만 전반적인 상태는 극히 불만족스럽구나. 경찰들은 들락날락하기만 하지, 우리에게 아무 말도 하지 않아. 그들은 분명히 어떤 방향으로 추적해 들어가고 있을 거야. 그리고 수사하는 동안 모든 것이 정지 상태에 있는 형편이고 계획을 세울 수도 없고, 또 앞으로의 일들을 준비할 수도 없어."

"정말 너무 분별이 없어요." 제니퍼가 말했다.

"너무 어리석고요."

"누구든 이 집을 떠나는 것은 여전히 금지된 것 같더구나."

퍼시벌이 말했다.

"그러나 나는 우리끼리라도 장래 계획을 의논해봐야 하지 않을까 생각한다. 너는 어떻게 할 거냐, 엘라인? 너는 곧 결혼할 거라고 하던데, 이름이 뭐였지? 제럴드 라이트인가? 언제쯤 할 생각이지?"

"가능한 한 빨리할 생각이에요."

엘라인이 말했다.

퍼시벌이 얼굴을 찌푸렸다.

"그럼, 6개월 내로 한단 말이냐?"

"아니요, 그렇지 않아요. 왜 우리가 6개월씩이나 기다려야 해요?"

퍼시벌이 말했다.

"그래야 남들 보기에도 낫지 않을까?"

엘라인이 말했다.

"다 부질없어요. 한 달 안에 하겠어요. 더 이상은 못 기다려요."

퍼시벌이 말했다.

"그러면 결혼한 다음에는 무슨 계획이라도 있니?"

"우리는 학교를 하나 세울까 생각 중이에요."

퍼시벌은 머리를 흔들었다.

"요즈음의 상태로 보아 그것은 아주 위험한 생각이다. 이렇게 집안의 일손도 부족하고 또 적절한 교사진을 구한다는 게 보통 힘든 일이 아니야. 하기야, 엘라인, 그 생각은 좋은 것 같다만. 하지만, 내가 너라면 한 번 더 생각해 볼 거야."

"우리도 충분히 생각해 봤어요. 제럴드는 이 나라의 모든 미래는 올바른 교육에 달렸다고 생각해요."

"나는 모레쯤 빌링슬리 씨를 만날 생각이다."

퍼시벌이 말했다.

"우리는 재정적으로 여러 가지 어려움을 겪고 있어. 그는 네가 아버지한테 받은 돈을 너와 네 자식을 위해 신탁해두는 게 어떻겠냐고 하더구나. 지금으로서는 그렇게 하는 게 안전한 일이야."

"나는 그렇게 하고 싶지 않아요." 엘라인이 말했다.

"우리가 학교를 세우려면 돈이 필요해요. 아주 적당한 저택이 있다고 들었어요. 콘월에 있다고 하더군요. 아름다운 대지에 아주 훌륭한 건물이래요. 거기다 상당한—여러 개의 신관을 증축해야 할 거예요."

"그럼, 네 말은 그 일에 유산을 몽땅 다 털어 넣겠다는 거냐? 엘라인, 나는 네가 현명하다고 생각하지 않는다."

"그대로 방치해두는 것보다는 끄집어내서 쓰는 게 훨씬 더 현명할 것 같은데요."

엘라인이 말했다.

"이미 사업은 여기저기서 구멍이 나고 있잖아요? 아버지가 돌아가시기 전에 벌 오빠가 직접 회사가 최악의 상태에 있다고 말했잖아요?"

"누구든 그런 말은 하는 거야." 퍼시벌은 애매하게 얼버무렸다.

"하지만 분명히 말해두지만, 엘라인, 네 재산을 몽땅 꺼내어 학교를 사들이고 증축하고 운영하는데 쏟아 붓는다는 건 미친 짓이야. 만일 성공하지 않는다면 어떻게 될지 생각해 봤어? 너는 무일푼으로 남게 되는 거야."

엘라인이 완강하게 말했다.

"성공할 거예요."

"나는 네 편이다." 란스는 의자에 앉은 채 격려하듯 말했다.

"시도해봐, 엘라인. 내 생각으로는 아주 이상한 학교가 될 것 같지만, 네가 하고 싶어 하는 일이니까. 너와 제럴드가 말이야. 만일 돈을 다 잃는다고 해도 네가 하고 싶은 일을 했다는 만족감은 얻을 수 있을 것 아니니?"

"꼭 너 같은 소리만 하는구나, 란스."

퍼시벌이 비난하듯 말했다.

"알아, 안다고." 란스가 말했다.

"나는 헤프기 짝이 없는 방탕한 아들이라는 걸. 그래도 형보다는 내가 더 재미있는 인생을 살았을걸."

"그건 무엇이 재미라고 생각하느냐에 달렸겠지."

퍼시벌은 냉랭하게 말했다.

"어디 네 계획 좀 들어보자꾸나, 란스. 다시 케냐로 돌아가거나, 아니면 캐나다로, 아니면 에베레스트 산을 오른다든지 뭐 터무니없는 짓을 하러 떠나겠지?"

"무엇이 형을 그렇게 생각하게 만들었지?"

"글쎄, 너는 영국에서도 집에만 틀어박힌 생활은 결코 좋아하지 않았잖아?"

"사람은 나이가 들면 변하게 되어 있어." 란스가 말했다.

"정착하게 되지. 모르고 있었나 봐, 형? 나는 이제 착실한 사업가가 되어보려고 하는데."

"그러면……."

"내 말은 형과 함께 회사로 들어가겠다는 거야."

란스는 씩 웃었다.

"오, 물론 형이 사장이 되는 거지. 최대 몫을 차지하고 있으니까. 나는 그저 부사장이나 하지, 뭐. 하지만 나도 사업에 끼어들 권리는 있잖아?"

"글쎄, 그렇겠지. 물론 네가 그 방법을 택한다면. 그렇지만, 너는 아주아주 싫증 나게 될걸."

"그럴까? 나는 싫증 나게 될 것 같지 않은데."

퍼시벌이 얼굴을 찌푸렸다.

"그런데 란스, 정말 사업을 해보겠다는 건 아니겠지?"

"사업에 관여하겠느냐고? 오, 물론, 그렇다니까."

퍼시벌을 고개를 저었다.

"지금 일이 매우 궁지에 몰려 있어. 너도 알게 될 거야. 엘라인이 끝까지 돈을 달라고 고집하면 우리는 그 애에게 돈을 떼어주기도 빠듯하단 말이야."

"자, 어때, 엘라인?" 란스가 말했다.

"그나마 아직 움켜잡을 게 있을 때 네 돈을 갖겠다고 하는 게 얼마나 현명한지 알겠지?"

퍼시벌이 화를 내며 말했다.

"란스, 그런 식으로 농담하다니, 정말 고약한 성격이구나."

제니퍼가 말했다.

"내가 생각하기로는, 란스 말을 좀 조심해서 해줬으면 좋겠어요."

창문 가까이에 조금 떨어져 앉아 있던 패트는 그들 모두를 한 명씩 살펴보았다. 이것이 란스가 퍼시벌의 꼬리를 비틀어 버리겠다고 한 말의 의미라면, 그는 자신의 목적을 달성한 듯했다.

퍼시벌의 그 훌륭한 냉정함도 무너져 버리고 말았다. 그는 화가 나서 다시 소리쳤다.

"너 진심으로 하는 말이냐, 란스?"

"매우 진심이야."

"잘 안 될 거야. 너는 곧 질려버리고 말 걸."

"안 그럴 거야. 나에겐 얼마나 훌륭한 변화가 될지 생각해봐. 시내 사무실에서, 타이피스들이 왔다 갔다 하고, 나는 그로스브너 양 같은 매력적인 비서를 두겠어—그로스브너가 맞던가? 형은 벌써 그녀를 건드렸겠지? 나는 그녀와 똑같은 여자를 두겠어. '예, 란셀로트 씨. 아니요, 란셀로트 씨. 차 가져왔어요,

란셀로트 씨.'"

"오, 란스 바보짓 좀 하지 마라."

퍼시벌이 몰아세웠다.

"왜 그렇게 화를 내는 거야, 형? 형은 내가 형의 걱정거리를 덜어줄 거라고 기대하지 않았어?"

"너는 모든 것이 얼마나 뒤죽박죽되어 있는지 조금도 모르고 있어."

"모르지, 형이 그 모든 것을 다 가르쳐줘야 할 거야."

"우선 너는 지난 6개월 동안—아니, 더 되지. 1년 동안 아버지가 제정신이 아니었다는 사실부터 이해해야 한다. 아버지는 재정적으로 도저히 믿을 수 없을 만큼 어리석은 일들을 하셨어. 좋은 주식은 내다 팔고, 별의별 엉뚱한 것들만 사들였지. 어떤 때는 돈을 왕창 내다 버렸어. 마치 돈을 쓰는 데만 재미가 들린 사람처럼 말이야."

란스가 말했다.

"그렇다면, 아버지의 차에 탁신이 들어간 것도 집안사람들을 위해서는 잘된 일이군."

"그런 식으로 이야기하는 게 아니다. 하지만 본질적으로는 네가 옳아. 우리를 파산에서 구하려면 그 길밖에는 없었을 테니까. 그렇지만 우리는 신중하게 행동해나가야 할 거야."

란스는 고개를 저었다.

"나는 그 말에 찬성하지 않아. 지나치게 조심하면 하나도 이로울 게 없어. 약간의 모험을 감행해야 해. 좀더 큰 것을 찾아나서야 한다고"

"나는 반대야." 퍼시가 말했다.

"신중과 절약, 그것이 우리들의 당면 과제다."

란스가 말했다.

"내 문제는 아니야."

"너는 단지 부사장일 뿐이라는 것을 기억해둬."

퍼시벌이 말했다.

"좋아, 좋아. 그렇지만 나에게도 약간의 권리는 있다고"

퍼시벌이 흥분하며 방을 왔다 갔다 했다.

"잔소리 마라, 란스. 나는 너를 좋아한다. 그리고……."

"그래?" 란스가 중간에 끼어들었다.

퍼시벌은 그의 말에 신경 쓰는 것 같지 않았다.

"그렇지만 나는 우리가 잘 협력해나갈 것 같지 않구나. 우리는 사고방식이 완전히 달라."

란스가 말했다.

"그것이 장점이 될 수도 있지."

퍼시벌이 말했다.

"가장 현명한 길은 합병 회사를 해체하는 방법밖에 없다."

"내 권리를 돈으로 사겠다, 그 말이야?"

"이봐, 그게 제일 현명한 방법이야. 우리는 사고방식이 너무 다르니까."

"형은 엘라인의 유산도 지급하기 힘들다면서, 어떻게 내 몫을 지급해줄 생각인데?"

"글쎄, 나는 현금을 말하는 게 아니다." 퍼시벌이 말했다.

"우리는―흠―소유 주식을 나눌 수 있지 않겠니?"

"형은 최상급 주식을 갖고, 나한테는 가장 위험한 것을 떠맡기겠다 이거지?"

퍼시벌이 말했다.

"너는 그런 것들을 더 좋아할 것 같은데?"

란스는 갑자기 씩 웃었다.

"어떤 면으로 보면 형이 옳아. 하지만 나는 전적으로 내가 하고 싶은 대로만 할 수 없잖아. 여기 있는 패트도 생각해줘야 하니까."

두 사람 모두 그녀를 쳐다보았다. 패트는 입을 열었다가 다시 다물었다. 란스가 어떤 게임을 하고 있든 간에 그녀는 간섭하지 않는 게 최선이라고 생각했다. 란스가 어떤 특별한 것을 노리는 건 분명했지만, 그녀는 그의 진짜 목표가 무엇인지 아직 확신할 수 없었다.

"한번 읊어보시지, 퍼시."

란스가 웃으며 말했다.

"가짜 다이아몬드 광산, 거의 나오지 않는 루비 광산, 석유도 안 나오는 광구. 내가 완전히 바보인 줄 아나 봐?"

퍼시가 말했다.

"물론 그중 어떤 것은 굉장히 위험한 게 사실이지만, 잘 기억해둬. 그것들은 굉장히 가치 있는 것으로 변할 수도 있어."

"말투까지 바뀌는군?" 란스는 씩 웃으며 말했다.

"나한테 옛날 블랙버드 광산뿐만 아니라 아버지가 최근에 무모하게 사들인 것까지 떠맡기려고? 그런데 그 경위가 형한테도 블랙버드 광산에 대해서 물어보던가?"

퍼시벌은 얼굴을 찌푸렸다.

"물어보더구나. 나는 그 사람이 무엇을 알고 싶어 하는지 상상할 수가 없어. 그래서 별로 많이 말해 주지도 못했다. 그때 너와 나는 어린애였으니까. 나는 단지 아버지가 그곳으로 갔다 와서 모두 하나같이 쓸모없다고 이야기한 것밖에는 잘 모르겠어."

"그게 뭐였지? 금광이었나?"

"그럴 거야. 아버지는 돌아오셔서 거기에는 금이 하나도 없다고 말씀하셨지. 그런데 말이야, 아버지는 그런 문제를 잘못 생각하실 분이 아니야."

"누가 아버지를 거기로 데려갔지? 매켄지라는 사람이었나?"

"맞아. 매켄지는 거기서 죽었지."

"매켄지가 거기서 죽었다……."

란스가 생각에 잠기며 말했다.

"끔찍한 일이 있었잖아? 기억이 날 것 같기도 한데……, 매켄지 부인이 아니었나? 여기 와서 아버지한테 고래고래 소리치며 욕을 하고 저주를 퍼부었지. 내 기억이 정확한지 모르지만, 그녀는 아버지가 자기 남편을 죽였다고 한 것 같아."

퍼시벌이 말했다.

"저런. 나는 하나도 기억나지 않는걸."

"나는 기억해." 란스가 말했다.

"나는 형보다 훨씬 어렸지. 물론, 아마 그랬기 때문에 더 내 흥미를 끈 건지도 몰라. 어렸을 때 그건 나에게 무슨 소설 이야기 같았거든. 블랙버드는 어디 있지? 서부 아프리카 아닌가?"

"맞아, 그럴 거야."

란스가 말했다.

"그 광구를 조사해봐야겠어. 사무실에 있을 때 말이야."

"너는 정말 믿어도 돼." 퍼시벌이 말했다.

"아버지가 실수하시지 않았다는 것도 말이야. 아버지가 돌아와서 금이 없다고 했으면 거기에는 금이 없는 거야."

"그 점은 형 말이 옳을지도 모르겠군."

란스가 말했다.

"매켄지 부인이 안됐어. 그녀와 그녀가 데리고 왔던 두 아이들은 모두 어떻게 되었을지 궁금하네. 이거 재미있는데, 그들은 지금쯤 분명히 어른이 되었을 텐데."

제20장

파인우드 정신 요양소에서 닐 경위는 응접실에서 머리가 희끗희끗한 나이 많은 부인과 마주 앉아 있었다.

헬렌 매켄지는 예순세 살이었지만, 겉으로는 더 젊어 보였다. 그녀는 엷은 남빛 눈동자의 약간 몽롱한 눈과 약하고 결단력이 없어 보이는 턱을 가지고 있었다. 그녀의 긴 윗입술은 이따금 경련을 일으켰다.

그녀는 무릎에 커다란 책을 꺼내어 놓고 닐 경위가 그녀에게 이야기할 때도 책을 내려다보고 있었다.

닐 경위의 머릿속에 조금 전 요양소장인 크로스비 박사와 나누었던 대화가 떠올랐다.

"그녀는 자진해서 들어온 환자지요." 크로스비 박사가 말했다.

"정신병자라고 증명되지는 않았지만."

"그럼 위험한 상태는 아니군요?"

"오, 물론이죠. 대부분의 시간을 그녀는 당신이나 나처럼 정상적으로 행동한답니다. 지금은 그녀가 좋은 상태에 있으니까 그녀와 정상적인 대화를 나눌 수 있을 겁니다."

이 점을 염두에 두고 닐 경위는 말을 시작했다.

"저를 만나주셔서 대단히 감사합니다, 부인."

닐이 계속 말했다.

"저는 닐이라고 합니다. 최근에 죽은 포트스큐 씨에 대해 알아볼 게 있어서 부인을 찾아뵙게 되었습니다. 렉스 포트스큐 씨라는 사람인데요, 그 이름을 알고 계시리라 믿습니다."

매켄지 부인의 눈은 책에 고정되어 있었다.

"나는 당신이 무엇을 이야기하는지 모르겠어요."

"포트스큐 씨요, 부인. 렉스 포트스큐."

"모르겠는데." 매켄지 부인이 말했다.

"모르겠어, 정말."

닐 경위는 약간 주춤했다. 그는 그녀의 모습을 보고 크로스비 박사가 무엇을 보고 그녀가 완전히 정상이라고 한 것인지 의아스러웠다.

"제 생각으로는 매켄지 부인, 부인은 꽤 오래전에 그를 알았을 텐데요?"

"정말로 몰라." 매켄지 부인이 말했다.

"그것은 어제였어."

"예에?"

닐 경위는 이렇게 말하며, 그의 작전을 약간 불안하게 후퇴시켰다.

"제가 알기로는, 부인은 여러 해 전에 그가 살던 주목나무 오두막집을 찾아갔다고요?"

"아주 화려한 집이었지."

매켄지 부인이 말했다.

"그렇습니다, 예. 그렇게 부를 만도 하지요. 그는 부인의 남편과 어떤 관련을 맺고 있었다고 들었는데, 제가 알기로는 아프리카에 있는 어떤 광산 때문에 말입니다. 블랙버드 광산이라는 것 같던데."

"나는 책을 읽어야 해요." 매켄지 부인이 말했다.

"시간이 별로 없어서 책을 읽어야 해요."

"예, 부인. 잘 알고 있습니다."

잠깐 멈추었다가 닐 경위가 계속했다.

"매켄지 씨와 포트스큐 씨는 그 광산을 조사하려고 함께 아프리카로 갔죠?"

"그것은 내 남편의 광산이었어." 매켄지 부인이 말했다.

"남편이 그것을 발견하고는 불하 청구를 냈지. 남편은 거기에 투자하려면 돈이 필요했어. 그래서 렉스 포트스큐를 찾아갔지. 내가 좀더 현명했더라면, 내가 조금만 더 많이 알았더라면, 그를 말렸을 텐데."

"그러셨겠죠. 이해합니다. 그들은 함께 아프리카로 갔다가, 거기서 부인의 남편은 열병으로 돌아가셨다고요?"

"나는 책을 읽어야겠어요."

매켄지 부인이 말했다.

"포트스큐 씨가 블랙버드 광산에 대해 부인의 남편에게 사기를 쳤다고 생각하십니까, 매켄지 부인?"

시선을 여전히 책에 고정한 채 매켄지 부인은 이렇게 말했다.

"정말 어리석은 사람이군."

"예, 예, 저……, 그렇지만 아주 오래전 일인데다, 오래전에 끝난 일이어서 조사하는 데 어려움이 있습니다."

"누가 그것이 끝났다고 그래?"

"예, 예……, 그럼 끝났다고 생각하지 않으십니까?"

"어떠한 문제도 그것이 올바르게 해결될 때까지는 끝난 것이 아니야. 키플링(1865~1936, 영국의 소설가)이 그렇게 말했지. 요즈음은 아무도 키플링을 읽지 않지만, 그는 위대한 사람이었어."

"부인은 그 문제가 이제 와서 제대로 해결되리라고 생각하십니까?"

"렉스 포트스큐는 죽었잖아? 당신이 그렇게 말했어."

"그는 독살되었습니다."

닐 경위가 말했다.

메켄지 부인은 좀 불안을 느낄 정도로 웃었다.

"무슨 소리야? 그는 열병으로 죽었는데."

"저는 렉스 포트스큐 씨에 대해 이야기하고 있습니다."

"나도 그래."

그녀는 갑자기 머리를 들고는 엷은 남색 눈을 그에게 고정했다.

"참, 그런데, 그는 침대에서 죽지 않았어? 그는 침대에서 죽었지?"

닐 경위가 말했다.

"그는 세인트 주드 병원에서 죽었습니다."

"내 남편이 어디에서 죽었는지는 아무도 몰라."

매켄지 부인이 말했다.

"그가 어떻게 죽었는지, 어디에 묻혀 있는지 아무도 모른단 말이야……. 사람들이 알고 있는 건 모두 렉스 포트스큐가 말한 것뿐이지. 렉스 포트스큐는 거짓말쟁이란 말이야!"

"불법 행위가 있었을지도 모른다는 겁니까?"

"불법 행위? 불법 행위라……, 닭은 달걀을 낳지."

"부인은 렉스 포트스큐가 남편의 죽음에 책임이 있다고 생각하십니까?"

매켄지 부인이 말했다.

"나는 오늘 아침식사로 달걀을 먹었는데, 그것도 아주 싱싱하더군. 놀라운 일이야. 그것이 30년 전이었다는 것을 생각해 보면 말이야."

닐은 크게 숨을 내쉬었다. 이런 상태로는 어떤 결론에도 도달할 것 같지 않았지만 그는 꾹 참았다.

"누군가 렉스 포트스큐의 책상 위에 그가 죽기 한두 달 전쯤에 죽은 지빠귀를 갖다 놓았습니다."

"그거 재미있군. 아주아주 재미있는 일인데."

"누가 그랬는지 부인은 혹시 짐작하고 계십니까?"

"생각만 해서는 아무 도움도 안 돼. 행동으로 옮겨야지. 나는 그 애들이 항상 행동에 옮길 수 있도록 길렀지."

"부인의 아이들 말씀입니까?"

그녀는 머리를 재빨리 끄덕였다.

"그래요. 도널드와 루비라고 하는데, 그 애들은 아홉 살, 일곱 살이 되었을 때 아버지를 잃었어. 나는 그 애들에게 말했지. 매일같이 말했어. 매일 밤 그것을 맹세하게 했단 말이야."

닐 경위는 몸을 앞으로 내밀었다.

"무엇을 맹세하게 하셨는데요?"

"그들이 그를 죽였다는 거지, 물론."

"오, 그렇군요."

닐 경위는 그것이 가장 합당한 대답인 것처럼 말했다.

"그들이 그랬군요?"

"도널드는 던커크로 갔어. 그리고 다시는 돌아오지 않았지. '전투 중 사망했음을 깊이 애도함'이라고 쓰인 전보만 한 장 왔지. 행동은 행동이지만, 나쁜 종류의 행동이었어."

"안됐습니다, 부인. 당신의 딸은 어떻게 되었습니까?"

매켄지 부인이 말했다.

"난 딸이 없어."

"방금 부인이 루비라고 말씀하셨잖아요? 루비라고."

"루비? 맞아, 루비지."

그녀는 몸을 앞으로 내밀었다.

"내가 루비한테 무엇을 했는지 알고 있수?"

닐이 물었다.

"아니요, 부인. 무엇을 했는데요?"

그녀는 갑자기 작은 목소리로 말했다.

"여기 책을 좀 봐요."

그는 그녀가 무릎에 펼쳐놓은 책이 성경이라는 것을 그제야 알았다. 그것은 아주 오래된 성경이었는데, 그녀가 그것을 펼치자 여러 개의 이름들이 적혀 있었다. 그것은 구식 관습에 따라 새로 아이가 태어날 때마다 이름을 적어 넣는 가족 성경임이 분명했다.

매켄지 부인의 가느다란 손가락이 마지막 두 이름을 가리켰다. 생년월일을 옆에 각각 적어놓은 '도널드 매켄지'와 '루비 매켄지'라는 이름이었다. 그런데 루비 매켄지 이름에는 굵은 선이 그어져 있었다.

"알겠어?" 매켄지 부인이 말했다.

"나는 이 책에서 그 애를 삭제했어. 영원히 그 애를 삭제한 거야! 기록하는 천사도 그 애의 이름을 찾을 수 없을걸."

"책에서 그녀의 이름을 삭제한다고요? 왜요, 부인?"

매켄지 부인은 그를 약삭빠르게 쳐다보며 말했다.

"이유를 알면서."

"모르는데요. 정말, 부인, 저는 모릅니다."

"그녀는 맹세를 지키지 않았어. 그녀가 맹세를 지키지 않았다는 걸 알고 있잖아."

"지금 따님은 어디 있습니까, 부인?"

"말했잖아, 나에게는 딸이 없다고. 루비 매켄지라는 애는 더 이상 존재하지 않아."

"죽었다는 말입니까?"

"죽었냐고?"

그 여자는 갑자기 웃었다.

"차라리 죽었다면 그 애를 위해 더 나을 뻔했지. 훨씬 낫지. 암, 훨씬, 훨씬 나아."

그녀는 한숨을 쉬며 침착하지 못하게 그녀의 의자를 돌렸다. 그러더니 갑자기 정중한 태도를 갖추며 이렇게 말했다.

"대단히 유감스럽지만, 정말 더 이상은 당신과 이야기를 할 수 없을 것 같군요. 요즈음은 해가 짧아져서. 나는 책을 읽어야겠어요."

닐 경위가 몇 마디 더 말을 건네 보았지만 매켄지 부인은 아무 반응도 보이지 않았다. 그녀는 단지 화가 난 듯한 몸짓으로 자기가 읽은 구절을 따라 손가락으로 줄을 그으며 성경을 계속 읽어 내려갔다.

닐은 일어나서 나왔다.

그는 소장과 다시 이야기를 나누었다.

"친척들이 그녀를 만나러 옵니까? 예를 들어 딸이라도?"

"내가 알기로는 내 전임자가 맡고 있을 때 딸이라는 여자가 그녀를 만나러 왔다고 합니다. 하지만 그녀의 방문으로 환자가 너무 흥분해서 그가 그녀에게 다시는 오지 말라고 한 모양이더군요. 그때부터 모든 일은 변호사를 통해 조정되고 있습니다."

"그럼, 루비 매켄지가 지금 어디에 살고 있는지 전혀 모르겠군요?"

관리자는 고개를 저었다.

"나로서는 아는 바가 하나도 없습니다."

"그녀가 결혼했는지 안 했는지도 모르겠군요?"

"모르지요. 내가 할 수 있는 일이라고는 우리와 거래를 하는 변호사의 주소를 알려주는 것뿐입니다."

닐 경위는 이미 그 변호사들에게 찾아가서 철저하게 조사해 보았다.

하지만 변호사들은 아무것도 알려줄 게 없었다. 아니, 그들의 말에 따르면 그렇다는 것이다. 매켄지 부인을 위해 신탁 예금이 들어 있어서 그들이 관리해 주고 있었다. 그러한 일은 몇 년 전에 부탁받았으며, 그들은 그 뒤로는 매켄지 양을 못 보았다고 했다.

닐 경위는 루비 매켄지에 대한 설명을 좀 얻어 보려 했으나 결과는 신통치 못했다. 그 뒤 몇 년이 지나는 동안 너무 많은 친척이 환자들을 방문하러 왔기 때문에, 이 사람 저 사람이 한데 섞여 그녀의 모습이 희미하게 기억될 수밖에 없었다.

요양소에 몇 년 있었다는 보모는 매켄지 양이 작고 피부가 검었다는 것을 기억해냈다. 그리고 그곳에 상당 기간 근무했다는 한 간호사는 그녀가 건강한 체격에 아름다웠다고 했다.

"어떻습니까, 부국장님?"

닐 경위는 부국장에게 보고하며 말했다.

"여기에는 정말로 미친 음모가 들어 있고, 또 그것들이 잘 맞아떨어지는 것 같습니다. 여기에는 틀림없이 어떤 의미가 담겨 있을 겁니다."

부국장은 생각에 잠긴 채 머리를 끄덕였다.

"파이 속에 들어 있던 지빠귀는 블랙버드 광산과 연결되고, 죽은 사람의 호주머니에는 호밀이 들어 있었고, 꿀 바른 빵은 아델 포트스큐의 차에 곁들여졌지. 하지만 그것은 결정적인 것이 못돼. 어떤 사람이라도 차를 마실 때 빵과 꿀을 먹을 수 있으니까! 세 번째로 살해된 하녀는 스타킹에 목이 졸리고 빨래집게가 코에 집혀 있었지. 그래, 이러한 구상이 아무리 미친 짓이라고 해도, 그런 것들을 확실히 무시할 수는 없지."

"잠깐만요, 부국장님." 닐 경위가 말했다.

"뭔가?"

닐은 잔뜩 찌푸리고 있었다.

"방금 말씀하신 것 말이에요, 옳게 들리지가 않았는데요. 어디에선가 잘못되어 있었어요."

그는 머리를 갸웃거리며 한숨을 내쉬었다.

"아닙니다. 분간을 못 하겠습니다."

제21장

1

란스와 패트는 주목나무 오두막집을 둘러싼 잘 가꾸어진 대지를 걸어가고 있었다.

"내가 무슨 말을 하더라도 기분 나빠 하지 마세요, 란스."

패트는 조그만 목소리로 이렇게 말했다.

"이 정원은 내가 여태껏 본 것 중에서 가장 불쾌한 정원이에요."

"기분 나쁘지 않아." 란스가 말했다.

"하지만 나는 정말 잘 모르겠는걸. 아주 성실한 정원사들 세 명이 돌보는 것 같던데."

패트가 말했다.

"아마 그 점이 바로 잘못된 걸 거예요. 지출도 줄이지 못하고, 개성적인 면도 안 보이고 온통 철쭉에다, 계절에 따라 피는 종류만 가득할 뿐이에요."

"그럼, 당신이라면 영국식 정원에 무엇을 심겠어, 패트? 만일 정원이 있다면?"

패트가 말했다.

"제가 가꾸는 정원에는 접시꽃과 참제비고깔과 풍경초가 있을 거예요. 화단도 없을 거고, 이 끔찍한 주목나무도 없을 거예요."

그녀는 비난이라도 하듯 검은 주목나무 울타리를 흘끗 올려다보았다.

"연상 작용이야."

란스는 간단히 말해버렸다.

"독살범에게는 놀랄 만큼 끔찍한 점이 있는 것 같아요."

패트가 말했다.

"뿌리 깊은 복수심에 불타는 사람이 틀림없을 거예요."

"당신이 그것을 어떻게 알아? 재미있는데! 나는 단지 사무적이고 냉혈한 사람일 거라고 생각하는데."

"그런 식으로도 볼 수 있을 것 같아요."

그녀는 약간 몸서리를 치며 말했다.

"그렇지만 세 명이나 죽인다는 것은……, 누가 했던지 간에 미친 게 틀림없어요."

란스가 낮은 목소리로 말했다.

"그래, 그런 것 같아."

그러더니 갑자기 소리쳤다.

"제발, 패트, 이 집에서 나가지그래. 런던으로 돌아가. 데번셔로 내려가거나 호수 지방으로 올라가면 되잖아? 스트라트포드 온에이븐에 가거나 노포크 호수에 가서 구경하도록 해. 경찰들도 당신이 가는 것에는 신경 쓰지 않을 거야. 당신은 이 사건들과 아무런 관계도 없잖아. 당신은 우리 아버지가 살해되었을 때 파리에 있었고, 다른 두 사람이 죽었을 때는 런던에 있었잖아. 나는 당신이 여기서 혹시라도 죽음을 당할까 봐 걱정돼."

패트는 잠깐 멈추었다가 조용하게 말했다.

"당신은 누구인지 알고 있죠?"

"아니야, 몰라."

"하지만 당신은 알고 있다고 생각하잖아요. 그래서 저 때문에 당신이 걱정하는 거예요. 저에게 말해 주세요."

"당신한테 말할 수가 없어. 나는 아무것도 모르니까. 하지만 나는 당신이 이곳을 떠났으면 좋겠어."

패트가 말했다.

"여보, 저는 가지 않을 거예요. 여기에 머물러 있겠어요. 앞으로 어떤 일이 닥치더라도 말이에요. 저는 그렇게 할 생각이에요."

그녀는 갑자기 내뱉듯이 이렇게 덧붙였다.

"저와 있으면 항상 일이 나빠지는 것 같아요."

"아냐, 그렇지 않아."

"저는 불행을 가지고 오나 봐요. 제 말은 그런 뜻이에요. 저는 저와 관계를 맺는 어떤 사람에게든지 불행을 안겨줘요."

"요 사랑스러운 멍청이, 당신은 나에게 불행을 가져다주지 않았어. 당신과 결혼한 뒤에 아버지가 나에게 집으로 돌아와 잘해 보자며 편지를 보낸 것을 생각해봐."

"그런데 당신이 집에 왔을 때 무슨 일이 일어났죠? 정말 저는 사람들에게 재수 없는 여자인가 봐요."

"들어봐요, 여보. 당신은 예전 일들 때문에 괜한 걱정만 늘었어. 그것은 순전히 미신이라고."

"저도 어쩔 수 없어요. 사람들 중에는 불행을 가져오는 사람도 있어요. 제가 그중 한 사람이고요."

란스는 그녀의 어깨를 붙잡고 격렬하게 흔들었다.

"당신은 나의 패트고, 당신과 결혼한 것이 내게는 이 세상 무엇보다도 큰 행운이었어. 그러니 그 어리석은 머리에 내 생각을 좀 집어넣으란 말이야."

그러더니 마음을 진정시키며 그는 좀더 진지한 목소리로 말했다.

"하지만 정말, 패트, 아주 조심해야 해. 여기에 미친 사람이 정말 있다면, 나는 당신이 그 녀석의 총에 맞아 죽거나 사리풀에서 뽑은 독을 마시는 사람이 되기를 원치 않아."

"아니, 어쩌면 당신 말대로 사리풀 독을 마실지도 몰라요."

"내가 주위에 없을 때는 그 할머니한테 꼭 붙어 있어. 마플 양이라는 사람 말이야. 에피 이모님이 왜 그녀를 여기에 머물도록 했는지 알아?"

"에피 이모님의 생각을 아는 사람이 누가 있겠어요, 란스? 우리는 여기에 얼마나 머무르나요?"

란스는 어깨를 으쓱했다.

"말하기 어렵군."

패트가 말했다.

"제 생각에 우리는 그다지 환영받는 것 같지 않아요."

그녀는 좀 망설이다 말했다.

"이 집은 이제 당신 형이 주인 아니에요? 그는 우리가 여기 있는 것을 원하지 않잖아요?"

란스는 갑자기 낄낄거리며 웃었다.

"원하지 않겠지. 하지만 당분간은 우리를 책임져야 할 형편이니까."

"그럼, 그 뒤에는요? 어떻게 하실 작정이세요, 란스? 동부 아프리카로 돌아가시겠어요, 아니면……?"

"당신은 그렇게 하고 싶어, 패트?"

그녀는 머리를 힘차게 끄덕였다.

"다행이군." 란스가 말했다.

"나도 그렇게 하고 싶거든. 이 나라는 요즘 그다지 마음에 들지 않아."

패트의 얼굴이 밝아졌다.

"정말 멋있어요. 당신이 지난밤 말하는 것을 듣고 나는 당신이 여기에 머물려고 하는 건 아닌지 걱정했어요."

"우리들의 계획에 대해서는 입을 꼭 다물고 있어야 해, 패트."

무서운 섬광이 란스의 눈에서 번득였다.

"나는 퍼시벌 형의 꼬리를 조금 뒤흔들어 놓을 생각이야."

"오, 란스, 조심하세요."

"조심해야지. 여보, 그런데 나는 퍼시가 그 모든 것을 어떻게 벌도 안 받고 해내는지 모르겠어."

2

마플 양은 널따란 응접실에서 퍼시벌 포스트스큐 부인의 이야기를 듣고 있었는데, 머리를 한쪽으로 약간 기울인 모습이 마치 상냥한 앵무새처럼 보였다. 마플 양은 정말 그 응접실에 어울리지 않았다. 그녀의 가냘프고 검소한 몸매는 여러 가지 색깔의 쿠션이 널려 있는 거대한 비단 무늬 소파와 조화를 이루지 못했다.

마플 양은 소녀 시절에 의자에 앉을 때는 축 늘어진 채 뒤에 기대지 말고

척추 교정판을 사용하라고 배웠기 때문에, 지금까지도 아주 꼿꼿하게 앉아 있었다. 그녀 옆에 있는 거대한 안락의자에 검은 옷을 차려입은 퍼시벌 부인이 앉아 수다스럽게 쉴 새 없이 떠들어 대고 있었다.

마플 양은 이렇게 생각했다.

'은행 지배인 부인인 에미트 부인 같군.'

어느 날 에미트 부인이 찾아와서 휴전 기념일을 위한 판매 계획을 이야기 했었는데, 그 일을 서두로 해서 말을 꺼내기 시작하더니 말하고 또 말하고 끊임없이 말을 했던 일이 있었다.

에미트 부인은 세인트 메리 미드에서 좀 어려운 위치에 놓여 있었다. 교회 근처에 옹기종기 모여 살며, 엄격히 말해서 그들 자신은 지방 토호들도 아니면서 지방 토호들에 대해서라면 속속들이 아는 부인네들의 모임에도 그녀는 속해 있지 않았다.

은행 지배인인 에미트 씨는 자기보다 지체가 낮은 여자와 결혼한 것이 분명하며, 그 결과 그의 아내는 소매상 부인들과도 교제할 수 없었기 때문에 굉장히 외로운 지경에 이르고 말았다. 속물근성이라는 것이 그 가증스러운 머리를 쳐들어 에미트 부인을 고독이라는 섬에 영원히 고립시킨 것이다.

대화의 궁핍이 에미트 부인 내부에서 점점 자라난 데다, 마침 그날 위험 수위가 갑자기 터져서 마플 양이 그 급류를 완전히 뒤집어쓰게 되었다. 그녀는 그때 에미트 부인이 좀 안됐다 싶었는데, 오늘은 퍼시벌 포트스큐 부인이 좀 불쌍하게 여겨졌다. 그동안 불만을 가득 품어왔던 퍼시벌 부인은 낯선 사람에게 그런 것들을 말해버림으로써 굉장한 위안을 받고 있었다.

"물론 저는 결코 불평하고 싶지 않아요."

퍼시벌 부인이·말했다.

"저는 불평 따위는 결코 안 해요. 저는 선한 사람은 참을성이 있어야 한다는 주의예요. 치유될 수 없는 것은 참아야죠. 나는 누구한테 건 입 한 번 뻥긋 안 했어요. 이야기할 만한 사람을 찾기도 정말 어려웠고요. 어떤 면으로 보면 이 집에 있는 사람들은 모두 굉장히 고립되어 있어요. 그것은 물론 아주 편리한 면도 있긴 하죠. 우리는 이 집에서 따로 독립된 방을 쓰기 때문에 경제적으로는 무척 절약돼요. 그렇지만 물론 자기 집에 사는 것 같지 않았어요. 부인께서도 이 점은 이해하시죠?"

마플 양은 그렇다고 말했다.

"다행히도 우리는 새집으로 이사할 준비가 거의 되어가고 있답니다. 칠장이와 실내 장식업자들의 일만 남았어요. 그 사람들은 너무 꾸물거려요. 남편은 물론 여기서 사는 것을 아주 만족해한답니다. 남자들에게는 다른 문제니까요. 항상 하는 말이지만, 남자들에게는 아주 다른 문제죠. 그렇지 않나요?"

마플 양도 남자들이 아주 다르다는 사실에 동의했다. 그녀도 정말 그렇게 생각했기 때문에 아무 거리낌 없이 그렇다고 말할 수 있었다. '남성들은 마플 양이 속해 있는 성(性)하고는 완전히 다른 범주에 있었다. 그들은 아침식사로 달걀 두 개와 베이컨을, 또 하루 세끼 모두 영양이 풍부한 식사를 원했으며, 저녁식사 전에는 절대로 반론을 편다거나 논쟁을 벌이지 않았다.

퍼시벌 부인은 계속해서 말했다.

"우리 남편은 이미 아시겠지만, 종일 시내에 나가 있어요. 집으로 돌아올 때쯤이면 완전히 녹초가 되어 그냥 앉아서 책이나 읽고 싶어 한답니다. 하지만 저는 그 반대로 마음에 맞는 친구 하나 없이 종일 혼자 있는 거예요. 저는 더할 나위 없이 편하게는 지내요. 음식도 최고급이고. 하지만 사람들에게는 사교라는 것이 필요한 것 같아요. 이 부근 사람들은 정말 저하고는 취미가 맞지 않아요. 그들 중 일부는 소위 겉만 번지르르해서 브리지나 하는 족속들이죠, 썩 잘하지도 못하면서. 저도 누구 못지않게 브리지를 좋아하지만, 여기 사는 사람들은 모두 엄청난 부자들이라서요. 거액의 도박을 즐기며, 진탕 술을 마셔 대죠. 실상은 일종의 무척 방탕한 사회라고 할 수 있어요. 그리고 모종삽을 들고 어정어정 돌아다니며 정원 가꾸기를 좋아하는 소위 늙은 고양이들도 드물어요."

사실 마플 양은 지독히도 정원 가꾸는 일을 즐기는 사람이었기 때문에 그 말을 듣는 게 약간 거북스러웠다.

"죽은 사람을 놓고 뭐라고 하고 싶지는 않아요."

퍼시 부인은 재빨리 말을 이었다.

"하지만 그것만은 의심할 여지가 없어요. 시아버님인 포트스큐 씨 말이에요. 그 재혼은 정말 너무 어리석었다고요. 글쎄, 저는 그녀를 도무지 시어머니라고 부를 수 없었어요. 그녀는 저하고 나이가 같았거든요. 바른 대로 말해서 그녀는 남자에게 미쳤어요. 정말 완전히 미쳤지요. 그리고 돈은 또 얼마나 써댔는지 몰라요! 시아버님은 그녀에 대해서는 완전히 바보였어요. 그녀의 청구서가 얼마가 됐든 통 신경을 쓰지 않았죠. 그 때문에 퍼시는 무척, 정말 무척 화를 냈답니다. 퍼시는 항상 돈 문제에 대해서는 상당히 신중했으니까요. 그는 낭비를 지독히도 싫어해요. 게다가 시아버님은 성격이 너무 이상하고 괴팍해서 걸 핏하면 흥분하여 벌컥 화를 내거나 엉뚱한 데다 돈을 물 쓰듯이 써댔죠. 하여 튼, 결코 좋지 않았어요."

마플 양이 끼어들었다.

"그것도 당신 남편을 꽤 걱정시켰겠군요?"

"오, 예, 그랬죠. 올해 들어 계속 퍼시는 정말 무척이나 걱정했답니다. 그 때문에 그는 얼마나 달라졌는지 몰라요. 그는 심지어 저한테까지 태도가 변했어요. 어떤 때는 제가 말을 해도 대답도 않곤 했답니다."

퍼시 부인은 한숨을 쉬고는 계속 말을 이었다.

"그리고 시누이 엘라인은 정말 이상한 아가씨예요. 거의 집 밖에서 살다시피 하죠. 뭐 꼭 박정하다고는 할 수 없지만, 마음이 맞지 않아요. 그녀는 런던이나 상점에는 결코 가고 싶어 하지도 않고, 연극 따위는 보러 가지 않는답니다. 심지어 옷에도 흥미가 없어요."

퍼시벌 부인은 또 한숨을 쉬더니 이렇게 중얼거렸다.

"하지만 저는 어찌 됐든 불평은 하고 싶지 않아요."

조금 양심의 가책을 느꼈던 모양인지 그녀는 허둥지둥 이렇게 말했다.

"처음 보는 사람에게 이런 말을 한다고 아주 이상하다고 생각하시겠죠? 하지만 정말 그동안 얼마나 긴장하고 충격을 받았는지, 정말 대단한 충격이었어요. 그런 일이 계속 일어났잖아요. 저는 신경과민에 시달리고 있기 때문에, 누구에게든 말해야만 할 것 같았어요. 당신을 보니, 트리퍼시스 제임스 양이라는 어떤 노부인이 무척 생각나는군요. 그녀는 일흔다섯 살 때 대퇴골이 골절되었죠. 저는 그녀를 굉장히 오랫동안 간호했는데, 그 바람에 우리는 무척 친한 친구가 되었답니다. 그녀는 제가 떠날 때 여우 털모자를 줬지요. 좋은 분이었어요."

"나는 당신이 어떤 처지인지 잘 알고 있답니다."

마플 양이 말했다. 이 말도 진실이었다.

퍼시벌 부인의 남편은 그녀에게 싫증 난 것이 분명하며, 그녀에게 전혀 신경 쓰지 않았다. 게다가 이 가련한 여인은 근처에 친한 친구 한 명 사귀지 못했다. 매일 런던으로 가서 쇼핑이나 하고, 연극을 구경하고, 자기가 가서 살 호화로운 주택이나 쫓아다녀 봤자 시댁 식구와의 관계에서 결핍된 애정에 대한 보상은 되지 못했다.

"이렇게 말한다고 너무 무례하다고는 생각하지 마세요."

마플 양이 상냥한 노부인의 목소리로 말했다.

"돌아가신 포트스큐 씨는 그다지 좋은 사람이 아니었던 것 같군요."

"옳으신 말씀이에요." 그의 며느리가 말했다.

"솔직하게 말씀드려서, 우리끼리니까 이야기하지만 그분은 혐오스러운 노인이었어요. 그분에 대해 그렇게 생각하지 않을 사람이 있을지 정말 의심스럽군요."

"누가 그랬는지는 전혀 모르고……."

마플 양은 말을 꺼내려다가 말았다.

"오, 맙소사! 이런 질문은 하지 않아야 마땅하겠지만, 혹시 누가, 정말 누가 그랬는지 전혀 모르나요?"

"오, 저는 그 보기만 해도 소름 끼치는 크럼프 짓인 것 같아요."

퍼시벌 부인이 말했다.

"저는 늘 그가 도무지 마음에 들지 않았어요. 그의 태도는 겉보기엔 무례하다고 할 수 없지만, 그래도 어딘지 무례한 데가 있어요. 건방져요, 확실히."

"그렇다고 해도 동기가 있어야 할 게 아니에요?"

"그런 사람도 그리 대단한 동기가 있어야 일을 저지르는 건지 정말 모르겠군요. 아버님이 그를 좀 나무랐을 거예요. 그리고 가끔 그는 술을 너무 많이 마시는 것 같더군요. 그것보다도 그는 머리에 이상이 있는 사람이 틀림없어요. 그 마부인지 집사인지 하는, 집을 돌아다니며 닥치는 대로 쏘아댄 사람처럼 말이에요. 물론, 아주 솔직하게 말씀드린다면 저는 처음에 시아버님을 죽인 사람이 아델이라고 생각했죠. 그렇지만 그녀도 독살되었으니 의심할 수가 없죠. 혹시 그녀가 크럼프를 꾸짖었는지도 모르죠. 그래서 그는 화가 나서 샌드위치 속에 독약을 넣었는데, 글레이디스한테 그것을 들키자 그녀도 죽여 버린 것인지도 몰라요. 집 안에 그를 둔다는 것은 정말 위험한 일이라고 생각해요. 오, 정말 저는 나가버리고 싶어요. 하지만 무서운 경찰들이 그러지 못하도록 하겠죠."

그녀는 갑자기 몸을 앞으로 기울이더니 마플 양의 팔에 포동포동한 손을 얹었다.

"간혹 저는 정말 떠나야겠다고 느껴요. 일이 빨리 끝나지 않으면 그렇게 할 거예요. 정말로 달아나 버리겠어요."

그녀는 마플 양의 얼굴을 살피며 몸을 뒤로 기댔다.

"그렇지만 아마……, 그것은 현명한 처신이 못되겠죠?"

"그럼요, 아주 현명하지 못한 거죠. 경찰은 당신을 금방 찾아낼 수 있을 테니까요."

"그래요? 정말 그 사람들한테 그런 능력이 있나요? 부인은 그들이 그렇게 똑똑하다고 생각하세요?"

"경찰을 얕잡아보는 건 지극히 어리석은 짓이에요. 닐 경위는 매우 유능한 남자 같던데."

"어머! 저는 그 사람이 좀 어리석은 줄 알았어요."

마플 양은 머리를 흔들었다.

"저는 여기에 머무르면서……."

제니퍼 포트스큐가 망설이며 말했다.

"위험을 느끼지 않을 수 없어요."

"당신에게 위험하다는 말인가요?"

"예, 말하자면 그런 셈이지만……."

"당신이 뭔가를, 알고 있기 때문에?"

퍼시벌 부인은 한숨을 쉬는 것 같았다.

"오, 아니에요. 제가 무엇을 알다니요? 제가 알면 뭘 알겠어요? 그냥 단지, 신경과민 때문이에요. 그 크럼프라는 사람이……."

그러나 마플 양은 제니퍼가 손을 쥐었다 풀었다 하는 것을 지켜보며 그녀가 걱정하는 것은 크럼프 때문이 아니라는 생각이 들었다. 마플 양의 생각으로는 제니퍼 포트스큐는 어떤 다른 이유로 정말 아주 심한 두려움에 떠는 것 같았다.

제22장

날이 점점 어둑어둑해지고 있었다. 마플 양은 뜨개질하던 것을 들고 서재의 창문가로 갔다. 유리창을 내다보니 패트 포트스큐가 테라스에서 이리저리 서성거리고 있었다.

마플 양은 창문을 열고 소리쳤다.

"들어와요. 어서 들어와요. 외투도 입지 않고 바깥에 나가 있기에는 날씨가 너무 차고 습해요."

패트는 그 말에 순순히 따랐다. 그녀는 들어와서 창문을 닫고 램프를 두 개 켰다.

"그래요. 별로 좋은 오후는 아니군요."

그녀는 소파의 마플 양 곁에 앉았다.

"무엇을 뜨고 계시나요?"

"오, 그냥 평범한 외투를 조그맣게 짜고 있다오. 아기에게 주려고. 젊은 엄마들은 아기를 위해 외투를 너무 크게 준비하는 경향이 있어요. 이건 2사이즈예요. 나는 항상 2사이즈로 짜죠. 아기들은 너무 빨리 자라서 1사이즈로 하면 금방 안 맞거든."

패트는 긴 다리를 불 쪽으로 쭉 뻗으며 말했다.

"오늘은 이곳이 좋군요. 벽난로가 있고, 램프가 있고, 아기를 위해 뜨개질하는 당신도 있으니 말이에요. 아늑하고 가정적인 모습. 영국도 좀 그랬으면 좋겠어요."

"영국도 그래요." 마플 양이 말했다.

"주목나무 오두막집 같은 곳은 그렇게 흔하지 않을 거예요."

"다행이군요." 패트가 말했다.

"이 집은 그렇게 행복한 곳 같지 않아요. 엄청난 돈과 물건을 소유하고 있으면서도 단 한 사람도 행복해 보이지 않아요."

마플 양이 동의했다.

"맞아요. 행복한 집이라고는 할 수 없죠."

"아델은 어쩌면 행복했을지도 모르겠군요." 패트가 말했다.

"그녀를 한 번도 만나보지 못했으니 알 수 없지만요. 하지만 제니퍼는 아주 비참한 상태이고, 엘라인은 어쩌면 마음 깊은 곳에서는 그 남자가 자기를 좋아하지 않는다는 것을 알면서도 자기가 좋아하기 때문에 어쩔 수 없이 이끌려가는 것 같아요. 오, 저는 얼마나 이곳을 떠나고 싶은지 몰라요!"

그녀는 마플 양을 쳐다보고는 갑자기 웃었다.

"글쎄, 란스가요. 저한테 가능한 당신 가까이에 붙어 있으라고 했답니다. 그는 그게 안전할 거라고 생각하나 봐요."

마플 양이 말했다.

"당신 남편은 바보가 아니군요."

"정말이에요. 란스는 어리석지 않아요. 어떤 면에서는 그런 점이 있긴 하지만요. 저는 그가 무엇을 두려워하는지 저한테 정확하게 말해 주었으면 좋겠어요. 한 가지만은 아주 확실한 것 같아요. 이 집에는 어떤 미친 사람이 있는 게 분명하고, 그 사람의 마음이 어떻게 변할지는 아무도 모르기 때문에 사람들은 항상 두려움에 떤다는 거죠. 다음에 그 사람이 무슨 짓을 저지를지 아무도 모르잖아요?"

"너무 걱정하지 마요." 마플 양이 말했다.

"오, 괜찮아요. 저는 지금 마음을 아주 단단히 먹고 있어야 해요."

마플 양이 상냥하게 말했다.

"당신은 불행을 상당히 많이 겪어봤나 보군요?"

"예, 꽤 여러 번 경험했죠. 아일랜드에서 지냈던 어린 시절은 무척 행복했어요. 말을 타고 사냥도 다니고, 꾸밈이 없는 커다란 집에는 항상 바람이 잘 통하고 햇빛이 굉장히 많이 들었죠. 행복했던 어린 시절이란 것은 아무도 빼앗아 갈 수 없는 것 아닐까요? 그런데 그 뒤, 제가 어른이 되었을 때부터 일이 항상 잘 안 되는 것 같았어요. 그건 전쟁에서부터 시작되었죠."

"당신 남편이 전투기 조종사였다고 했죠?"

"예, 우리가 결혼한 지 겨우 한 달 정도밖에 안 되었을 때 남편이 포탄에 맞아 떨어졌어요."

그녀는 앞에 있는 불만 응시했다.

"처음에는 저도 함께 죽고 싶었어요. 너무 부당하고, 너무 잔인한 것 같았어요. 그러나 결국, 저는 그것이 훌륭한 일이었다는 것을 깨닫기 시작했죠. 남편은 훌륭하게 전사했어요. 용감하고 겁이 없고 쾌활했어요. 그는 전쟁이 요구하고 필요로 하는 모든 자질을 갖추고 있었죠. 그러나 평화라는 것이 그에게 어울렸으리라고는 믿지 않아요. 그에게는 일종의······, 어떻게 표현해야 할까요? 오만한 반항 기질이 있었어요. 남과 어울린다거나 정착하려 들지 않았죠. 무슨 일에든 반기를 들고 나서는 편이었어요. 어떤 면으로는······, 글쎄요, 반사회적이라고나 할까요. 어쨌든 조화를 이루지 못했어요."

"그것을 깨달았다니 현명하군요."

마플 양은 뜨개질하던 것에 몸을 구부리고 한 코를 뜬 다음 작은 목소리로 코를 세었다.

"바탕색 세 코, 보라색 두 코, 한 코가 빠졌군. 두 코를 한꺼번에 짜버렸어."

큰소리로 말하던 마플 양이 물었다.

"그리고 두 번째 남편은?"

"프레디요? 프레디는 자살했어요."

"오, 세상에! 얼마나 슬펐어요, 그래? 게다가 얼마나 속상했을까?"

"우리는 아주 행복했어요." 패트가 말했다.

"저는 우리가 결혼한 지 2년쯤 되었을 때 프레디가, 그러니까 그가 항상 솔직하지는 않다는 걸 깨닫기 시작했어요. 그런 종류의 일들이 진행되고 있다는 것을 발견했죠. 하지만 그것은 우리 둘 사이에는 별문제가 되지 않았어요. 프레디도 저를 사랑했고, 저도 그를 사랑했으니까요. 저는 무슨 일이 진행되건 모르는 척하려고 노력했어요. 제가 소심했던 것 같지만, 저는 그를 변화시킬 수 없었어요. 사람이 사람을 변화시킬 수는 없잖아요?"

마플 양이 말했다.

"그렇죠. 사람의 힘으로는 상대방을 변화시킬 수 없답니다."

"저는 그를 만나 사랑을 하고, 그 사람 자체가 좋아서 결혼한 거니까, 그것을 그냥, 견뎌내야 한다는 생각이 들더군요. 그런데 일이 잘못되었고, 그는 그것을 받아들일 수가 없었기 때문에 총으로 자기를 쏜 거예요. 그가 죽은 뒤 저는 케냐로 가서 친구 몇 명과 함께 지냈어요. 영국에서는 더 이상 견딜 수 없었고, 또 그 일에 대해 모두 아는 사람들뿐이라서 그들과 마주할 자신이 없었거든요. 그래서 케냐로 갔는데, 거기서 란스를 만난 거예요."

그녀의 얼굴이 조금 변해 부드러워졌다. 그녀는 계속 불을 쳐다보고 있었고, 마플 양은 그녀를 쳐다보았다.

잠시 뒤에 패트가 고개를 돌리며 말했다.

"말씀 좀 해주세요, 마플 양. 퍼시벌에 대해 정말 어떻게 생각하세요?"

"글쎄, 나는 그를 별로 많이 만나보지 못했어요. 보통 아침식사 때만 봤는데, 그게 전부니까. 나는 내가 여기 있는 것을 그가 그다지 좋아하지 않는다고 생각해요."

갑자기 패트가 웃었다.

"그는 돈에 대해서는 지독하게 인색하니까요. 란스가 그러는데, 항상 그랬대요. 제니퍼도 역시 그것을 불평하더군요. 도브 양과 함께 생활비까지 다 점검한대요. 일일이 불평하면서요. 그렇지만 도브 양은 그런 대로 자신의 위치를 지키는 셈이에요. 정말이지 대단한 여자예요. 그렇게 생각하지 않으세요?"

"정말 그래요. 그녀는 꼭 내가 사는 세인트 메리 미드에 사는 라티머 부인 같아요. 그녀는 소녀단을 맡고 있는데, 그곳의 모든 것을 실제로 다 운영하고 있지요. 오, 잡담은 금해야지. 상대방이 보지도 알지도 못하는 장소나 사람에 대해 이야기하는 것처럼 싫증 나는 것도 없는데. 용서해줘요."

"세인트 메리 미드는 아주 좋은 마을인 모양이죠?"

"글쎄요, 어떤 곳을 좋은 마을이라고 부르는지 모르겠군요. 그곳은 아주 예쁜 마을이지요. 좋은 사람들이 살고, 또 극히 불쾌한 사람들도 있어요. 다른 마을과 마찬가지로 거기에서도 아주 기묘한 일들이 일어나지요. 인간 본성이

란 어디에서든 다 똑같은 것 아니겠어요?"

"가끔 2층으로 올라가서 램스버텀 양을 만나시죠?"

패트가 말했다.

"그런데 그녀는 정말 저를 깜짝 놀라게 해요."

"놀라게 하다니? 무엇 때문에요?"

"그녀는 미친 것 같아요. 마치 광신자 같아요. 부인은 그녀가, 정말 미쳤으리라는 생각이 안 드세요?"

"어떤 식으로 미쳤다는 거죠?"

"오, 제가 무슨 말을 하는지 잘 아실 텐데요. 그녀는 거기에 눌러앉아 생전 나가지도 않고, 죄에 대해서만 끙끙 앓으며 생각하고 있잖아요. 어쩌면 그녀는 재판을 집행하는 것이 일생의 사명이라고 생각하고 있는지도 모르죠."

"그것이 당신 남편의 생각이에요?"

"저는 란스가 무엇을 생각하는지는 잘 몰라요. 그는 저에게 절대로 말하지 않을 거예요. 그렇지만 한 가지만은 분명히 확신할 수 있어요. 그는 살인이 미친 사람의 짓이며, 또 가족 중 어떤 사람이라고 믿고 있다는 사실이에요. 그런데 퍼시벌은 지극히 제정신이죠. 제니퍼는 어리석고 좀 감상적이에요. 신경도 좀 날카로워져 있죠. 엘라인은 이상하게 당돌하고도 딱딱한 아가씨예요. 그녀는 그 청년에게 푹 빠져서 그가 그녀의 돈 때문에 결혼하려 한다는 사실을 결코 한순간이라도 인정하려 들지 않아요."

"그 사람이 돈 때문에 그녀와 결혼하려 한다고 생각하나요?"

"예, 그래요. 부인은 그렇게 생각하지 않으세요?"

마플 양이 말했다.

"나는 어쩐지 그……, 마리온 베이츠라는 부유한 철물상의 딸과 결혼한 엘리스라는 청년이 생각나는군요. 그녀는 아주 평범한 처녀였지만 그에게 아주 푹 빠져 있었지요. 그러나 그들은 결국 잘되었어요. 엘리스나 제럴드 라이트 같은 사람들은 사랑 때문에 가난한 처녀에게 장가를 간다면 정말 따분해하겠지요. 그들은 그런 일을 한 자신에게 너무 화가 나서 그 여자를 못살게 굴 거예요. 하지만 그들이 부유한 처녀와 결혼한다면 계속 그녀를 존중해 주겠죠."

패트가 얼굴을 찌푸리며 말했다.

"저는 범인이 외부에서 들어온 사람이라고는 보지 않아요. 그러니까 집안 분위기도 다 그 때문이죠. 사람들은 모두 자기 자신을 뺀 나머지 사람들을 감시하고 있어요. 어떤 일이 또다시 발생하기만 한다면……."

"더 이상 죽음은 없을 거예요." 마플 양이 말했다.

"적어도 나는 그렇게 생각하고 있어요."

"그렇다고 꼭 확신할 수는 없잖아요?"

"아니, 나는 완전히 확신하고 있답니다. 범인은 그의 목적을 달성했으니까요."

"'그'의?"

"아니, '그'든지 '그녀'든지. 보통 편의상 '그'라고 하잖아요?"

"그, 또는 그녀의 목적이라고 하셨는데, 어떤 목적 말씀이신가요?"

마플 양은 고개를 저었다. 그녀는 아직 자신도 완전히 확신할 수 없었다.

제23장

1

타이피스트실에서는 또 소머즈 양이 차를 끓였는데, 소머즈 양은 또다시 덜 끓은 물을 차에 따랐다. 역사는 늘 되풀이되는 법이다.

그리피스 양은 그녀의 차를 받아 들며 생각했다.

'정말 퍼시벌 씨에게 소머즈 양에 대해 말씀드려야겠어. 우리는 분명히 더 잘할 수 있을 거야. 하지만 이렇게 끔찍한 사건이 진행 중이니 사무실의 자잘한 일로 귀찮게 하는 걸 좋아하지 않겠지.'

그전에도 누우가 그랬듯이 그리피스 양은 이렇게 말했다.

"물이 또 끓지 않았어, 소머즈!"

그러자 소머즈 양은 얼굴을 붉히며 평소 공식대로 대답했다.

"오, 맙소사! 이번에는 물이 끓은 줄 알았어요."

그때 란스 포트스큐가 들어오는 바람에 평상시 하던 것처럼 더 이상 진전되지 못했다. 그가 좀 멍하니 주위를 둘러보고 있을 때, 그리피스 양이 얼른 일어나 그를 맞으러 앞으로 나아갔다.

"란스 씨." 그녀는 큰 소리로 외쳤다.

그는 그녀 쪽으로 홱 돌아서서 미소를 지으며 얼굴이 환해졌다.

"안녕하십니까? 오, 그리피스 양 아닙니까?"

그리피스 양은 기뻤다. 그가 그녀를 본 지 7년이나 되었지만 그녀의 이름을 기억하고 있었다.

그녀는 당황한 목소리로 말했다.

"놀라운 기억력이시군요."

그러자 란스는 여유 있게, 그리고 매력적으로 말했다.

"그럼요. 기억하고말고요."

타이피스트실에는 흥분이 감돌고 있었다. 소머즈 양의 차에 대한 실수는 까맣게 잊혀졌다. 그녀는 입을 약간 벌린 채 멍청히 란스를 바라보았다. 벨 양은 타자기 너머로 그를 뚫어지게 바라보고 있었고, 체이스 양은 콤팩트를 조심스럽게 꺼내어 코를 두드렸다.

란스 포트스큐는 주위를 둘러보며 말했다.

"여기는 모든 것이 여전히 똑같이 진행되고 있군요."

"변화가 별로 없었죠, 란스 씨. 어쩜 그렇게 멋지게 피부가 탔을까? 정말 좋아 보이는데요! 외국에서 아주 재미있게 지내셨나 보군요."

"잘 봤어요. 그런데 어쩌면, 이젠 런던에서 재미있게 살게 될지도 모르겠습니다."

"여기 사무실로 돌아오신다고요?"

"어쩌면."

"그래요? 오, 얼마나 기쁜지 모르겠어요."

"나는 굉장히 서투를 텐데요." 란스가 말했다.

"당신이 하나부터 열까지 다 가르쳐줘야 할 겁니다, 그리피스 양."

그리피스 양은 기뻐서 어쩔 줄 몰라 하며 웃었다.

"당신이 다시 돌아와서 정말 잘됐어요, 란스 씨. 정말 아주 잘된 일이에요."

란스는 그녀에게 감사의 시선을 던지며 말했다.

"친절하시군요. 당신은 정말 상냥해요."

"우리는 결코, 우리 중 누구도……."

그리피스 양은 말을 멈추며 얼굴을 붉혔다.

란스는 그녀의 팔을 토닥거려주었다.

"악마가 그의 색깔만큼 검으리라고 믿지는 않죠? 글쎄요, 아마 그렇지는 않을 겁니다. 어쨌든 이제는 다 지난 과거지사입니다. 돌이켜봤자 이로울 게 없어요. 미래가 중요한 겁니다."

그러고는 덧붙여 말했다.

"형님, 계십니까?"

"안쪽 사무실에 계실 거예요."

란스는 가볍게 머리를 끄덕이고는 걸어갔다.

안쪽 사무실로 통하는 작은 방에 들어가자, 까다롭게 생긴 중년여인이 책상 뒤에서 일어나 험상궂게 말했다.

"성함과 용무를 말씀해 주시겠습니까?"

란스는 그녀를 의심스러운 듯이 바라보았다.

"당신이, 그로스브너 양인가요?"

그는 그로스브너 양이 매력적인 금발의 미인인 것으로 알고 있었다. 렉스 포트스큐 사건을 보도하는 신문에 실렸던 사진에는 그녀가 정말 그렇게 보였다. 이 여자는 확실히 그로스브너 양일 리가 없었다.

"그로스브너 양은 지난주에 떠났어요. 저는 하드캐슬 부인이며, 퍼시벌 포트스큐 씨의 개인비서예요."

'퍼시 형도 참!' 란스는 이렇게 생각했다.

'매혹적인 금발 미녀를 쫓아내버리고 웬 추녀를 갖다 앉히다니, 왜 그랬는지 모르겠군. 얌전하기 때문인가, 아니면 이 여자가 더 싸게 들기 때문일까?'

그는 큰소리로 여유 있게 말했다.

"나는 란셀로트 포트스큐요. 우리 서로 만난 적이 없지요."

하드캐슬 부인이 사과했다.

"어머, 죄송합니다, 란셀로트 씨. 사무실에는 처음 오시는 거죠?"

란스는 미소를 지으며 말했다.

"처음이지만 마지막은 아닙니다."

그는 방을 가로질러 가서 아버지의 사무실이던 방문을 열었다. 놀랍게도 거기 책상 뒤에 앉아 있는 사람은 퍼시벌이 아니라 닐 경위였다. 닐 경위는 조사하던 커다란 서류 뭉치에서 눈을 떼어 올려다보고는 머리를 끄덕였다.

"안녕하십니까, 포트스큐 씨? 당신의 직무를 착수하려고 나왔군요."

"그럼, 내가 회사로 들어오기로 했다는 소식을 벌써 들으셨습니까?"

"당신의 형님이 그렇게 말씀하시더군요."

"그가 그랬다고요? 열을 내면서?"

닐 경위는 웃음을 감추느라고 애썼다. 그러고는 진지하게 말했다.

"그다지 열을 내는 것 같지는 않던데요."

"불쌍한 퍼시." 란스는 이렇게 토를 달았다.

닐 경위는 호기심에 가득 찬 눈초리로 그를 쳐다보았다.

"정말로 사업가가 될 작정입니까?"

"그럴 것 같지 않다고 생각하시죠, 닐 경위님은?"

"별로 어울리는 것 같지 않아서죠, 포트스큐 씨."

"왜 안 어울립니까? 나도 아버지의 아들인데."

"그리고 당신 어머니의 아들이기도 하고요."

란스는 머리를 흔들었다.

"그 점에서 뭔가 모르시는 게 있군요, 경위님. 우리 어머니는 빅토리아 시대적인 낭만주의자이셨습니다. 어머니가 즐겨 읽던 책은, 우리들의 이상한 세례명에서도 알 수 있듯이 '왕의 목가'였지요. 어머니는 몸이 약하셨으며 항상 현실과는 거리가 멀었죠. 나는 그런 것을 전혀 좋아하지 않습니다. 나는 감정도 없고, 로맨틱한 감각도 거의 없는 현실주의자예요."

닐 경위가 말했다.

"사람들은 자기가 보는 자신의 모습과 항상 같지는 않아요."

란스가 대답했다.

"그래요, 사실은 그렇습니다."

그는 의자에 앉아 그만의 독특한 태도로 긴 다리를 쭉 뻗었다. 혼자서 미소를 짓고 있던 그가 갑자기 이렇게 말했다.

"당신은 형보다 더 빈틈이 없군요, 경위님."

"어떤 면에서요, 포트스큐 씨?"

"나는 형을 아주 질겁하게 만들어 놓았거든요. 형은 내가 도시 생활을 할 준비가 다 되어 있다고 생각하고 있어요. 형은 내가 자기 일에 쓸데없이 끼어들어 사업한답시고 회사 돈이나 낭비하며 엉뚱한 일로 자기를 번거롭게 만들 거라고 생각하고 있을 겁니다. 재미로만 따진다면야 한번 해볼 만한 가치가 있는 일이겠죠! 대개는 그렇겠지만, 절대적인 가치는 없어요. 나는 사무실 생활은 정말 못 배겨낼 겁니다, 경위님. 야외 생활과 모험을 좋아하거든요. 이런 곳에서는 질식하고 말 거예요."

그는 얼른 이렇게 덧붙였다.

"이것은 절대 비밀입니다. 형에게는 말하지 마세요. 아셨죠?"

"그러한 일은 없을 겁니다, 포트스큐 씨."

"퍼시를 조금 놀려줘야겠어요." 란스가 말했다.

"형에게 약간 땀이 나게 해주고 싶습니다. 나는 속이 좀 틀리는 일이 있어 서요."

"그 말은 좀 이상하게 들리는데요, 포트스큐 씨?" 닐이 말했다.

"속이 틀리다니, 무엇 때문이죠?"

란스는 어깨를 으쓱했다.

"오, 이제 다 옛날 얘기죠. 다시 생각할 가치도 없는 일입니다."

"옛날에 수표 문제가 좀 있었던 것으로 아는데, 그 문제 말입니까?"

"많이도 알고 계시는군요, 경위님!"

닐이 말했다.

"기소 문제는 없었던 걸로 알고 있는데요. 당신의 아버지가 그렇게는 하지 않았을 테니까 말이오."

"그러진 않았죠. 단지 내쫓았을 뿐이죠."

닐 경위는 그를 가만히 쳐다보았지만, 생각은 란스 포트스큐가 아니라 퍼시 벌에게 가 있었다. 정직하고 성실하며 인색한 퍼시벌을 향해. 이 사건의 어느 부분을 조사해봐도 닐은 항상 모두 외면만 알지, 내적인 인간성은 판단하기 어려운 퍼시벌 포트스큐라는 수수께끼의 인물과 부딪혔다. 그를 관찰해본 사람들은 그가 언제나 아버지가 시키는 대로만 하는, 좀 특색이 없고 하찮은 사람이라고 말할 것이다.

언젠가 부국장이 말했듯이 뒤로 호박씨 까는 퍼시였다. 닐은 지금 란스를 통해 퍼시벌의 인간성을 좀더 자세히 평가해 보고자 했다.

그는 시험 삼아 말해 보았다.

"당신의 형님은 항상 아주……, 글쎄, 어떻게 표현하면 좋을까. 아버지가 시키는 대로만 따랐던 것 같군요."

"글쎄요……."

란스는 분명히 그 말의 의미를 가늠하는 것 같았다.

"물론 그렇겠죠. 그렇게 보였을 겁니다. 하지만 나는 그것이 정말 사실이었는지 확신할 수 없습니다. 놀라운 일이겠지만, 돌이켜보면 퍼시는 그런 것 같진 않으면서도 항상 자기 멋대로 다 했죠."

그렇다. 닐 경위는 정말 놀라운 일이라는 생각이 들었다.

그는 앞에 놓인 서류들을 뒤적거려서 편지 한 통을 골라내어 책상 너머 란스에게 불쑥 내밀었다.

"이것이 지난 8월 당신이 쓴 편지죠, 포트스큐 씨?"

란스는 그것을 받아 흘끔 보고는 되돌려주며 말했다.

"맞는군요. 지난여름 케냐로 돌아가서 썼던 거지요. 아버지가 그것을 보관하고 있었나 보군요. 어디에 있었습니까? 여기 사무실에?"

"아니요, 포트스큐 씨. 그것은 주목나무 오두막집에, 당신 아버지의 서류들 중에 놓여 있었습니다."

경위는 책상 위에 놓인 편지를 찬찬히 생각해 보았다. 그것은 긴 편지는 아니었다.

아버지

저는 패트와 의논해본 뒤에 아버지의 말을 받아들이기로 했습니다. 여기서 이것저것 정리하려면 시간이 조금 걸릴 테니까, 10월 말이나 11월 초쯤이 되어야겠군요. 자세한 날짜는 그때 가서 알려 드리겠습니다. 아버지와 제가 그전보다 더 잘 협력하게 되기를 바랍니다. 아무튼 최선을 다하겠습니다. 그 이상 말할 순 없군요. 몸조심하십시오.

당신의 란스

"당신은 이 편지에 주소를 어디로 썼습니까, 포트스큐 씨? 사무실입니까, 아니면 주목나무 오두막집입니까?"

란스는 기억해내려고 애쓰며 얼굴을 찌푸렸다.

"어려운데요. 기억할 수가 없군요. 3개월이나 지나서요. 사무실로 썼던 것 같습니다. 예, 거의 확신이 서는군요. 맞아요, 사무실이었습니다."

그는 잠깐 멈추었다가 솔직하게 호기심을 드러내며 이렇게 물었다.

"왜요?"

"그냥……." 닐 경위가 말했다.

"당신의 아버지가 편지를 여기에 있는 그의 비밀 서류철에 끼워두지 않은 게 이상해서요. 그가 편지를 주목나무 오두막집으로 가져갔기에 내가 그의 책상에서 발견할 수 있었지요. 왜 그렇게 했는지 궁금하군요."

란스는 웃었다.

"퍼시가 못 보게 하려고 그러셨겠죠, 뭐."

닐 경위가 말했다.

"예, 그런 것 같군요. 그럼, 당신 형님은 여기 당신 아버지의 사무실까지 접근했나요?"

"글쎄요."

란스는 머뭇거리며 곤란한 듯한 표정을 지었다.

"정확하게는 모릅니다. 내 말은 그가 마음만 먹는다면 언제든지 조사해볼 수 있었을 거라는 뜻입니다. 하지만 아마 그러지는……."

닐 경위가 란스 대신 문장을 끝맺어주었다.

"그러지는 않았을 거라고요?"

란스는 씩 웃었다.

"그렇습니다. 하지만 솔직히 말해서 그것은 슬쩍 엿보는 것이잖아요. 퍼시는 항상 몰래 엿보고 다녔죠."

닐 경위는 머리를 끄덕였다. 그 또한 퍼시벌 포트스큐가 정탐하고 다녔을 가능성이 있다고 생각했다. 그것은 경위가 그의 성격에 대해 처음부터 생각했던 것과 일치하는 것이었다.

그때 문이 열리며 퍼시벌 포트스큐가 들어오자 란스는 이렇게 중얼거렸다.

"호랑이도 제 말을 하면 온다더니."

퍼시벌은 경위에게 말을 하려다가 란스를 보고 난처한 표정을 지으며 그만

두었다.

"웬일이냐? 네가 여기에 다 오고? 오늘 여기 온다고 나한테 말하지 않았잖아?"

란스가 말했다.

"내가 할 일들을 얼른 좀 알고 싶어서. 나는 무엇이든 도와줄 준비가 되어 있다고 무슨 일부터 할까?"

퍼시벌이 통명스럽게 말했다.

"현재로서는 아무것도 없다, 아무것도. 우리는 네가 어느 쪽 사업을 맡게 될지 조정을 해야 할 거야. 너를 위해 사무실도 하나 마련해야 하고."

란스는 씩 웃으며 물었다.

"그런데 왜 그 매력적인 그로스브너를 쫓아내고 말상의 여자를 거기다 앉혀 놨어?"

퍼시벌은 날카롭게 나무랐다.

"란스!"

"확실히 더 나쁜 변화야." 란스가 말했다.

"나는 아름다운 그로스브너를 잔뜩 기대하며 왔는데. 무엇 때문에 그녀를 내보냈어? 그녀가 너무 많이 알고 있다고 생각했나 보지?"

퍼시벌은 창백한 얼굴을 붉히며 화가 나서 외쳤다.

"뭐라고? 참 어처구니가 없군!"

그러고는 경위에게 말했다.

"내 동생에게 조금이라도 신경 쓰지 마십시오."

그는 냉정하게 말했다.

"이 애는 좀 유별난 유머 감각을 가졌으니까요. 나는 그로스브너 양의 지능을 그다지 높게 평가하지 않았습니다. 하드캐슬 부인은 신원이 확실하고, 요구 조건이 적당할 뿐만 아니라 아주 유능하기도 하죠."

"요구 조건이 적당했다……."

란스는 시선을 천장을 향해 던지며 이렇게 중얼거렸다.

"하지만, 퍼시 형, 나는 사무실 직원들한테 쩨쩨하게 구는 것은 정말 찬성할 수 없는데. 게다가 이 비극적인 몇 주일 동안 직원들이 얼마나 충성스럽게 우리 곁에 있어줬는지 생각해볼 때, 그들의 봉급을 올려줘야 한다고 생각하지 않아?"

"어림도 없다."

퍼시벌 포트스큐는 이렇게 일축해버렸다.

"그럴 까닭도 없고, 또 불필요한 일이야."

닐 경위는 란스의 눈에서 짓궂은 장난기를 눈치챘다.

그러나 퍼시벌은 그런 것을 알아차리기에는 너무나 많이 화가 나 있었다.

"너는 늘 아주 이상하고 터무니없는 생각만 했지."

그는 말을 더듬었다.

"회사가 이 지경에 있을 때는 절약이 최선이야."

닐 경위가 미안한 듯이 기침을 하고 퍼시벌에게 말했다.

"한 가지 묻고 싶은 것이 있습니다, 포트스큐 씨."

"뭡니까, 경위님?"

퍼시벌은 시선을 닐에게로 돌렸다.

"한 가지 의견을 당신 앞에 내놓고 싶소, 포트스큐 씨. 나는 지난 6개월, 아니면 그 이상, 아마 1년여 동안 계속된 당신 아버지의 행동이 당신을 무척이나 걱정스럽게 만든 원인이 되었던 것으로 알고 있습니다."

"아버지는 건강이 나빴습니다."

퍼시벌은 딱 잘라 말했다.

"확실히 상태가 좋지 않았어요."

"당신은 그에게 의사를 찾아가보라고 했으나 허사였습니다. 그가 무조건 거절했다죠?"

"그렇소."

"당신은 혹시 그가 GPI, 즉 정신마비로 고통받고 있다고 생각하지는 않았습니까? 조만간 완전히 미쳐버릴지도 모르는 과대망상증과 신경과민 증상이 보여서 말이오."

퍼시벌은 놀라는 것 같았다.

"굉장히 예리하시군요, 경위님. 그것은 정확하게 내가 염려했던 사실입니다. 그랬기 때문에 아버지에게 치료를 받아보라고 했던 것이오."

닐은 말을 계속했다.

"당신이 아버님에게 그렇게 하도록 설득하는 동안 사업이 파산할지도 모를 위험성이 있었겠군요?"

퍼시벌이 동의했다.

"정말 그랬습니다."

경위가 말했다.

"아주 불행한 일이었군요."

"정말 위험했습니다. 내가 그동안 얼마나 걱정했는지 아무도 모를 겁니다."

닐 경위가 부드럽게 말했다.

"사업 쪽에서 본다면, 당신 아버지의 죽음은 참으로 다행스러운 상황이겠습니다?"

퍼시벌은 신경질적으로 말했다.

"내가 아버지의 죽음을 그런 시각에서 바라봤으리라고는 생각하지 마십시오."

"당신이 그것을 어떻게 보았느냐의 문제가 아닙니다, 포트스큐 씨. 나는 단지 사실을 이야기하는 것뿐입니다. 당신의 아버지는 재산을 완전히 날려버리기 전에 죽었잖습니까?"

퍼시벌이 성급하게 말했다.

"예, 사실 그 말이 맞습니다."

"가족 모두가 이 사업에 의존하고 있으니, 그것은 모두를 위해 아주 다행한 일이었겠군요?"

"그렇습니다. 하지만 정말, 나는 당신이 무엇을 노리고 있는지 알 수가 없군요……."

퍼시벌은 말을 멈췄다.

"오, 나는 아무것도 노리는 게 없소, 포트스큐 씨." 닐이 말했다.

"나는 다만 사실을 정돈하고 싶었을 뿐이오. 자, 다른 일로 넘어가 볼까요.

나는 당신이 동생인 란스 씨가 몇 년 전 영국을 떠난 이래로 어떤 종류의 연락도 취하지 않았다고 말한 것으로 알고 있는데요?"

"그렇습니다." 퍼시벌이 말했다.

"그렇지만, 그건 사실이 아니잖습니까, 포트스큐 씨. 내 말은 지난봄 당신이 아버지의 건강을 무척 걱정하고 있을 때, 실은 아프리카에 있는 당신의 동생에게 편지를 보내 아버지의 행동에 대한 걱정을 털어놓은 적이 있었다는 겁니다. 당신은 내가 생각하기로는 당신과 동생이 합세해서 아버지를 진단받도록 하고, 필요하다면 감금이라도 시키려고 했던 것 같은데요?"

"나, 나는……, 정말 나는 알 수가 없는……."

퍼시벌은 벌벌 떨었다.

"그렇지 않습니까, 포트스큐 씨?"

"예, 사실 그렇게 하는 게 당연하다고 생각했습니다. 결국, 란셀로트도 동업자였으니까요."

닐 경위는 시선을 란스에게로 옮겼다.

란스는 이를 드러내며 씩 웃고 있었다.

"당신은 그 편지를 받았습니까?" 닐 경위가 물었다.

란스 포트스큐는 머리를 끄덕였다.

"그래서 어떤 식으로 대답했습니까?"

란스는 이를 더 많이 드러냈다.

"나는 퍼시에게 아버지를 혼자 있게 내버려 두라고 말했죠. 아마 아버지도 자신이 무엇을 하고 있는지 아주 잘 알고 있을 거라고 말해 주었죠."

닐 경위의 시선은 다시 퍼시벌에게 돌아갔다.

"당신 동생의 대답이 맞습니까?"

"내, 내가……, 글쎄요, 내 생각에는 대강 맞는 것 같군요. 그러나 표현은 훨씬 더 무례했죠."

"나는 경위님에게는 불온한 문구를 삭제하는 편이 더 좋을 것이라고 생각했기 때문이야."

란스가 계속해서 말했다.

"솔직히 말씀드려서, 닐 경위님, 아버지에게서 편지를 받았을 때 집으로 온 이유는 내가 생각하던 것을 알아보려고, 바로 그것들을 확인하기 위함도 있었습니다. 아버지와 짧은 시간 만나긴 했지만, 사실 아버지가 이상하다는 점은 발견할 수가 없었습니다. 아버지는 흥분을 잘하셨죠. 내가 보기에 아버지는 자신의 문제는 거의 완벽하게 처리할 수 있을 것 같았습니다. 아무튼 나는 아프리카로 돌아가서 패트와 여러모로 의논한 다음 집으로 돌아와서, 뭐라고 할까요. 정정당당하게 승부를 겨뤄보기로 했죠."

그는 말을 하며 퍼시벌에게 시선을 던졌다.

"그게 무슨 말이냐?" 퍼시벌 포트스큐가 말했다.

"나는 너와는 생각이 다르다. 나는 아버지를 괴롭히려고 했던 것이 아니라, 건강이 걱정되었을 뿐이야. 물론 다른 걱정도 없지는 않았지만……."

퍼시벌이 말을 멈추었다.

란스가 그 틈에 재빨리 말을 했다.

"형의 호주머니 사정도 걱정되었다, 이 말이지? 퍼시 형의 쩨쩨한 호주머니를 위해."

그가 일어나서는 갑자기 태도를 바꿨다.

"좋아, 형. 나는 이제 끝났어. 나는 일부러 여기서 일하려는 척해서 형을 좀 골려주려고 했었어. 형 마음대로 일을 처리하지 못하도록 할 작정이었지만, 내가 그런 짓을 할 리가 있겠어? 솔직히 말해서, 형과 같은 방에 있으면 내가 먼저 질리고 말 거야. 형은 항상 비열하고 인색하고 쩨쩨한 스컹크 같으니까. 항상 기웃거리며 엿보고 거짓말로 문제를 만들어 내지. 한 가지 더 말해볼까? 나는 증명할 수는 없지만, 그 소란스러웠던 위조 수표 사건도 실은 형이 했다고 믿고 있어. 그것 때문에 나만 쫓겨났지만. 그것도 아주 형편없이 서툰 위조였어. 내 평소 행실이 워낙 나빠서 제대로 변명도 할 수 없었지만, 가끔 아버지도 내가 아버지 이름을 위조했더라면 그것보다 훨씬 더 잘할 수 있었으리란 것을 깨닫고 있었는지도 모른다는 생각이 들더군."

란스는 고조된 목소리로 계속 퍼부었다.

"자, 퍼시, 나는 이 어리석은 유희를 더 이상 계속하지 않겠어. 나는 이 나라와 이 도시에 싫증이 났다고. 세로 줄무늬 바지와 검은색 윗도리를 입고 점 잔이나 빼며, 사업 정책이라곤 겉만 번지르르했지. 인색하기 짝이 없는 형 같 은 소심한 사람들에게 질렸어. 형이 말한 대로 나누자고. 그런 다음 나는 패트 와 함께 다른 나라로 가겠어. 숨 쉬고 돌아다닐 수 있는 방이 있는 곳으로. 형 은 유가증권을 가져. 확실하고 보존력 있는 것들을, 2~3%, 혹은 3.5% 정도 더 안전한 것을 가지라고. 나한테는 형이 말한, 아버지가 최근에 엉뚱하게 투기했 다는 것을 줘. 그것들은 아마 이미 대부분 결딴나고 말았겠지. 하지만 한두 개 정도는 형이 가지는 3% 정도의 신탁증권보다 수익성이 더 좋아질 것이라고 장담해. 아버지는 약삭빠른 사람이었어. 기회를 아주 잘 포착했었지. 그 기회 는 어떤 때는 500~600, 심지어는 700%까지 이익을 냈잖아. 나는 아버지의 판 단과 행운을 가지겠어. 형이야 뭐 살금살금……."

란스는 자기 형에게로 다가갔다가 얼른 물러서서는 책상 모서리를 돌아서 닐 경위 쪽으로 갔다.

"좋아요. 더 이상 형을 건드리지 않겠습니다. 형은 나를 여기서 쫓아버리려 고 했으니까 만족할 겁니다."

그는 문을 통해 성큼성큼 걸어가며 이렇게 덧붙였다.

"옛날 블랙버드 광산을 덤으로 줘도 좋아, 내킨다면. 만일 매켄지네 집안이 원한을 품고 우리를 쫓아다닌다면 내가 그들을 아프리카로 끌어들이지, 뭐."

그는 문간에서 홱 돌며 다시 덧붙였다.

"복수는 요즘에는 거의 믿을 수 없는 일 같습니다. 하지만 닐 경위님은 그 것을 심각하게 받아들이는 것 같은데요. 그렇죠, 경위님?"

"말도 안 돼." 퍼시벌이 말했다.

"그런 일은 불가능해!"

"경위님에게 물어봐." 란스가 말했다.

"왜 지빠귀와 아버지의 호주머니에 들어 있던 호밀을 그렇게 조사하고 있는 지 물어보라니까."

닐 경위가 윗입술을 부드럽게 매만지며 말했다.

"지난여름의 지빠귀를 기억하십니까, 포트스큐 씨? 거기에 수사에 대한 힌트가 있었습니다."

"말도 안 됩니다." 퍼시벌이 다시 말했다.

"몇 년 동안 아무도 매켄지 집안에 대해 들은 적이 없습니다."

란스가 말했다.

"그러나 나는 우리 속에 매켄지 집안사람 한 명이 끼어 있을 거라고 맹세할 수 있어. 아마 경위님도 그렇게 생각하고 계실걸."

2

닐 경위는 거리로 빨려들어 가는 란셀로트 포스큐를 붙잡았다.

란스는 약간 어색해하며 그를 보고 씩 웃었다.

"그럴 생각이 아니었는데 갑자기 울화통이 터져서요. 그렇지만 어차피 당해야 할 일이니. 나는 사보이 호텔에서 패트와 만나기로 했는데, 함께 가시겠습니까, 경위님?"

"아니요, 베이든 헤스로 돌아가야겠소. 그런데 한 가지 묻고 싶은 게 있습니다, 포스큐 씨."

"그래요!"

"안쪽 사무실에 들어와 나를 보았을 때, 깜짝 놀라던데, 왜 그랬죠?"

"당신을 만나게 되리라고는 기대하지 않았기 때문이지요. 거기에 퍼시가 있을 줄 알았거든요."

"그가 외출했다는 말을 못 들었습니까?"

란스는 그를 이상하다는 듯이 쳐다보았다.

"아니요. 그는 사무실에 있다고 하던데요."

"그럼, 아무도 그가 나간 사실을 몰랐군요. 그 사무실에는 다른 문이 없는데……. 오, 그 작은 옆방에는 복도로 곧장 통하는 문이 하나 있지. 당신의 형은 그리로 나가겠군요. 그런데 하드캐슬 부인이 당신에게 그 말을 하지 않았다는 사실이 놀랍군요."

란스는 웃었다.

"그녀는 아마 커피를 타러 잠깐 나갔겠죠."

"오, 예. 정말 그렇겠군요."

란스는 그를 쳐다보았다.

"무슨 생각을 하고 있습니까, 경위님?"

"그냥 조금 미심쩍은 게 있는데 사소한 겁니다, 포트스큐 씨."

제24장

베이든 헤스로 가는 기차 속에서 닐 경위는 '타임스' 지(紙)에 나온 낱말 맞히기를 했는데 이상하게 잘 안 되었다. 그의 마음은 여러 가지 가능성으로 복잡했다. 기사를 읽는 데도 집중이 안 되긴 마찬가지였다. 신문에는 일본에서 일어난 지진과 탕가니카에서 발견된 우라늄 광산, 사우댐프턴 근처에 떠밀려 온 어떤 상선 승무원의 시체, 그리고 부두 노동자들 사이에 임박한 파업에 대해 나와 있었다. 또 최근에 경찰의 곤봉을 맞고 부상당한 사람들과 악성 결핵에 놀랄 만한 효과를 나타내는 새로운 약품에 대한 기사도 있었다.

이 모든 기사들은 그의 마음 한구석에서 이상한 형태를 구성했다. 그는 다시 낱말 맞히기로 돌아가, 계속해서 세 개의 실마리를 풀었다.

주목나무 오두막집에 도착했을 때 그는 한 가지 결론에 도달했다. 그는 헤이 경사에게 말했다.

"그 노부인 어디 계시지? 아직 여기 계시나?"

"마플 양 말이죠? 오, 예, 여기 그대로 계십니다. 2층에 있는 노부인과 굉장히 친하시던데요."

"그래?"

닐은 잠깐 멈추었다가 이렇게 말했다.

"지금 어디 계신가? 좀 만나고 싶은데."

마플 양은 잠시 뒤 상기된 얼굴로 숨을 가쁘게 몰아쉬며 나타났다.

"나를 보자고 했다면서요, 닐 경위님? 너무 오래 기다리게 한 건 아닌지 모르겠군요. 헤이 경사가 나를 금방 찾을 수 없었지요. 주방에서 크럼프 부인과 이야기하고 있었거든요. 그녀가 만든 페이스트리와 그녀가 얼마나 빨리 음식을 만드는지 칭찬해 주고, 어제저녁의 수플레가 정말 일품이었다는 이야기를 하고 있었답니다. 나는 항상 이렇게 생각하는데, 문제는 서서히 접근하는 게 좋지 않아요? 물론 당신에게는 쉬운 일이 아니겠지요. 당신은 묻고 싶은 게 있으면 거의 단도직입적으로 접근해야 할 테니까. 그렇지만 나같이 나이 많은 여자는 웬만한 것은 다 겪어봐서 쓸데없는 말도 줄줄 늘어놓게 되기 십상이죠. 그리고 요리사의 마음은 그녀가 만든 페이스트리를 통해 알 수 있다는 말도 있잖아요."

닐 경위가 말했다.

"당신이 정말로 크럼프 부인에게 이야기하고 싶었던 문제는 글레이디스 마틴에 대한 것이 아니었습니까?"

마플 양은 고개를 끄덕였다.

"그래요, 바로 글레이디스였죠. 그런데 크럼프 부인은 그 애에 대해 정말 많은 이야기를 들려주었답니다. 살인과 관련된 이야기는 아니었지만요. 그런 이야기는 없었어요. 하지만 최근에 그 애 기분이라든가, 그 애가 한 이상한 말들을 해주었어요. 괴상하다는 의미가 아니라, 자질구레한 이야기들 말이에요."

"그래, 도움이 좀 됐습니까?" 닐 경위가 물었다.

마플 양이 말했다.

"그럼요. 정말 굉장히 도움이 됐지요. 나는 일이 점점 더 뚜렷해지고 있다고 생각하는데, 그렇지 않나요?"

닐 경위가 말했다.

"그런 것도 같고, 안 그런 것도 같습니다."

그는 헤이 경사가 방을 나간 것을 알고 있었다. 그가 지금 말하려는 것이 약간은 비정상적일 수 있으므로 차라리 잘됐구나 싶었다.

"좀 들어보십시오, 마플 양. 심각하게 말씀드리고 싶은 일이 있습니다."

"뭔데요, 닐 경위님?"

닐 경위가 말했다.

"어떤 면에서 부인과 저는 서로 다른 견해를 가지고 있습니다. 실은 마플 양, 저는 런던경시청에서 당신에 대한 말을 들었는데……."

그는 미소를 지었다.

"거기에서는 아주 유명하신 것 같더군요."

"어찌 된 영문인지는 모르겠지만……."

마플 양은 좀 당황하며 말했다.

"나와는 아무 관련이 없는 일에 가끔 휘말리게 되는 것 같아요. 범죄에 말이에요. 이상한 우연이지요."

닐 경위가 말했다.

"꽤 유명하시더군요."

마플 양이 말했다.

"헨리 클리더링 경이 나와 굉장히 오래된 친구 사이기긴 하죠."

"조금 전에도 말씀드렸다시피……."

닐 경위가 계속 말을 이었다.

"부인과 저는 서로 상반된 견해를 가지고 있습니다. 한쪽이 제정신이라면 다른 한쪽은 정신 이상이라고 할 수도 있을 겁니다."

마플 양은 머리를 약간 옆으로 갸웃거리고 있었다.

"그런데 정확하게 무슨 말을 하는 건지요, 경위님?"

"마플 양, 제정신을 가지고 문제를 바라보는 방법이 하나 있습니다. 이 살인은 어떤 사람들을 이롭게 해주지요, 특히 한 사람을. 두 번째 살인도 동일인에게 이익을 줍니다. 세 번째 살인을 두고 사람들은 안전을 위한 살인이라고 할지 모르죠."

마플 양이 물었다.

"당신은 세 번째 살인을 어떻게 보나요?"

아주 맑은 도자기의 남빛 같은 그녀의 눈이 경위를 날카롭게 바라보았다.

그는 머리를 끄덕였다.

"그렇습니다. 부인도 거기에서 뭔가를 느끼셨군요. 요 전날 부국장이 저에게 살인들에 대해 이야기하고 있었을 때, 그가 한 말 중에 잘못된 것이 있다는 느낌이 언뜻 들더군요. 바로 그거였습니다. 저도 당연히 동요를 생각했던 겁니다. 사무실에 있는 왕, 응접실에 있는 여왕, 그리고 빨래를 널러 나간 하녀."

마플 양이 말했다.

"맞았어요. 거기에는 그런 순서로 되어 있지만, 사실 글레이디스는 포트스큐 부인보다 먼저 살해된 것이 틀림없잖아요?"

닐이 말했다.

"그런 것 같습니다. 저는 그것이 아주 확실하다고 생각합니다. 그녀의 시체가 그날 밤늦게야 발견되었으니까, 물론 그녀가 언제 죽었다고 정확하게 말하기는 어렵죠. 그렇지만 저는 그녀가 5시쯤 살해되었다고 보는 것이 확실하다고 생각합니다. 왜냐하면, 그렇지 않다면……."

마플 양이 끼어들었다.

"왜냐하면, 그렇지 않다면 그녀는 두 번째 쟁반을 서재로 가지고 들어갔을 테니까요."

"그렇고말고요. 그녀는 쟁반 하나에 차를 얹어서 들어간 다음 두 번째 쟁반을 홀로 가져왔는데, 그때 무슨 일인가 발생했습니다. 그녀는 무언가를 보았거나 또는 무슨 소리를 들었던 겁니다. 문제는 그게 무엇이었느냐 하는 겁니다. 그것은 포트스큐 부인의 방에서 내려오는 두보이스였을지도 모릅니다. 어쩌면 엘라인 포트스큐의 약혼자인 제럴드 라이트가 옆문으로 들어오고 있었는지도 모르고요. 그게 누구였든지 간에, 그녀가 차 쟁반을 내팽개치고 정원으로 나가게 하였다는 게 중요합니다. 그리고 일단 그 상태에서 그녀의 죽음이 길게 지체되었을 거라고 보지 않습니다. 바깥 날씨는 추웠고, 그녀는 얇은 옷만 입고 있었으니까요."

"당연히 말입니다." 마플 양이 말했다.

"그것이 '하녀는 정원에서 빨래를 널고 있었네.'의 경우는 결코 아니었을 거예요. 그녀는 그 시간에 빨래를 널지 않았을 테고, 또 외투도 걸치지 않은 채 빨랫줄로 나갔을 리는 없지요. 그것은 모두 빨래집게와 마찬가지로 동요에 짜맞추기 위한 속임수였어요."

닐 경위가 말했다.

"분명히 미친 겁니다. 그 점에서 저는 부인과 같은 입장에 설 수 없다는 겁니다. 저는, 이 동요 문제를 간단히 그대로 받아들일 수 없습니다."

"그래도 꼭 들어맞잖아요, 경위님? 그것만큼은 동의하셔야죠."

"그렇기는 하지만……."

닐은 침울한 어조로 말했다.

"그래도 그 순서가 틀립니다. 동요에는 분명히 하녀가 세 번째 살인임을 암시하고 있습니다. 그러나 실은 여왕이 세 번째 살인이었잖습니까? 아델 포트스큐는 5시 25분에서 45분 사이에는 살아 있었습니다. 그때쯤 글레이디스는 이미 죽은 것이 틀림없어요."

"그럼, 그것은 모두 틀린 거네요, 그렇죠?"

마플 양이 말했다.

"동요하고는 전혀 다른 건데, 정말 심각한 문제 아닌가요?"

닐 경위는 어깨를 으쓱했다.

"그건 아마 지나치게 민감한 생각 아닐까요? 그 죽음들은 동요의 조건에 모두 들어맞고, 필요한 것들을 충족시키고 있다고 봅니다. 그런데 지금 한 말은 제가 마치 부인 쪽에 있는 것 같군요. 이제 제가 생각하는 견해를 요약해서 말씀드리죠. 저는 지빠귀니 호밀이니 하는 것들을 다 없었던 것으로 하겠습니다. 있는 그대로의 사실과 정신이 온전한 사람이 살인을 저질렀다는 가정에서 동기를 생각해 보고자 합니다. 우선 렉스 포트스큐의 죽음과 그의 죽음으로 이익을 보는 사람을 살펴볼까요? 사실 많은 사람에게 이익이 돌아가지만, 그 중에서도 그의 아들 퍼시벌에게는 막대한 이익이 있더군요. 하지만 퍼시벌은 그날 아침 주목나무 오두막집에 없었습니다. 따라서 그는 자기 아버지의 커피나 아침식사에 독약을 넣을 수가 없었다는 말이 되지요. 아니, 처음에는 그렇게 생각했죠."

마플 양의 눈이 빛났다.

"오! 그럼, 거기에 어떤 트릭이 있겠군요? 나도 실은 그 문제를 굉장히 많이 생각도 해보고 추측도 해보았죠. 하지만 증인도 증거물도 없으니."

"부인에게 알려도 해가 될 것은 없겠죠."

닐 경위가 말했다.

"탁신은 새 마멀레이드 단지에 들어 있었습니다. 마멀레이드 단지는 아침 식탁에 올랐고, 포트스큐 씨가 아침식사 때 맨 윗부분을 먹었습니다. 나중에 누군가 마멀레이드 단지를 숲 속에 버렸고, 그와 비슷한 양만큼 떠낸 다른 단지가 식료품 저장실에 놓였습니다. 숲 속에서 발견된 단지의 분석 결과도 막 받았는데, 거기에는 확실히 탁신이 들어 있었다는 증거가 있습니다."

마플 양이 중얼거렸다.

"그랬군요. 아주 간단하고 쉽게 할 수 있는 일이군요."

닐이 계속했다.

"연합 투자는 심각한 상태에 처해 있었죠. 만일 회사가 아델 포트스큐에게 남편의 유언에 따라 10만 파운드를 지급해야 했다면, 회사는 아마 파산하고 말았을 겁니다. 포트스큐 부인이 남편보다 한 달만 더 산다면 그 돈은 응당 그녀에게 지급되어야 했겠죠. 그녀는 회사나 회사가 처한 어려움 따위에는 아무런 감정도 없었을 테니까요. 그러나 그녀는 한 달 이상 살지 못했습니다. 그녀는 죽었고, 그 결과 이득자는 렉스 포트스큐 유언장의 잔여재산 수유자가됩니다. 다시 말해 또다시 퍼시벌 포트스큐입니다."

"항상 퍼시벌 포트스큐지요." 경위는 쉬지 않고 계속했다.

"그렇지만 그가 마멀레이드는 건드릴 수 있었다손 치더라도, 계모를 독살한다거나 글레이디스의 목을 조를 수는 없었습니다. 그의 비서에 따르면 그는 그날 오후 5시에 시내 사무실에 있었으며, 거의 7시가 될 때까지 이곳에 돌아오지 않았거든요."

마플 양이 말했다.

"그것 때문에 아주 어려워지는군요?"

닐 경위가 우울하게 말했다.

"아니, 불가능하죠. 즉, 퍼시벌은 제외되는 겁니다."

그는 자제심과·자존심도 다 내팽개치고 옆에서 듣는 사람도 의식하지 않은 채 비통하게 말했다.

"어느 쪽으로 가도, 어느 쪽으로 돌아봐도 저는 항상 같은 사람과 부딪칩니다. 퍼시벌 포트스큐 말입니다! 그런데도 범인은 퍼시벌 포트스큐일 수가 없지 않습니까?"

그는 조금 마음을 가라앉히며 이렇게 말했다.

"물론 다른 가능성도 있습니다. 아주 충분한 동기가 있는 사람들이 있어요."

마플 양이 날카롭게 말했다.

"두보이스 씨도 그렇고, 라이트라는 청년도 그렇죠. 나도 당신의 의견에 동의해요, 경위님. 누가 가장 이득을 보든지 간에, 아주 의심스러운 사람들이죠. 중요한 것은 어떤 식이든 안일한 생각을 피해야 한다는 겁니다."

닐은 자신도 모르게 미소를 지었다.

"항상 최악을 생각하란 말이죠?"

그가 물었다. 이 매력적이고 연약해 보이는 노부인은 자신만의 어떤 희한한 철칙이 있는 것 같았다.

마플 양은 열정적으로 말했다.

"예, 그렇죠. 나는 항상 최악을 믿습니다. 슬픈 일이긴 하지만 그렇게 되는 일이 종종 있지요."

"좋습니다." 닐이 말했다.

"그럼, 최악을 생각해봅시다. 두보이스도 살인할 수 있었고, 제럴드 라이트도 가능했습니다. 그건 그가 엘라인 포트스큐와 공모했고, 엘라인이 마멀레이드를 건드렸다는 의미가 되겠죠. 또 퍼시벌 부인도 가능했으리라 생각됩니다. 그녀도 현장에 있었으니까요. 그렇지만 미쳤다는 관점과 결부시켜 논의할 만한 사람은 아무도 없습니다. 그들은 지빠귀나 호주머니에 가득 찬 호밀과 연결이 안 됩니다. 그것은 당신의 생각이며, 어쩌면 당신이 옳을 수도 있겠죠. 그렇다면 범인은 한 사람으로 요약되지 않습니까? 매켄지 부인은 정신 요양소에 상당히 오랫동안 입원해왔습니다. 그녀는 마멀레이드 단지를 장난치지도 않았을 뿐더러, 그날 오후 차 속에 청산가리를 집어넣지도 않았습니다. 그녀의 아들 도널드는 덩커크에서 죽었죠. 남은 사람은 그녀의 딸 루비 매켄지뿐입니다. 그러니까 당신의 추측이 옳다면, 즉 이 일련의 살인사건이 오래전 블랙버드 광산 문제에서 발생한 거라면 루비 매켄지가 이 집에 있는 것이 틀림없으며, 또 루비 매켄지일 수 있는 여자는 단 한 사람밖에 없습니다."

마플 양이 말했다.

"내 생각에는 말이에요. 당신은 좀, 너무 독단적인 것 같아요."

닐 경위는 그 말에는 신경 쓰지 않았다.

"딱 한 사람이 있죠."

그는 딱딱하게 말했다. 그러고는 일어나서 방을 나갔다.

2

메리 도브는 자기 거실에 있었다. 그 방은 작고 별다른 가구도 없으나 안락했다. 다시 말해 도브 양이 안락하게 만든 것이다.

닐 경위가 문을 두드리자, 상인들의 장부를 들여다보던 메리 도브는 머리를 들고 또렷한 목소리로 대답했다.

"들어오세요."

경위가 들어왔다.

"앉으세요, 경위님."

도브 양이 의자를 가리켰다.

"잠깐만 기다려주시겠어요? 생선 장수의 계산서 합계가 맞지 않는 것 같아서 점검해봐야겠어요."

닐 경위는 조용히 앉아 그녀가 합계를 내는 것을 지켜보았다. 그는 그녀가 얼마나 차분하고 침착한지 크게 감탄했다. 그는 전에도 종종 그랬듯이 그 자신 있는 태도 속에 내재하는 인간성에 흥미를 느꼈다. 그는 그녀의 모습에서 파인우드 정신 요양소에서 이야기를 나누었던 여인과 닮은 데가 있는지 꼼꼼히 찾아보았다. 혈색은 비슷한 것 같았지만 얼굴 생김새에서는 도무지 닮은 데를 찾을 수 없었다.

잠시 뒤 메리 도브가 계산서에서 눈을 떼며 이렇게 말했다.

"무슨 일이죠, 경위님? 무엇을 도와드릴까요?"

닐 경위는 침착하게 말했다.

"아시는 바와 같이, 도브 양, 이 사건에는 아주 이상한 특징이 있습니다."

"그래요?"

"우선 포트스큐 씨의 호주머니에서 발견된 호밀을 들 수 있겠죠."

"그것은 정말 희한해요." 메리 도브도 동의했다.

"제가 그 일에 대해 설명해 드릴 수 없다는 것을 잘 아실 텐데요."

"그리고 지빠귀에 대한 묘한 사건들이 있습니다. 지난여름 포트스큐 씨의 책상 위에 지빠귀 네 마리가 놓여 있었고, 파이 속에 송아지 고기와 햄 대신 지빠귀가 들어 있었던 일도 있지 않았습니까? 당신은, 내가 생각하기로는 도브 양, 그 일들이 발생했을 당시에 여기 있었죠?"

"예, 그랬죠. 지금 기억이 나는군요. 정말 곤란한 일이었어요. 너무나 무의미하고 짓궂은 일이었던 것 같아요. 특히 그때로써는……."

"어쩌면 전혀 무의미한 것이 아니었을지도 모릅니다. 혹시 블랙버드 광산에 대해 알고 있습니까, 도브 양?"

"그런 광산에 대해서는 한 번도 들어본 적이 없는 것 같은데요?"

"당신의 이름은 당신이 내게 말한 바로는 메리 도브인데, 그것이 본명입니까, 도브 양?"

도브 양은 눈썹을 치켜세웠다.

닐 경위는 그녀의 푸른 눈에 경계의 빛이 떠올랐다고 확신했다.

"그게 무슨 말씀이세요, 경위님? 그럼 제 이름이 메리 도브가 아니라는 말씀이세요?"

"정확하게 그런 뜻이죠. 내 말은……."

닐이 쾌활하게 말했다.

"당신의 이름이 루비 매켄지가 아니냐는 겁니다."

그녀는 그를 빤히 바라보았다. 그녀의 얼굴은 멍해 있었지만, 항의하는 것도 놀라는 것도 아니었다. 아주 신중하게 계산을 하는 모습인 것 같았다.

잠시 뒤 그녀는 차분하게 가라앉은 목소리로 말했다.

"제가 무슨 말을 하리라고 기대하세요?"

"대답해봐요. 당신의 이름은 루비 매켄지입니까?"

"제 이름은 메리 도브라고 분명히 말씀드렸잖아요."

"그럼, 증거를 가지고 있습니까, 도브 양?"

"무엇을 보고 싶으세요? 출생증명서요?"

"그것은 도움이 될 수도 있고 되지 않을 수도 있죠. 어쩌면 당신은 다른 메리 도브라는 사람의 출생증명서를 가지고 있을지도 모르니까요. 메리 도브는 당신의 친구일 수도 있고, 그것도 아니면 이미 죽은 사람일 수도 있죠?"

"예, 가능성이야 수없이 많죠, 안 그래요?"

메리 도브의 목소리에서 장난기가 살금살금 기어나왔다.

"그 문제가 당신을 궁지로 몬 건가요, 경위님?"

닐이 말했다.

"파인우드 정신 요양소 사람들이 어쩌면 당신을 알아볼지도 모릅니다."

"파인우드 정신 요양소!"

메리는 눈썹을 치켜세웠다.

"파인우드 정신 요양소가 도대체 무엇이며, 또 어디에 있는 거죠?"

"아주 잘 알고 있을 텐데요, 도브 양?"

"분명히 말씀드리지만, 저는 정말 모르는 일이에요."

"그럼, 당신이 루비 매켄지라는 사실을 절대로 부정하는 겁니까?"

"저는 어떤 사실도 부정하고 싶지 않아요. 제 생각에는, 경위님, 그 여자가 누구인지는 모르지만 제가 루비 매켄지라고 하는 문제를 증명하는 것은 경위님에게 달린 문제 같군요."

그녀의 푸른 눈에는 이제 완전히 즐거움이 자리 잡고 있었다. 그와 함께 도전도.

메리 도브는 그의 눈을 똑바로 바라보며 말했다.

"예, 당신이 할 일이죠, 경위님. 할 수 있다면 제가 루비 매켄지라는 것을 증명해 보세요."

제25장

1

"그 노처녀가 경위님을 찾고 있습니다."

닐 경위가 계단을 내려오자 헤이 경사가 음모라도 꾸미듯이 작은 목소리로 말했다.

"경위님에게 할 말이 무척 많은 것 같던데요."

"빌어먹을……." 닐 경위가 말했다.

"그러게 말입니다, 경위님."

헤이 경사는 눈 하나 까딱 않고 말했다.

그가 막 물러나려고 할 때 닐이 그를 불러 세웠다.

"도브 양이 우리에게 준 서류를 잘 조사해봐, 헤이. 그녀가 전에 했던 일과 직업에 관련된 서류 말이야. 그것들을 자세히 조사해봐. 그리고 알고 싶은 게 한두 가지 더 있으니까 지금 당장 조사를 시작해, 알았지?"

그가 종이에 몇 줄 적어 헤이 경사에게 주자 경사가 말했다.

"당장 조사해 보겠습니다, 경위님."

서재를 지나는데 안에서 나직한 목소리가 들리기에 닐 경위는 안을 들여다보았다. 마플 양이 그를 찾고 있었는지 어쨌는지 모르지만, 그녀는 지금 뜨개바늘을 바쁘게 움직이며 퍼시벌 포트스큐 부인과 이야기에 열중해 있었다.

닐 경위의 귀에 이런 말이 들려왔다.

"간호사는 정말 당신이 할 만한 직업이었다고 생각해요. 아주 고귀한 일이지요."

닐 경위는 조용히 물러났다. 마플 양이 그를 알아차렸을 거라고 생각했지만, 그녀는 그의 출현에 아무런 신경도 쓰지 않았다.

그녀는 상냥하고 부드러운 목소리로 계속 말을 이었다.

"옛날에 내가 손목이 부러진 적이 한 번 있었는데, 굉장히 매력적인 간호사가 나를 간호해 주었어요. 그녀는 내 팔이 다 나은 다음에 스패로우 부인의 아들을 간호하게 되었는데, 그는 아주 잘생긴 젊은 해군 장교였지요. 정말 아름다운 사랑 이야기예요. 그들은 약혼하게 되었거든요. 상당히 로맨틱하더군요. 그들은 결혼해서 정말 행복하게 살며 귀여운 아이들도 둘 낳았습니다."

마플 양은 감상적으로 한숨을 쉬었다.

"폐렴을 앓았대요. 폐렴에는 간호가 상당히 큰 비중을 차지하잖아요?"

"예, 그래요." 제니퍼 포트스큐가 말했다.

"폐렴에는 간호가 거의 모든 것을 좌우한다고 해도 과언이 아니죠. 비록 요즈음은 M과 B가 놀랄 만한 효과를 거두어 과거만큼 길고 오래 끄는 병은 아니지만요."

"당신은 틀림없이 아주 훌륭한 간호사였을 거예요."

마플 양이 말했다.

"그것이 당신 로맨스의 시초였죠? 당신은 퍼시벌 포트스큐 씨를 간호하려고 여기 온 거잖아요?"

제니퍼가 말했다.

"예, 예……. 예, 일이 그렇게 되었죠."

그녀의 목소리는 내켜 하는 것 같지 않았으나, 마플 양은 그런 것을 염두에 두지 않았다.

"이해해요. 하인들의 잡담을 들어서는 물론 안 되겠지만, 나 같은 나이 많은 여자는 항상 집안사람들의 말에 흥미를 갖게 되죠. 그런데 내가 무슨 이야기를 하고 있었지? 아, 그렇지. 처음에는 다른 간호사가 있었는데, 그렇죠. 내보냈다던가, 그랬죠. 부주의했다는 것 같던데?"

"제 생각으로는 부주의 때문이었던 것 같지는 않아요."

제니퍼가 말했다.

"그녀의 아버지인가 누군가가 굉장히 위독했나 봐요. 그래서 제가 대신 오게 된 거죠."

마플 양이 말했다.

"그랬군요. 그런 다음 사랑에 빠진 거군요. 아주 멋있어요. 정말 멋져요."

"저는 그다지 그런 것 같지 않아요."

제니퍼 포트스큐가 말했다.

"가끔은(그녀의 목소리가 떨렸다), 아주 가끔은 다시 병원으로 돌아갔으면 하는 생각이 들어요."

"오, 이해해요. 당신은 직업에 대해 꽤 열의가 있었을 거예요."

"그때는 별로 그렇지 않았지만, 이제 와서 생각해 보니 산다는 게 너무 단조롭군요. 아무 하는 일도 없이 하루하루 지나가고, 벌은 사업에만 몰두하고 있으니."

마플 양은 머리를 흔들며 말했다.

"신사들이라면 당연히 일을 열심히 해야죠. 정말 한가로이 보낼 시간이 없는 것 같아요. 돈이 아무리 많다고 해도 말이에요."

"예, 그러니 아내로서는 정말 외롭고 따분할 수밖에 없어요. 가끔 여기 오지 말았으면 좋았을 걸 하는 생각도 든답니다."

제니퍼가 말했다.

"오, 물론 그것이 편한 때도 있지요. 결코 그렇게 하지 말았어야 했는데."

"무엇을 결코 하지 말았어야 했다는 건가요?"

"벌과 결코 결혼하지 말았어야 했다고요. 오, 물론……."

그녀는 갑자기 한숨을 푹 내쉬었다.

"더 이상 그 이야기는 하지 않기로 해요."

마플 양은 어쩔 수 없이 파리에서 유행하는 새로운 스커트에 대한 이야기를 시작해야 했다.

2

"방금 방해하지 않아 줘서 정말 고마웠어요."

서재 문을 두드리는 소리에 닐 경위가 들어오라고 하자 마플 양이 이렇게 말했다.

"한두 가지 확증을 잡고 싶은 것이 있어서요."

그러고는 책망하는 듯 이렇게 덧붙였다.

"그래도 사실은 이야기가 덜 끝났어요."

"정말 죄송합니다, 마플 양." 닐 경위가 부드러운 미소를 지었다.

"제가 좀 무례했던 것 같군요. 의논하자고 부인을 불러놓고서는 제 이야기만 했던 것 같습니다."

"오, 그건 괜찮아요." 마플 양이 즉시 말했다.

"그때는 내가 가진 패를 탁자 위에 내놓을 준비가 안 되어 있었거든요. 절대적인 확신이 안 서면 어떤 죄도 만들고 싶지 않아서죠. 그러니까 내 마음속으로만 생각하는 거예요. 그런데 지금은 확신이 섰어요."

"무엇에 확신이 섰다는 겁니까, 마플 양?"

"그러니까 포트스큐 씨를 살해한 범인에 대해서죠. 당신이 마멀레이드에 대해 들려준 말이 그 문제를 매듭지어주었어요. 누구뿐만 아니라, 어떻게 했는지도 이성적으로 생각해 보니 다 나오더군요."

닐 경위는 조금 놀랐다.

"오, 미안해요."

마플 양은 그의 표정을 알아차리고 이렇게 말했다.

"가끔 나 자신의 생각을 남에게 확실히 이해시키는 일이 무척 어렵답니다."

"저는 아직도, 마플 양, 우리가 무엇에 대한 이야기를 하고 있는지 확실하게 모르겠습니다."

마플 양이 말했다.

"자, 그러면, 처음부터 다시 시작하는 게 좋겠어요. 당신에게 충분히 시간이 있다면요. 내 견해도 한번 피력해 보고 싶군요. 아시겠지만, 나는 그동안 사람들과 상당히 많은 이야기를 나누었지요. 램스버텀 양과도 그렇고, 크럼프 부인과 그의 남편과도 말이에요. 그 사람은 물론 거짓말쟁이지만, 그런 사실만 알게 된다면 결과는 결국 같기 때문에 별로 문제가 될 게 없어요. 나는 그 전화니 나일론 스타킹이니 하는 것들을 명확하게 알고 싶었거든요."

닐 경위는 다시 한 번 놀랐으며, 그가 무엇에 속았는지, 또 무엇 때문에 마플 양이 매력적이고 명석한 동료라고 생각했는지 의아스러웠다. 그러나 그는 그녀가 아무리 멍청하다고 해도 어쩌면 약간의 유익한 정보를 얻어냈을지도 모른다는 생각이 들었다.

닐 경위가 그의 직업에서 성공을 거둔 이유가 있다면 오직 남의 말을 잘 들었기 때문이었다. 그는 이제 들을 준비가 되어 있었다.

"모두 말씀해 주십시오, 마플 양. 처음부터 다시 시작해 주시지 않겠습니까?"

"그렇게 하고말고요." 마플 양은 이렇게 말했다.

"시초는 글레이디스예요. 내가 여기 온 것도 글레이디스 때문이었으니까. 그런데 당신은 아주 친절하게 내가 그 애의 소지품들을 조사할 수 있도록 해주었지요. 그래서 나일론 스타킹과 전화 및 그 밖의 일들이 완전히 명백하게 드러났어요. 포트스큐 씨와 탁신에 대해서 말이에요."

"어떤 의견을 갖고 계십니까?" 닐 경위가 물었다.

"포트스큐 씨의 마멀레이드에 탁신을 집어넣은 사람에 대해서요."

마플 양이 말했다.

"의견이 아니에요. 나는 알고 있어요."

닐 경위는 세 번째로 깜짝 놀랐다.

마플 양이 말했다.

"그건 글레이디스였어요."

제26장

닐 경위는 마플 양을 빤히 쳐다보며 머리를 설레설레 흔들었다.

그가 믿기지 않는다는 듯이 말했다.

"당신은 그럼 글레이디스 마틴이 의도적으로 렉스 포트스큐를 살해했다는 겁니까? 미안하지만, 마플 양, 저는 솔직히 못 믿겠습니다."

"아니요, 물론 그녀가 그를 살해하려고 했던 것은 아니었죠."

마플 양이 말했다.

"그렇지만 그녀가 한 일이 분명해요! 당신이 그녀를 심문했을 때 그녀가 흥분하며 당황하더라고 했죠? 그리고 죄가 있는 것처럼 보이더라고요?"

"예, 하지만 살인에 대한 죄의식은 아니었다고 했습니다."

"오, 물론 동의해요. 이미 말했다시피 그 애는 누구를 살해하려고 의도한 것은 아니었지만, 어쨌든 탁신을 마멀레이드 속에 넣었어요. 그 애는 그것이 독약인 줄도 몰랐어요."

"그럼, 그것이 무엇이라고 생각했다는 건가요?"

닐 경위의 목소리는 여전히 믿을 수 없다는 듯했다.

"내 추측으로는, 그녀는 그것이 심리 억제 해소약이라고 생각했던 것 같아요."

마플 양이 말했다.

"그것은 굉장히 흥미롭고, 또한 굉장히 교훈적이더군요. 그녀가 신문에서 오려내어 보관하던 것들 말이에요. 그 나이 때는 보통 다 그렇게 하지요. 사랑하는 남자를 끄는 비결과 미용, 그리고 마녀 재판이니 마법이니 하는 불가사의한 사건들에 커다란 흥미를 느끼고 있죠. 요즈음은 모두 과학이라는 말로 더 이상 마술사를 믿지 않을뿐더러, 누군가 지팡이를 휘둘러 사람을 개구리로 변화시킬 수 있다는 것도 믿지 않아요. 그러나 만일 과학자들이 어떤 선(腺)에 약품을 주사해 사람의 조직을 변경시켜서, 사람을 개구리 같은 특징을 갖도록 변화시킬 수 있다는 기사가 신문에 난다면, 모든 사람들이 그것을 믿을 거예요. 게다가 신문에서 진짜 약에 대한 기사를 읽은 뒤라서 그가 그녀에게 그것이 그렇다는 말을 하자 곧이곧대로 모두 믿었을 거예요."

닐 경위가 물었다.

"누가 그녀에게 말했다는 겁니까?"

"앨버트 에반스예요." 마플 양이 말했다.

"물론 그것이 그의 진짜 이름은 아니죠. 그러나 어쨌든 그는 그녀를 지난여름 휴양지에서 만나 비위를 살살 맞추면서 구애했겠죠. 그리고 내가 상상하기로는 그녀에게 불법 행위나 박해 같은 이야기를 들려줬을 거예요. 어쨌든, 요점은 렉스 포트스큐가 자기가 한 소행을 자백하고, 거기에 대한 보상을 받아야 한다는 내용이었겠죠. 물론 자세한 내용이야 모르지만, 경위님, 아마 그랬을 게 분명해요. 그는 그녀에게 여기에 일자리를 잡게 했겠죠. 요즈음처럼 하인들이 딸리는 때니 자기가 원하는 일자리쯤 얻기란 누워서 떡 먹기 아니겠어요? 하인들은 계속 바뀌니까요. 그들은 그때 약속을 정했을 거예요. 그가 보낸 마지막 우편엽서에 '우리들의 약속을 기억해야 해.'라고 한 것을 기억하실 거예요. 그들은 그날만 바라보고 일해 왔던 거죠. 글레이디스는 그가 준 약을 마멀레이드 윗부분에 넣었고 그 뒤에 포트스큐 씨는 아침식사 때 그것을 먹었죠. 또 그녀는 그의 호주머니에 호밀도 집어넣었지요. 나는 그가 그녀에게 무슨 핑계를 대고 호밀을 넣으라고 했는지 모르겠지만, 처음부터 이야기했다시피 글레이디스 마틴은 남을 쉽사리 믿는 처녀였어요. 잘생긴 젊은이가 그녀를 부추겼다면 그녀는 모든 걸 믿어버렸을 거예요."

"계속하십시오." 닐 경위는 멍한 목소리로 말했다.

마플 양이 계속했다.

"그 계획은 아마 앨버트가 사무실로 그를 방문할 때쯤이면 심리 억제 해소약이 효과를 나타낼 테니, 포트스큐 씨가 모든 것을 자백하게 되어 어찌어찌될 거라는 식이었겠죠. 그런데 그녀가 포트스큐 씨가 죽었다는 소식을 들었을 때 심정이 어떠했을까 상상해 보세요."

"그러나 틀림없이……"

닐 경위가 말했다.

"그녀가 말을 했을 텐데요?"

마플 양이 날카롭게 물었다.

"당신이 심문할 때 그녀가 한 첫 번째 말이 뭐였죠?"

닐 경위가 말했다.

"그녀는 '저는 안 그랬어요.'라고 했죠."

"그렇겠죠." 마플 양이 의기양양하게 말했다.

"그녀는 결국 그 말밖에 할 수 없었으리라는 걸 아시잖아요? 그녀는 장식품을 깨고 나면 항상 '저는 안 그랬어요, 마플 양. 어떻게 이렇게 되었는지 알 수 없군요.'라고 말했었죠. 그런 사람들은 어쩔 수 없어요, 가엾게도. 그런 사람들은 자기들이 한 짓에 너무 당황하면 오직 야단만 안 맞으려고 발버둥을 치죠. 가령, 겁 많은 젊은 여자가 살해하려고 했던 게 아닌데 어떻게 해서 사람을 죽였다면, 그녀가 그것을 인정하려고 하겠어요? 그것은 전혀 어울리지 않는 일이에요."

"그렇죠. 그럴 것 같군요."

닐 경위는 글레이디스와 나누었던 대화들을 재빨리 회상해 보았다. 불안해하고, 당황하면서 죄를 지은 듯이 눈동자를 이리저리 움직였다. 그것들은 아주 사소한 것일 수 있지만, 또한 커다란 의미를 내포한 것일 수도 있다. 그는 정확한 결론에 도달하지 못했다고 해서 자신을 책망할 수는 없었다.

마플 양이 계속했다.

"그녀는 우선 내 말대로 그걸 모두 부정하고 보자는 생각을 했을 거예요. 그런 다음 얼떨떨한 상태의 마음을 가다듬으려고 했겠죠. '아마 앨버트는 그 약이 얼마나 독한 건지 몰랐거나, 아니면 자칫 실수해서 너무 많은 양을 주었을 거야'라고 그녀는 그를 위해 변명과 설명을 생각해냈겠죠. 그녀는 그가 자기에게 연락해 주기를 바랐겠죠. 물론 그는 그렇게 했죠, 전화로."

"그것을 확신하십니까?" 닐이 날카롭게 물었다.

마플 양은 머리를 흔들었다.

"아니에요. 내 추측일 뿐이죠. 하지만 그날 설명되지 않은 전화가 왔다고 했어요. 다시 말해, 누군가가 전화를 걸어서 크럼프나 크럼프 부인이 받으면 끊었다는 거예요. 틀림없이 그 사람이 그랬을 거예요. 글레이디스가 전화를 받을 때까지 그랬던 거죠. 그런 다음 그녀와 만나기로 약속했겠죠."

"그랬군요." 닐이 말했다.

"그럼, 그녀가 죽은 날 그녀는 그 사람과 만나기로 약속되어 있었다는 말이군요."

마플 양은 머리를 힘차게 끄덕였다.

"예, 그렇게 되는 셈이죠. 크럼프 부인이 한 가지 정확하게 본 일이 있어요. 그 애는 자기가 가지고 있던 것 중 가장 좋은 나일론 스타킹에, 좋은 신발을 신고 있었대요. 누군가를 만나려고 그랬다는 거예요. 그러나 단지 그를 만나러 밖에 나가지 않았다는 것뿐이죠. 그 사람이 주목나무 오두막집으로 오기로 되어 있었으니까요. 그랬기 때문에 그날따라 그 애가 그토록 신경을 쓰고 안절부절못하며 차를 늦게 가져온 거지요. 그런데 그녀가 두 번째 쟁반을 홀에 가져왔을 때 내 생각에는 그녀가 무심코 옆문으로 난 복도를 쳐다봤다가 거기에서 그 사람이 오라고 손짓하는 걸 본 것 같아요. 그래서 그녀는 쟁반을 내려놓고 그를 만나러 나갔던 거지요."

닐이 말했다.

"그런 다음 그가 그녀의 목을 졸라 죽였다는 거군요."

마플 양은 입술을 꼭 다물었다.

"그것은 잠깐이면 되는 일이었으니까요." 그녀가 말했다.

"그녀가 발설하도록 내버려 둘 수는 없었던 거죠. 그녀는 죽어야 했던 존재였겠죠. 불쌍하고 어리석고 곧이곧대로 다 믿는 애니까. 그래 놓고서는 빨래집게로 그녀의 코를 집어놓은 거라고요!"

노부인의 목소리가 분노로 떨렸다.

"그것은 동요에 맞추기 위해서였지요. 호밀, 지빠귀, 왕의 사무실, 꿀 바른 빵, 그리고 빨래집게……."

"그러면 그는 결국 브로드무어로 가게 될 것이고, 그는 미친 사람이니까 우리는 그를 목매달 수 없게 되겠군요!"

닐이 천천히 말했다.

"나는 당신이 그를 목매달 수 있으리라고 생각해요."

마플 양이 말했다.

"그리고 그는 미치지 않았어요, 경위님. 단 한 순간도!"

닐 경위는 그녀를 뚫어질 정도로 쳐다보았다.

"자, 마플 양, 당신은 저에게 하나의 가설을 제시했습니다. 예, 그래요. 당신이 아는 걸 말한다고 해도 그것은 단지 하나의 가설일 뿐입니다. 당신은 한 남자가 이 죄에 대해 책임을 져야 하며, 그 남자는 자기 자신을 앨버트 에반스라고 했고, 또 글레이디스라는 처녀를 휴양지에서 만나 자기의 목적을 위한 수단으로 이용했다고 했습니다. 그 앨버트 에반스라는 사람은 그 옛날 블랙버드 광산에 복수심을 품었던 사람이겠죠. 그러면 매켄지 부인의 아들 돈 매켄지가 던커크에서 죽지 않았다는 말씀이군요. 그가 아직 살아 있어서, 이 사건의 배후에 있다는 겁니까?"

그러나 닐 경위가 깜짝 놀라게도 마플 양은 머리를 세차게 흔들었다.

"오, 아니에요!" 그녀가 말했다.

"아니에요! 그런 뜻이 아니에요. 정말 모르시겠어요, 경위님? 블랙버드에 대한 일은 사실 모두 완전한 조작이에요. 단지 그것을 이용한 거죠. 그뿐이에요. 지빠귀 새들에 대해 들어 아는 어떤 사람이 이용한 거지요. 서재와 파이에 들어 있던 새들 말이에요. 지빠귀들은 정말 진짜였죠. 그 새들은 옛날의 그 일에 대해 아는 사람이 그것에 대한 복수를 하고 싶어서 거기에 그렇게 둔 거예요. 하지만 포트스큐 씨를 놀라게 한다거나 그를 불안하게 만들려는 정도의 복수였을 뿐이지요. 내가 믿기로는, 경위님, 아이들은 복수할 날을 기다리며 그것만을 곰곰이 생각하고 실행하도록 길러질 수는 없을 것 같아요. 아이들도 상당한 분별력을 갖고 있거든요. 하지만 자기 아버지가 사기당하고, 또 죽게 내버려졌다면 그 당사자라고 생각되는 사람에게 어떤 짓궂은 장난을 쳐보고 싶을 수는 있겠죠. 실제로 그 일은 그런 이유로 발생한 것 같아요. 그리고 그 살인자는 그 점을 이용했고요."

"그 살인자라고요?" 닐 경위가 말했다.

"자, 이제, 마플 양, 그 살인자에 대한 당신의 생각을 들어봅시다. 도대체 누구입니까?"

"놀라지는 않을 거예요." 마플 양이 말했다.

"정말 그럴 리 없지요. 왜냐하면 당신은 내가 살인자가 누구인지, 아니, 누구라고 생각하는지 말하자마자 금방 이해할 거예요. 그렇지 않을까요? 당신은 그 사람이 꼭 이런 살인들을 저지를 만한 사람이라는 것을 알 테니까요. 그는 지극히 온전하고, 명석하고, 게다가 아주 거리낄 게 없는 사람이죠. 그가 그 짓을 한 이유는 물론 돈 때문이었을 거예요. 아마도 상당한 액수의 돈 때문이에요."

"퍼시벌 포트스큐요?"

닐 경위는 거의 애원하다시피 말했지만, 말하면서도 자기가 틀렸다는 것을 알고 있었다. 마플 양이 묘사한 남자의 모습은 퍼시벌 포트스큐와는 조금도 닮지 않았기 때문이다.

마플 양이 말했다.

"오, 아니에요. 퍼시벌이 아니라 란스예요."

제27장

1

"그건 불가능합니다."

닐 경위는 의자 뒤에 몸을 기댄 채 얼이 빠진 듯한 눈초리로 마플 양을 바라보았다. 마플 양이 이미 말했듯이 그는 놀라지 않았다.

그의 말은 그가 범인이 될 수 없다는 것이 아니라, 그럴 가능성이 없다는 것이었다. 란스 포트스큐는 그녀의 묘사에 딱 들어맞았다.

마플 양은 그 사실을 아주 잘 설명해 주었다. 그러나 닐 경위는 란스가 어떻게 그 해답이 될 수 있는지 이해할 수 없을 뿐이었다.

마플 양은 의자 앞으로 몸을 기울여 상냥하고 설득력 있게, 그리고 조그만 아이에게 간단한 셈을 가르쳐주는 태도로 자기의 생각을 설명했다.

"그는 항상 그래 왔잖아요. 내 말은, 그는 항상 불량했다는 말이지요. 그동안 내내 불량했어요. 비록 그와 동시에 항상 매력적이기도 했지만요. 특히 여자들에게는 더욱 매력적이었죠. 그는 적극적인 생각을 가지고 있었고, 또 어떤 모험이라도 서슴지 않았죠. 그는 항상 모험을 해왔고, 그의 매력으로 사람들은 늘 그의 좋은 점만 보았지, 나쁜 점은 보지 못하고 있어요. 그는 여름에 자기 아버지를 만나러 집에 왔었다고 그랬죠. 나는 그의 아버지가 그에게 편지를 쓰거나 부르러 보냈다고는 단 한 순간도 믿지 않아요. 물론 당신이 그에 대한 실제적인 증거를 가지고 있다면 모르지만요."

그녀는 대답을 바라는 듯 말을 멈췄다.

닐은 머리를 흔들었다.

"아니요." 그가 말했다.

"저는 그의 아버지가 그에게 편지를 썼다는 증걸 갖고 있지 않습니다. 다만 여기를 다녀간 뒤 란스가 아버지에게 쓴 것으로 추정되는 편지 한 통만 가지고 있을 뿐입니다. 하지만 란스는 그가 도착한 날에라도 편지를 서재에 있는 자기 아버지의 서류 틈에 충분히 끼워 넣을 수 있었을 겁니다."

"역시 민첩해."

마플 양은 머리를 끄덕이며 말했다.

"그러니까 내 말대로 그는 아마 여기 와서 아버지와의 화해를 시도해 보았으나, 포트스큐 씨가 그것을 받아들이지 않았을 거예요. 아시는 바와 같이 란스는 최근에 결혼했으며, 그의 생활비로 쓰고 있는, 그것도 여러 가지 부정직한 방법으로 보충하고 있음이 분명한 적은 수입만으로는 더 이상 버텨 나갈 수가 없는 상황이었겠죠. 그는 패트를 무척 사랑하고 있었으니까요(그녀는 정말 사랑스럽고 귀여운 여자예요). 그녀와 함께 훌륭하고 안정된 생활을 누리고 싶었던 거죠—또한 정직한 삶을 말이에요. 그런데 그것은 그의 생각으로는 바로 풍부한 돈을 의미했죠. 그가 주목나무 오두막집에 있는 동안 지빠귀에 대해 들은 게 분명해요. 아마 그의 아버지가 말했을 테죠. 아니면, 아델이 그랬거나. 따라서 그는 매켄지의 딸이 이 집에 살고 있다는 결론을 내리고 문득 살인을 위해서는 그녀가 아주 좋은 속죄양이 되겠다는 생각을 한 거지요. 왜냐하면 그가 원하는 것을 아버지가 들어주지 않을 거라는 걸 깨달았을 때, 무자비하게도 살인을 해야겠다고 결심했을 테니까요. 그는 어쩌면 자기 아버지가……, 음, 아주 상태가 좋지 않다는 것을 알고는 아버지가 돌아가실 때면 회사가 완전히 파산할 거라고 생각했을 거예요."

닐 경위가 말했다.

"그는 아버지의 건강에 대해 꽤 많이 알고 있었습니다."

"오, 그것은 상당히 많은 부분을 설명해 주죠. 아마 지빠귀 사건과 함께 렉스라는 아버지의 세례명이 동요와 우연하게도 일치한다고 생각했을 거예요. 그 모든 일을 완전히 미친 짓으로 만들어 그것을 옛날 매켄지 가족들이 복수하겠다고 위협한 사실과 결부시키는 거죠. 그런 다음, 보시는 바와 같이 아델을 적당히 처치해 회사에서 사라져 버릴 뻔한 10만 파운드를 건진 거죠. 그렇지만 '정원에서 빨래를 널고 있는 하녀'로 제3의 인물이 있어야 했어요. 그래서 나는 그 인물이 그에게 이 모든 사악한 계획을 생각나게 해줬다고 믿어요.

그녀가 말하기 전에 그가 미리 침묵하게 한 순진한 공범자죠. 게다가 그가 원하는 것을 제공해 주었죠. 첫 번째 살인에 대한 완전한 알리바이를 말이에요.

그 나머지야 쉬웠죠. 그는 역에서 이곳으로 5시 바로 직전에 도착했는데, 때마침 글레이디스가 두 번째 쟁반을 홀로 가져가고 있었을 거예요. 그는 옆문으로 들어와 그녀에게 오라고 손짓했겠죠. 그리고 나서 그녀의 목을 조른 다음 시체를 빨랫줄이 있는 곳까지 옮기는 데는 불과 3~4분밖에는 안 걸렸죠.

그런 다음, 현관의 초인종을 누르고 집으로 들어와서 차를 마시는 가족들에게 다가갔어요. 그는 차를 마신 뒤 램스버텀 양을 보러 올라갔죠. 그가 내려와서 서재에 살짝 들어갔을 때, 때마침 아델이 혼자 마지막 잔의 차를 마시고 있는 것을 발견해요. 소파의 그녀 옆에 앉아 말을 걸면서 청산가리를 슬쩍 잔에 집어넣었을 거예요. 그건 그다지 어렵지 않았을 테니까요. 설탕처럼 하얀색의 작은 덩어리니까. 그는 설탕통에 손을 죽 뻗어 한 덩어리를 집는 척하면서 그녀의 찻잔에 넣었는지도 모르죠. 그리고 웃으며 '어때요. 내가 당신의 차 속에 설탕을 더 집어넣었는데.'라고 말했겠죠. 그녀는 괜찮다고 말하고, 그것을 저어 마셨겠죠. 아마 내 말처럼 간단하고 대담하게 행동했을 거예요. 그래요, 그는 대담한 사람이거든요."

닐 경위는 천천히 말했다.

"실제로 가능한 일이겠군요. 하지만 이해할 수 없는 게, 정말, 마플 양, 이해할 수 없는 건, 그렇게 함으로써 그가 무엇을 얻느냐 하는 겁니다. 포트스큐 씨가 죽지 않는다면 사업이 곧 파산될 지경이었다는 건 인정한다고 하더라도, 란스의 몫이 이 세 건의 살인을 계획할 만큼 그렇게 대단합니까? 저는 그렇게 생각하지 않습니다. 정말 그렇게 생각하지 않아요."

"그것은 좀 어려운 문제로군요."

마플 양이 솔직히 인정했다.

"예, 나도 당신의 말에 동감이에요. 그것이 당연한 난제가 되겠군요. 내가 추측하기에는……"

그녀는 경위를 쳐다보며 머뭇거렸다.

"내가 추측하기에는, 나는 경제 문제에 대해 매우 무지해요. 하지만 추측하건대, 그 블랙버드 광산이 무가치하다는 것이 정말일까요?"

닐은 가만히 돌이켜 보았다. 여러 갈래의 생각들이 그의 마음속 한 군데에서 조화를 이루었다.

란스가 여러 가지 투기적이고 무가치한 주식들을 퍼시벌의 손에서 기꺼이 인계받겠다고 했다. 오늘 런던의 사무실을 떠나면서 퍼시벌에게 한 말 중에 블랙버드 광산과 그 불길한 사람들을 제거해버리는 게 좋겠다고 했지. 금광, 아무런 가치가 없다는 금광을.

그러나 어쩌면 그 광산은 무가치하지 않은지도 몰라. 정말이지 그럴 것 같지 않아. 죽은 렉스 포트스큐는 그런 문제에 대해서는 거의 실수했을 것 같지 않거든. 그 광산이 어디에 있다고 했더라? 서부 아프리카라고 란스가 말했지.

그렇지만 누군가 다른 사람이—램스버텀 양이었던가—동부 아프리카에 있다고 했는데? 란스는 동부 대신에 서부라고 말함으로써 일부러 판단을 흐리게 하려고 했던 건 아닐까? 램스버텀 양이 나이가 들어 기억력은 많이 손상되었지만, 그녀가 옳을지도 몰라. 동부 아프리카. 란스는 동부 아프리카에서 곧장 오는 거라고 했지. 그는 최근에 어떤 정보를 입수한 걸까?

갑자기 다른 조각 하나가 경위가 풀고 있던 수수께끼에 톡 튀어나왔다. 열차 안에 앉아서 읽었던 '더 타임스' 지에 탕가니카에서 발견된 우라늄 광산에 관한 기사가 있었다. 그 우라늄 광산이 블랙버드 광산에 자리를 잡고 있다고 가정해본다면? 그럼 모든 것이 설명되겠군. 란스는 그에 대한 정보를 얻으러 현장에 간 것이며, 그곳에 우라늄 광산과 더불어 엄청난 재산이 도사리고 있음을 알았다. 정말 막대한 재산이지!

그는 한숨을 내쉬었다. 그러고는 마플 양을 바라보았다.

"어떻습니까?"

그는 난처한 듯이 물었다.

"제가 이 모든 것을 다 증명할 수 있으리라고 보십니까?"

마플 양은 마치 아주머니가 학교 시험을 앞둔 명석한 조카를 격려하기라도 하듯 그에게 머리를 끄덕여주었다.

"당신은 증명해낼 거예요. 당신은 아주 유능한 사람이니까요, 닐 경위님. 나는 처음부터 그것을 알아보았죠. 자, 이제 증거를 찾아내야 할 사람은 바로 당신뿐이라는 걸 알 거예요. 예를 들어, 그 휴양지에 가면 그의 사진을 알아볼 수 있는 사람이 있을지도 몰라요. 그는 그곳에서 1주일 동안이나 머물면서 자신을 왜 앨버트 에반스라고 불러야 했는지 변명하기도 좀 어려울 걸요."

그렇다. 닐 경위는 생각해 보았다. 란스 포트스큐는 명석하고 거리낌이 없었지. 그러나 그는 역시 무모했어. 그가 감행한 모험은 너무 거창했어.

그는 이렇게 생각했다.

'그를 잡고야 말겠어!' 그러고 나니까 의심의 물결이 그를 휩쓸어갔다.

그는 마플 양을 바라보았다.

"그것은 모두 순전히 추측일 뿐이잖습니까?"

"그렇죠. 하지만 당신도 확신하고 있잖아요?"

"그런 것 같습니다. 사실 그전부터 그의 됨됨이를 알고 있었죠."

노부인이 머리를 끄덕였다.

"예, 그건 정말이지 굉장히 중요한 문제예요. 실은 그랬기 때문에 내가 이렇게 확신하는 거고요."

닐은 그녀를 장난기에 가득 찬 눈으로 쳐다보았다.

"범인에 대한 지식 때문인가요?"

"오, 아니죠. 그런 건 물론 아니에요. 패트 때문이에요. 사랑스러운 여자인데, 항상 비정상적인 사람과 결혼하는 것을 보고……. 실은 처음 그에게 주의를 돌리게 된 것도 모두 그 때문이지요."

"저는 내심으로는, 확신하고 있는지 모르겠지만……."

닐 경위가 말했다.

"알아봐야 할 일이 많습니다. 가령 루비 매켄지 건도 그렇고 그것을 확인할 수만 있다면……."

마플 양이 끼어들었다.

"당신 생각이 옳아요. 그렇지만 사람을 잘못 짚었어요. 가서 퍼시 부인에게 한번 말해 보세요."

"포트스큐 부인." 닐 경위가 말했다.

"당신이 결혼하기 전에 가졌던 이름을 물어봐도 실례가 안 될는지요?"

"오!"

제니퍼는 숨을 헐떡였다. 그녀는 정말 깜짝 놀란 것 같았다.

"두려워할 필요 없습니다, 부인." 닐 경위가 말했다.

"그러나 사실대로 말해 주시는 게 훨씬 좋을 겁니다. 내가 생각하기에는 루비 매켄지가 아니었습니까?"

퍼시벌 포트스큐 부인이 말했다.

"저런—그런데, 오, 그런데—오, 맙소사! 저, 그렇다고 해서 안 될 이유라도 있나요?"

"전혀 그럴 이유는 없습니다."

닐 경위가 상냥하게 말한 다음 덧붙였다.

"며칠 전 파인우드 정신 요양소에서 당신 어머니와 대화를 나누었습니다."

"어머니는 저한테 굉장히 화가 나 있어요."

제니퍼가 말했다.

"어머니는 저를 보면 흥분하기 때문에 찾아가질 않아요. 불쌍한 분이죠. 어머니는 아버지를 너무 사랑하셨어요."

"그래서 어머니는 당신이 복수에 대한 아주 감상적인 생각을 하도록 키우셨나요?"

제니퍼가 말했다.

"예, 어머니는 우리가 절대로 잊지 않고 언젠가는 그를 죽이겠다고 성경에 맹세하도록 했어요. 물론 제가 병원에 들어가서 교육을 받기 시작하면서부터 어머니의 정신적인 균형 상태가 정상이 아니라는 것을 깨닫기 시작했지만요."

"그럼, 당신도 복수심을 느꼈음이 틀림없군요, 포트스큐 부인?"

"글쎄요, 물론 그랬죠. 렉스 포트스큐가 사실상 우리 아버지를 죽였으니까요! 제 말은, 그가 그분에게 실제로 총을 쏘았다거나 칼로 찔렀다는 뜻이 아니에요. 그렇지만 그가 아버지를 죽게 내버려두었을 거라고 확신하고 있어요. 그건 어차피 같은 일 아닌가요?"

"도덕적으로 보면 같은 일이지요, 물론."

"그래서 저는 그에게 보복하고 싶었던 거예요."

제니퍼가 말했다.

"제 친구가 그의 아들을 간호하게 되었다고 하기에 저는 그녀에게 저와 바꾸자고 했었죠. 정확하게 제가 무엇을 하려고 했는지는 모르지만……. 저는, 정말 저는요, 경위님, 결코 포트스큐 씨를 죽이려고 했던 건 아니에요. 지금 생각해 보면, 그때는 그의 아들을 나쁘게 간호하면 그 아들이 죽겠지 하는 생각을 했던 것 같아요. 그렇지만 직업이 간호사인데, 어떻게 그런 일을 할 수 있겠어요? 사실 저는 벌을 살아나게 하려고 애썼죠. 그리고 그가 저를 좋아하게 되어 결국 저에게 청혼하자, '그러면 정말 다른 어떤 방법보다 훨씬 더 현명한 복수가 되겠구나.' 하는 생각이 들더군요. 그래서 포트스큐 씨의 맏아들과 결혼해서 그가 아버지 몰래 빼낸 돈이나 써보자고 생각했죠. 저는 그것이 훨씬 더 현명한 복수라고 생각해요."

"그렇군요, 정말."

닐 경위가 말했다.

"그게 훨씬 더 현명하죠." 그러고는 덧붙였다.

"내가 추측하기로는 책상 위와 파이 속에 있던 지빠귀들을 가져다 놓은 사람도 바로 당신이었을 것 같은데요?"

퍼시벌 부인이 얼굴을 붉혔다.

"예, 제가 정말 어리석었나 봐요. 하지만 포트스큐 씨가 어느 날 잘 속는 사람들에 대해 이야기하며, 그가 사람들한테 어떻게 사기를 치고, 또 어떻게 속였는지 자랑스럽게 이야기한 적이 있어요. 아주 합법적인 방법으로 말이에요. 그래서 저는 그를……, 저, 몹시 놀라게 해주고 싶었어요. 그런데 그 일은 그를 굉장히 놀라게 했죠! 그는 몹시 당황하더군요."

그러더니 그녀는 불안해하며 덧붙였다.

"그렇지만 그 밖에는 아무 짓도 하지 않았어요! 정말이에요, 경위님. 당신도,

당신도 솔직히 제가 누군가를 살해했으리라고는 생각하지 않으시죠?"

닐 경위가 말했다.

"그럼요. 그런 생각은 안 합니다. 그런데 당신은 요즈음 도브 양에게 돈을 준 적이 있나 보더군요?"

제니퍼는 고개를 떨어뜨렸다.

"어떻게 아셨어요?"

"우리는 수많은 일을 알고 있습니다." 닐 경위는 이렇게 말하고는 토를 달았다.

"그리고 넘겨짚기도 상당히 잘하지요."

제니퍼는 계속해서 재빠르게 말했다.

"그녀는 제게 와서 당신이 자신에게 루비 매켄지가 아니냐고 물었다고 하더군요. 그러면서 만일 500파운드만 쥐어 주면 당신이 계속 그렇게 생각하게 만들어주겠다고 했어요. 그녀는 또 당신이 제가 루비 메켄지라는 것을 알게 되면 포트스큐 씨와 아델 포트스큐를 죽인 혐의를 씌울 거라고 했어요. 저는 그 돈을 마련하느라고 무척 애를 먹었어요. 당신이 그 일을 퍼시벌에게 말하게 할 수는 없었으니까요. 그는 그 사실을 모르고 있거든요. 저는 할 수 없이 다이아몬드 약혼반지와 포트스큐 씨가 저에게 준 아주 아름다운 목걸이를 팔았답니다."

"걱정하지 마십시오, 퍼시벌 부인." 닐 경위가 말했다.

"우리가 당신에게 그 돈을 되돌려받도록 해줄 수 있을 겁니다."

3

닐 경위가 메리 도브 양과 다시 만난 것은 그다음 날이었다.

"궁금한 게 있는데요, 도브 양."

닐 경위가 말했다.

"퍼시벌 포트스큐 부인에게 돌려줄 500파운드에 해당하는 수표를 나에게 끊어줄 수 있는지요?"

그는 잠깐 메리 도브의 멍한 모습을 보는 즐거움을 누렸다.

"그 어리석은 바보가 당신에게 말을 했군요."

"그렇습니다. 협박이라면, 도브 양, 죄가 좀 심각하던데요."

메리 도브가 말했다.

"정확하게 말하자면 협박이 아니었어요, 경위님. 제 생각에는 제가 협박했다는 사실을 증명하는 건 꽤 힘드실 것 같은데요. 저는 그녀에게 은혜를 베풀려고 퍼시벌 부인에게 특별 봉사를 한 것뿐이에요."

닐 경위가 말했다.

"글쎄요, 만일 수표를 내게 준다면 도브 양, 그렇게 처리해 주도록 하죠."

메리 도브는 수표철과 만년필을 꺼냈다.

"정말 화가 나는군요." 그녀는 한숨을 쉬며 말했다.

"하필이면 돈이 없어 쩔쩔매는 이때에."

"곧 다른 일을 찾아봐야겠군요?"

"예, 이번 일은 계획대로 잘되지 않았어요. 제가 보는 관점에서는 아주 불행한 일뿐이에요."

닐 경위는 동의했다.

"그렇군요, 당신은 좀 어려운 위치에 놓이게 되었죠? 그 말은 우리가 언제라도 당신의 경력을 들추어 낼 수 있다는 뜻입니다."

메리 도브는 다시 한 번 더 뻔뻔스럽게 눈을 치켜떴다.

"정말, 경위님. 제 과거는 아주 결백해요, 분명히 말씀드리지만."

"예, 그렇습니다." 닐 경위는 쾌활하게 말했다.

"우리는 당신을 비난할 만한 자료를 전혀 갖고 있지 못합니다, 도브 양. 그런데 이상한 우연의 일치지만 당신이 그렇게 훌륭하게 책임을 다한 과거의 세 장소에서, 당신이 떠난 뒤 3개월쯤 지났을 때 공교롭게도 모두 강도를 맞았다고 하더군요. 도둑들은 밍크코트와 보석류 등이 어디에 보관되어 있었는지 너무나 훤하게 알고 있었던 것 같습니다. 정말 이상한 우연의 일치 아닌가요?"

메리 도브 양이 말했다.

"우연의 일치도 종종 발생하지요, 경위님."

"오, 물론이죠." 닐이 말했다.

"발생하기야 하죠. 하지만 그것이 너무 자주 발생해서는 안 되죠, 도브 양. 내가 장담하지만……." 그가 덧붙였다.

"우리는 나중에 다시 만나게 될 것 같군요."

"저는 실례되는 말인지는 모르겠지만요, 경위님."

메리 도브가 말했다.

"저는 그런 일이 없기를 바랍니다."

제28장

1

마플 양은 여행가방의 덮개를 덮고, 모직 숄의 끝을 집어넣은 다음 뚜껑을 닫았다. 그녀는 자기가 쓰던 침실을 둘러보았다. 없다, 그녀가 남겨둔 것은 아무것도 없었다. 크럼프가 짐을 들어주려고 들어왔다.

마플 양은 램스버텀 양에게 마지막 인사를 하러 옆방으로 들어갔다. 그러고는 그녀에게 말했다.

"죄송하게도, 신세만 지고 아무런 보답도 못 해드리는군요. 언젠가는 나를 용서해 주기 바랍니다."

"허어."

램스버텀 양은 평소와 마찬가지로 카드 점을 치고 있었다.

"검은색 잭, 빨간색 여왕."

그녀는 이렇게 말하고는 곁눈질로 마플 양을 흘끔 쳐다보았다.

"당신이 원하던 것을 기어이 밝혀냈다면서요?"

마플 양이 말했다.

"예."

"그리고 그 경위한테 모두 이야기해 주었다고 하던데? 그가 사건을 증명할 수 있겠소?"

"나는 그가 해낼 수 있으리라고 봐요."

마플 양이 말했다.

"시간은 조금 걸리겠지만요."

"나는 당신에게 아무 질문도 하지 않겠어요."

램스버텀 양이 말했다.

"당신은 아주 기민한 여자예요. 당신을 보자마자 알아차렸지. 나는 당신이

한 일에 대해 당신을 탓하지 않아요. 악한 것은 악한 것이니 벌을 받아야 마땅하지. 이 집안에는 나쁜 피가 섞여 있어서 그래요. 하지만 그것은 우리 쪽에서 이어져 온 것은 아니라우. 정말 감사한 일이지. 내 여동생 엘비라는 바보였어요. 이보다 더 끔찍한 일이 어디 있겠소. 검은색 잭."

램스버텀 양은 카드를 만지며 이렇게 되풀이했다.

"겉만 잘생겼지, 마음속은 시커매. 그렇지 않아도 걱정이 되었는데. 아, 그렇지만 죄인이라고 해도 사랑할 수밖에 없어요. 그 녀석은 항상 사람을 잘 다루었지. 심지어 나까지도 속였어. 그날도 그가 내 방을 나간 시간에 대해 거짓말을 하더군요. 나는 반박은 안 했지만, 좀 이상하다고 생각은 했지……. 줄곧 이상하다고 생각했다우. 그렇지만 그는 엘비라의 아들이었어. 내가 먼저 말할 수는 없었어요. 오, 그렇지만, 당신은 정직한 여자예요, 제인 마플. 그리고 정의가 우세해야지요. 그렇지만 그의 아내가 안됐군."

"나도 그래요." 마플 양이 말했다.

홀에서 패트 포트스큐가 작별인사를 하려고 기다리고 있었다.

"안 갔으면 하고 바랐는데……. 당신이 그리울 거예요."

"이제는 가야지요." 마플 양이 말했다.

"여기 와서 하려고 했던 일을 다 끝냈으니까요. 유쾌한 일은 결코 아니지만요. 하지만 중요한 것은 악이 승리하지 못한다는 거예요."

패트는 어리둥절해하는 것 같았다.

"무슨 말씀이신지요?"

"아니에요. 그러나 아마 당신도 언젠가는 알게 될 거예요. 내가 감히 충고를 해도 된다면, 만일 어떤 일이든지, 당신의 생애에서 잘못이 일어난다면, 나는 당신이 어렸을 적에 행복하게 보냈던 곳으로 돌아가는 것이 당신을 위해 가장 좋은 일이 될 거라는 거예요. 아일랜드로 돌아가세요. 말과 개들이 있는 곳으로."

패트는 머리를 끄덕였다.

"프레디가 죽었을 때 그렇게 할 걸 그랬다는 생각이 이따금 들곤 해요. 하지만 그랬더라면……."

그녀의 목소리가 변하며 부드러워졌다.

"저는 결코 란스를 만나지 못했을 거예요."

마플 양은 한숨이 나왔다.

"우리는 여기 머무르지 않을 거예요." 패트가 말했다.

"모든 것이 정리되는 대로 동부 아프리카로 돌아갈 예정이에요. 저는 그래서 무척 기쁩니다."

"주님의 축복이 있기를 빌어요." 마플 양이 말했다.

"인생을 통과하려면 많은 용기가 필요해요. 나는 당신이 그러한 용기를 지니고 있다고 생각해요."

마플 양은 그녀의 손을 토닥거려준 다음 손을 놓고 현관을 지나 기다리는 택시를 향해 걸어갔다.

2

마플 양은 그날 밤늦게 집에 도착했다.

키티라는 세인트 페이스 고아원의 가장 최근 졸업생이 마플 양의 대문을 열어주며 밝은 얼굴로 맞았다.

"저녁으로 청어를 준비해뒀어요, 마님. 집에 돌아오셔서 정말 기뻐요. 집안일은 아주 모두 잘해 놓았어요. 봄맞이 정기 대청소도 끝냈고요."

"참 잘했구나, 키티. 집에 돌아오니 기분이 좋구나."

여섯 개의 거미줄이 천장 언저리에 처져 있는 것을 마플 양은 알아차렸다.

이 애들은 생전 고개를 들지 않는단 말이야! 그렇지만 그녀는 마음이 너무 친절해서 그런 말은 하지 않았다.

"편지들은 홀 탁자 위에 올려놨어요, 마님. 그리고 잘못 배달돼서 데이지미드로 갔던 것이 하나 있더군요. 꼭 그래요, 그렇죠? 좀 비슷해 보여요. '데인'하고 '데이지'는요. 게다가 글씨가 너무 형편없어서 정말 그럴 만하더군요. 거기 사는 사람들이 다른 곳에 가 있던 바람에, 집이 내내 닫혀 있다가 이제야 겨우 돌아왔나 봐요. 오늘에야 그 편지가 회송됐어요. 그 편지가 그다지 중요한 내용이 아니기를 바란다고 말하더군요."

마플 양은 그녀에게 온 편지들을 집어들었다.

키티가 말한 편지가 제일 위에 올라와 있었다. 엉망으로 휘갈겨 쓴 글씨체를 보고 어렴풋한 기억으로 마플 양의 가슴은 마구 뛰었다.

그녀는 편지 봉투를 찢었다.

마님께

이런 글을 올리게 된 것을 용서해 주세요. 저는 정말 무엇을 어떻게 해야 할지 모르겠어요. 정말 저는 지금도 그렇고, 절대로 남에게 해를 끼치려고 했던 게 아니었어요. 존경하는 마님, 신문에는 그것이 살인이라고 실리겠지만 제가 그런 건 아니에요. 저는 정말 아니에요. 왜냐하면 저는 결코 그와 같은 나쁜 짓을 저지르지는 않았기 때문이죠. 그리고 그도 그럴 사람이 아니라는 것을 알고 있어요. 앨버트 말이에요. 모두 털어놓고 말씀드리겠어요. 우리는 지난여름에 만났는데, 결혼할 예정이기는 하지만 버트는 권리를 잃었어요. 돌아가신 포트스큐 씨한테 사기를 당해 권리를 빼앗겼어요. 그런데 포트스큐 씨가 막무가내로 모든 것을 부정했대요. 물론 사람들은 그의 말만 믿고 버트를 믿어주지 않았어요. 그는 부자지만 버트는 가난했기 때문이죠.

그런데 버트의 친구 한 명이 마침 새로운 약들을 만드는 곳에서 일하고 있는데, 거기에 심리 억제 해소약이라는 약이 있대요. 혹시 신문에서 읽어보신 적이 있는지 모르겠지만 그 약은 사람들에게 자기가 원하든 원하지 않은 진실을 말하게 한다고 하더군요. 버트는 변호사를 데리고 11월 5일 포트스큐 씨의 사무실을 방문할 예정이었어요. 저는 그날 아침식사에 그에게 그 약을 먹이기로 되어 있었고요. 그럼 그들이 도착할 때쯤 약의 효력이 정확하게 나타날 것이고, 그는 버트가 말한 것이 모두 사실이라는 것을 인정하게 될 거라고 했죠. 그래서 마님, 제가 그것을 마멀레이드 속에 집어넣었던 건데……

그분이 돌아가셨어요. 그래서 제 생각에는 그 약이 너무 독했던 게 분명한 것 같아요. 하지만 그것은 버트의 잘못이 아니었어요. 왜냐하면 버트는 결코 그런 일을 하려고 했던 게 아니거든요. 하지만 경찰에게 말하면 그들이 버트가 고의로 그랬다고 할까 봐 말을 못하겠어요. 그는 그렇지 않다는 것을 저는 알고 있거든요.

오, 마님, 어떻게 해야 할까요? 어떻게 말해야 할지 모르겠어요. 지금 집에는 경찰들이 와 있는데 너무 무서워요. 그들은 사람들을 심문하며 너무 무섭게 쳐다봐요. 어떻게 해야 할지 모르겠어요. 아직 버트에게서는 아무 소식도 없어요. 오, 마님, 이렇게 부탁하고 싶지는 않지만 만일 여기 오셔서 저를 도와주실 수만 있다면 그들에게 말씀 좀 해주세요. 마님은 저에게 항상 친절하게 대해 주셨잖아요. 그리고 저는 조금이라도 나쁜 짓을 하려고 했던 게 아니었어요. 버트 또한 그렇고요. 마님이 우리를 도와주실 수 있었으면 좋겠어요.

당신을 존경하는 글레이디스 마틴

추산 버트와 제가 찍은 스냅사진 한 장을 보내드립니다. 휴양지에서 어떤 소년이 찍어서 제게 주었어요. 버트는 제가 이것을 가졌는지 몰라요. 사진 찍는 것을 싫어하거든요. 그렇지만 마님, 그가 얼마나 잘생긴 사람인지 아시겠죠?

마플 양은 입술을 꼭 다문 채 사진을 뚫어지게 내려다보았다. 사진 속의 한 쌍의 남녀는 서로를 바라보고 있었다.

마플 양의 시선은 입을 벌린 채 하염없이 애정의 눈길을 보내는 글레이디스의 얼굴에서 다른 얼굴로 옮겨갔다. 검게 그을려 미소 짓는 란스 포트스큐의 잘생긴 얼굴……

그 애처로운 편지의 마지막 말이 그녀의 마음속에 울려 퍼졌다.

그가 얼마나 잘생긴 사람인지 아시겠죠?

마플 양의 눈에서 눈물이 솟아났다. 연민의 정에 잇달아 분노가 치밀어 올랐다—무정한 살인자에 대한 분노였다.

그런 다음, 이 두 가지 엇갈리는 감정은 다 물러가고 승리의 기쁨이 파도쳤다—어떤 전문가가 턱뼈 한 조각과 두 개의 이빨에서 멸종한 한 동물을 성공적으로 재구성해 놓았을 때도 이러한 승리의 기쁨을 느꼈으리라.

<끝>

■ 작품 해설 ■

《주머니 속의 죽음(A Pocket Full of Rye, 1953)》은 마플 양이 탐정으로 나오는 장편 소설이다. 애거서 크리스티(Agatha Christie, 영국, 1890~1976)는 전 작품을 통해서 에르퀼 포와로, 마플 양, 토미와 터펜스 부부, 할리 퀸, 파커 파인 등 여섯 사람을 탐정으로 등장시키고 있다.

이 중에서 가장 뛰어난 탐정은 에르퀼 포와로이며, 그는 크리스티의 많은 걸작 속에서 활약한다. 다음으로 손꼽히는 사람이 마플 양이며, 그녀는 추리소설사에서 가장 유명한 노처녀 탐정이다. 마플 양은 애거서 크리스티가 자기 할머니를 모델로 했다고 할 만큼 보수적인 노처녀지만, 인간의 심리를 정확하게 통찰하는 총명한 여자다. 또한 나이에 맞지 않게 반짝이는 푸른색 눈과 원숙한 지혜를 가지고 날카롭게 사건을 추리해 나간다.

그녀는 세인트 메리 미드 마을에서 태어나 아직도 그 마을의 작은 집에서 살고 있다. 그녀는 여든 살이 가까워 눈에 띌 정도로 몸이 쇠약해서, 정원을 가꾸거나 산책을 오래할 수 없으므로 늘 뜨개질을 하며 소일한다. 하지만 필요할 때면 검은 레이스 장갑을 끼고 낡은 레이스의 삼각 숄을 어깨에 걸치고 나들이하기도 한다. 그녀는 적은 수입으로 살면서, 베스트셀러 작가인 조카 레이먼드 웨스트의 도움을 받고 있다.

마플 양의 추리력은 에르퀼 포와로를 여자로 변신시켰다고 볼 수 있으며, 또한 크리스티의 분신이라고 할 수 있다. 마플 양은 이 작품 외에 《움직이는 손가락》, 《예고 살인》, 《죽은 자의 거울》, 《깨어진 거울》, 《버트램 호텔에서》 등에도 등장하며, 크리스티의 유작 《잠자는 살인》에서도 마지막으로 활약한다.